CONTOS DA DISPERSÃO

Coleção Judaica
Direção de J. Guinsburg
Planejamento gráfico de Wollner

Equipe de realização: Elena Moritz, Esperança Medina, Geraldo Gerson de Souza, J. Guinsburg, Mina Regen, M. J. Alves Lima, Moysés Baumstein.

Contos da Dispersão

Editado por Dov Noy
assistido por Dan Ben-Amos

Desenhos de Rita Rosenmayer

 Editôra Perspectiva S.A.
Rua General Jardim, 228, II conjunto 21
São Paulo — 1966

Título do original inglês:
Folktales of Israel

Copyright by
The University Chicago Press

Direitos exclusivos para a língua portuguêsa
Editôra Perspectiva S. A.

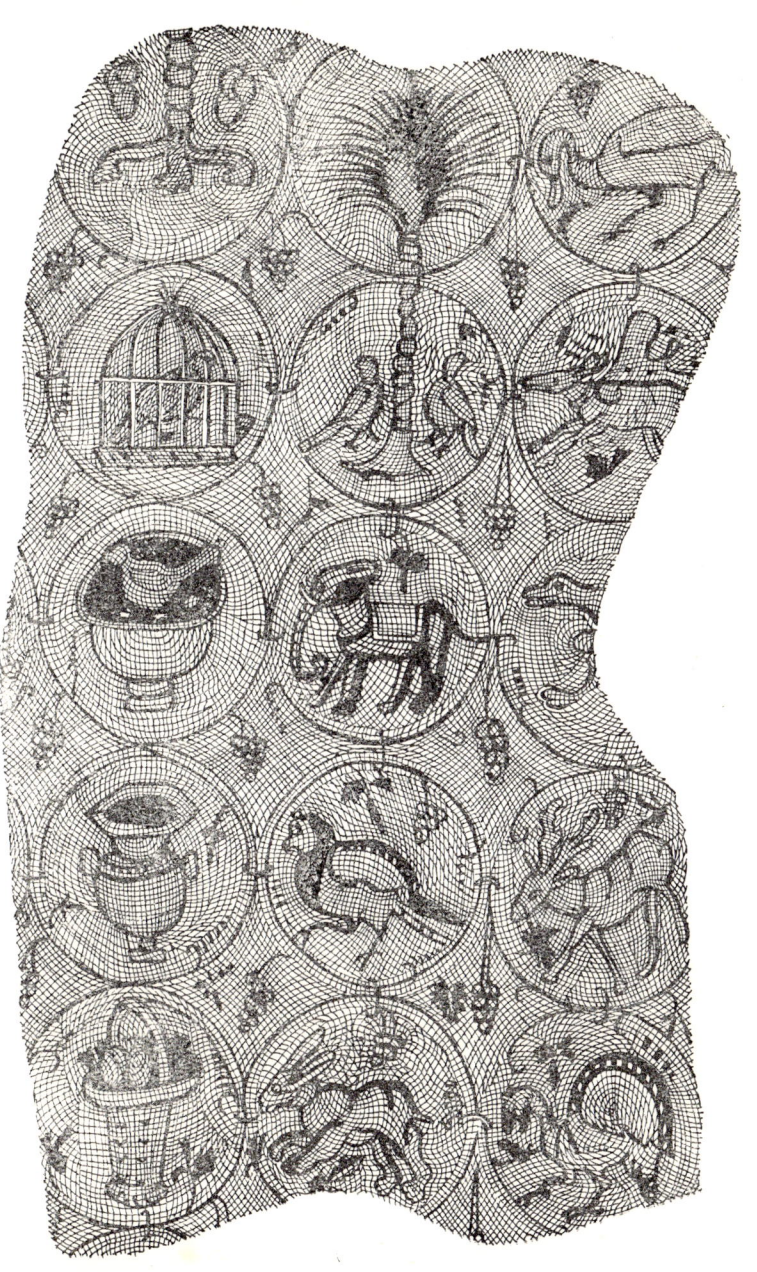

mosaico

PREFÁCIO

Em Israel, podem-se encontrar tanto as mais antigas como as mais novas tradições de folclore. Sendo uma nação-Estado muito jovem, criada em 1948, onde imigrantes europeus, asiáticos, africanos e americanos se misturaram a nativos da Palestina, Israel começa apenas a desenvolver seu caráter nacional. Mas a tradição judaico-bíblica que liga e reuniu os israelenses heterogêneos remonta aos mais velhos registros da civilização ocidental.

Assim, quando falamos do folclore de Israel, referimo-nos tanto às lendas orais, às parábolas e metáforas que exprimem muitas facêtas da fé popular judia, como também aos corpos variegados de fábulas e canções, costumes e crenças que seus imigrantes introduziram na Terra Santa. Ou, em outros têrmos, o povo de Israel conta estórias peculiares à tradição religiosa do judeu e narra fábulas internacionais que pertencem ao mesmo fundo geral conhecido da Índia à Irlanda. Na primeira categoria, incluem-se também as ficções migrantes da mesma espécie que se encontra na coleção dos Irmãos Grimm dos Contos de Casa. No presente volume, aparecem êsses dois grupos de estórias.

Entre o povo judeu, a narração de estórias e o aprendizado da fé se entrelaçam de uma maneira que não encontra paralelos em outras partes da civilização ocidental. Mesmo o Antigo Testamento cristalizou em escritura um conjunto de mitos da criação e da origem e dos feitos épicos dos heróis da cultura primeva. Dentro de seus livros, revela-se o pendor dos reis e profetas hebreus pelo relato de fábulas edificantes e parábolas e provérbios enquadrados em estórias. Uma palavra especial, *maschal,* designava tais ficções alegóricas. Em seguida, o Talmud, reunindo a lei civil e canônica dos hebreus no século V e VI d.C., registrou inúmeras lendas sôbre os patriarcas e os sábios. Originário dos tempos pós-bíblicos através da Idade Média, um amplo corpo de comentário legal-religioso e de interpretação do Velho Testamento, conhecido pelo nome de *Midrasch,* inclui igualmente o registro por escrito de tradições orais, ou *Hagadá.* Lendas agádicas ilustram a coragem moral e a sabedoria sobrenatural de Abraão, Davi e Salomão e de outros heróis espirituais. Sábios dêsses tempos antigos se especializaram em *agadot,* o relato de estórias bíblicas que então eram escritas e reunidas em edificantes coletâneas de saber rabínico. Em tempos mais recentes, êste costume ainda persiste. O aparecimento, no século XVIII, na Europa Oriental, de nova seita de pietismo judeu, o Hassidismo, trouxe em sua esteira uma onda de lendas que celebram os dons milagrosos dos homens santos. Essas fábulas lendárias dos *hassidim* são hoje contadas no Brooklyn, pelos imigrantes de fala ídiche, oriundos da Europa Oriental.

Uma curiosa reversão do processo usual de folclore difundiu-se, portanto, entre o povo judeu, por intermédio da literatura escrita e dos ensinamentos orais dos rabis que encorajaram, mais do que suprimiram, a tradição oral. Semelhante situação cria problemas desconcertantes para o folclorista que procura estabelecer a continuidade e a independência das tradições não-escritas e não-eruditas. À solução de tais problemas dedicaram-se eminentes estudiosos judeus.

Os grandes folcloristas judeus, como Moses Gaster e Louis Ginzberg, devotaram esforços ao desenredamento das lendas agádicas da literatura talmúdico-midráschica e das inumeráveis fontes de onde manam. Gaster (1856-1939) abandonou a Romênia pela Inglaterra em 1885, onde serviu como rabino-chefe da comunidade *sfaradi* e atingiu honras acadêmicas; em 1907 e 1908, foi eleito presidente da Folk-Lore Society. Nas séries de memórias da Sociedade, publicou êle *Rumanian Bird and Beast Stories* (1915), traduzindo as estórias dos textos orais e acrescentando uma introdução alentada e erudita, onde apresenta sua teoria de que as seitas religiosas na Síria e em Bizâncio é que deram origem a essas fábulas animais. No campo da lenda pós-bíblica judaica, suas principais contribuições são duas obras de grande maestria, citadas muitas vêzes nas notas comparativas do presente volume. *The Exempla of the Rabbis* (1924) reúnem quatrocentos e cinqüenta contos edificantes e anedotas de manuscritos hebraicos evanescentes e fontes impressas que se estendem sôbre um período de mil e quinhentos anos. Gaster fêz uma sinopse dos contos em inglês e publicou em apêndice notas detalhadas onde indica exemplos paralelos. O *Ma'aseh Book* (que traz o subtítulo de *Livro de Contos e Lendas Judaicas* [1934]) era, por outro lado, a tradução que êle mesmo realizou do "judeu-alemão" (ídiche) de uma singular coleção de contos rabínicos publicados em Basiléia, em 1602, por um tal de Jacob ben Abraham. Nos duzentos e cinqüenta e quatro textos, que vão desde as estórias piedosas do Talmud até as ficções maravilhosas, Gaster viu uma verdadeira *Gesta Judaeorum,* uma contrapartida da famosa *Gesta Romanorum,* que reunira as lendas mais populares da Idade Média de reis seculares e heróis cristãos. Literalmente, *Ma'aseh* quer dizer uma estória ou um evento, e o *Ma'aseh Book* é, pois, uma miscelânea judaica de contos da **carochinha.**

Prefácio

Mais recentemente, a reputação de Gaster como erudito agádico sofreu alguns golpes; por exemplo, êle considerava o *Book of Exempla* a obra mais antiga da *Hagadá* hebraica quando é na realidade uma coleção recente. Mas sua fama como estudioso do folclore comparado continua crescendo. Gaster conhecia os repertórios de contos dos povos ocidentais e orientais, das tradições literárias e faladas, dos mundos secular e religioso. Criado na Romênia, teve ocasião de ouvir a "babá da Hungria, a criada da Valáquia, o albanês com suas guloseimas, o camponês com suas galinhas e ovos, o peregrino da Terra Santa, o mascate e o cigano", cada qual contando seu cabedal de fábulas, ou formando uma rodinha animada em volta do portão do jardim a fim de trocar suas estórias. Nos seus ensaios teoréticos, Gaster comentava astutamente o contínuo intercâmbio entre as versões orais e escritas das lendas populares e o processo de folclore que transforma as lendas de santos em contos fantásticos. Como ilustração, citava relatos folclóricos acêrca da Virgem Maria. Alguns mostram-na como uma "mulher de mau gênio, maledicente e indecente", parecida à bruxa perversa, e outros como uma benfeitora que auxiliava o desesperado com suas conjurações e encantamentos. Por conhecimento e erudição pessoal, Gaster declarava que os contos populares da Europa Ocidental haviam perdido seu elemento religioso, ainda tão proeminente na mitologia popular, "incomparàvelmente mais rica", das regiões orientais. Tal perspectiva torna Gaster um comentador adequado em matéria de contos internacionais difundidos pelo povo judeu [1].

Nas suas abundantes referências comparativas ao *Ma'aseh Book,* Gaster foi assistido, particularmente para as narrativas mais recentes, por Louis Ginzberg (1873-1953), que já produzira sua obra magistral, *The Legends of the Jews.* Ginzberg deixou a Rússia, sua terra natal, depois de estudos superiores em Universidades alemãs, para residir nos Estados Unidos desde 1902 até a sua morte. Como professor de Talmud e de Rabínico no Seminário Teológico Judaico de Nova Iorque, tornou-se o mais notável erudito rabínico de sua geração, especializando-se na Hagadá, tema de uma primeira série de monografias que começara a escrever em 1899. Dessa laboriosa investigação em meia dúzia de línguas do Oriente Médio e da Europa, emergiu sua idéia inspiradora: ordenar as tradições bíblicas dos judeus, dispersas em milhares de esconderijos, e confrontá-las com a narrativa do Velho Testamento. Um pouco à maneira de Elias Lönnrot, que enfileirara versos, encanta-

---

[1] Moses Gaster, *Studies and Texts in Folklore, Magic, Medieval Romance, Hebrew Apocrypha and Samaritan Archaeology* (3 vol.; Londres: Maggs Bros., 1925-1928), II, 909-910, 911, 1097-1098.

mentos e lendas folclóricas dos fineses no fluxo regular da épica nacional do *Kalevala,* Ginzberg selecionou e dispôs seus textos duramente obtidos a fim de mostrar a épica religiosa folclórica dos judeus. O primeiro dos quatro volumes de *The Legends of the Jews* (1910-1913) apresentava uma narração corrente de tôdas as figuras bíblicas conhecidas na tradição oral, da Criação através do Êxodo e das vidas de Moisés e de outros grandes profetas. Dois volumes de notas foram editados em 1925 e 1928, e um volume de índice, em 1938.

As *Legends* de Ginzberg impõem um modêlo à Hagadá que nunca existiu na realidade. É literalmente uma obra de erudição criativa. Devido a limitações de espaço e por consideração ao leitor, Ginzberg publicou apenas uma variante de cada lenda do folclore bíblico, embora suas notas conduzissem a muitas outras. A apresentação fluente da narrativa logra originalidade por evitar tanto os estilos apócrifos quanto o agádico. Mesmo a Hagadá é uma construção artificial, pois, como reconheceu Ginzberg, os contadores das velhas tradições por si mesmos não traçariam uma linha rígida e firme entre o núcleo da tradição judaica na Hagadá e as estórias periféricas dos pseudepígrafos e dos apócrifos, postos para fora das fronteiras pelos patriarcas rabínicos.

Em elogio à grande obra de seu mestre, assim comentava um discípulo de Ginzberg:

"O plano da obra é todo seu, nôvo e não convencional, e ninguém antes dêle pensou em replasmar a Hagadá segundo um modêlo de acontecimentos e personagens bíblicos. Seus predecessores nesse campo contentaram-se simplesmente em compilar o folclore disperso e difundido de seu povo em antologias heterogêneas, dificilmente prestando outro serviço exceto o de tornar sua leitura e estudo mais convenientes. O Professor Ginzberg, por seu lado, reconhecendo na confusão de material homilético e fictício, tão abundante nos *Talmudim* e *Midraschim,* o protoplasma de criações orgânicas... viu a tarefa do estudioso da Hagadá como sendo a de combinar as células... Rastreou na Hagadá os grandes temas da Bíblia e seus homens e mulheres mais ilustres..." [2].

No entanto, as próprias virtudes aqui exaltadas devem, ao mesmo tempo, ser olhadas com precaução pelo folclorista. As "antologias heterogêneas", embora menos imaginativas e dramáticas, encontram-se mesmo assim mais perto do conteúdo e da maneira da expressão folclórica do que um todo orgânico e simétrico. Para o folclorista, a grande realização da obra-

---

(2) Solomon Goldman, "The Portrait of a Teacher", em *Louis Ginzberg: Jubilee Volume on the Ocasion of His Seventieth Birthday* (Nova Iorque: American Academy for Jewish Research, 1945), p. 5.

-prima de Ginzberg é o material de fonte documentária do qual êle separou o âmago da tradição popular judaica das infiltrações e associações não-judaicas.

O próprio Ginzberg era um folclorista erudito e sofisticado na mais ampla acepção internacional, e sabia exatamente que espécie de material estava manejando. Compreendeu que o povo judeu transmitiu lendas, contos fantásticos, fábulas e anedotas judaicas e não-judaicas, e que os muçulmanos, cristãos e africanos cristianizados relatavam lendas bíblicas judaicas. Ainda assim, conseguiu traçar uma fronteira em tôrno do núcleo do folclore religioso hebraico, tal como se apresentou na plenitude de sua fôrça no Israel antigo e na Babilônia antes da destruição do Templo. Em brilhante ensaio sôbre "Folclore Judaico: Oriente e Ocidente", proferido na Harvard Tercentennial Celebration em 1936, Ginzberg delimitou êste núcleo central e ilustrou os empréstimos, acréscimos e intercâmbios entre corpos tradicionais judaicos e cristãos da Europa e do Oriente Médio. Considerava a Grécia muito mais do que a Índia a nascente dos temas folclóricos bíblicos dos judeus; reconheceu a emulação folclórica dos Profetas judeus na tradição popular dos santos cristãos; estabeleceu a intrusão de lendas pagãs e cristãs dentro da Hagadá [3].

Apesar de todo o seu aprofundamento neste terreno e de sua sensibilidade para a natureza da narrativa popular religiosa do judeu, Ginzberg, como Gaster, só operou com versões escritas de tradições orais. O trabalho de campo de Iehudá Leib Cahan (1881-1937), o mais conhecido de um grupo de colecionadores da Europa Oriental, ativo na virada do século, assinala um ponto de partida nos estudos folclóricos judaicos. Nascido em Vilna, Polônia, Cahan cresceu em Varsóvia, tirando sua subsistência do ofício de relojoeiro e joalheiro mas devotando suas principais energias ao movimento folclórico, que atraía os jovens intelectuais judeus de espírito nacionalista. Mudando-se para Londres em 1901 e, depois, para Nova Iorque em 1904, onde permaneceu até a morte, Cahan continuou a coligir canções e contos dos imigrantes da Europa Oriental. Trabalhou junto ao Instituto Científico Ídiche, ou Yivo, estabelecido em 1925 com seus escritórios em Vilna e, depois da Segunda Guerra Mundial, em Nova Iorque, e editou suas publicações folclóricas. Dois volumes de canções populares ídiches, por êle reunidas, apareceram em 1912 e imediatamente se tornaram obra obrigatória de referência.

---

(3) Reimpresso em L. Ginzberg, *On Jewish Law and Lore* (Cleveland e Nova Iorque: Meridian Books, 1962), pp. 61-73, de *Independence, Convergence and Borrowing in Institutions* (Cambridge, Mass.: Harvard University Press, 1937).

A grande edição das coleções de Cahan de um milhar de textos folclóricos, que devia ser publicada pelo Yivo em seis volumes, estava bem adiantada em 1939, quando os alemães ocuparam a Polônia e destruíram as instalações do Yivo. Sòmente o volume de contos populares, *Idische folksmaises,* viu a luz em 1940. A seus cinqüenta e seis contos podem-se acrescentar outros trinta e nove descobertos em manuscritos nos arquivos do Yivo em Nova Iorque. Afortunadamente, o material para outro volume a ser editado por Cahan fôra expedido para Nova Iorque, e assim pôde ser publicado em 1952 *Estudos Sôbre Folclore Ídiche (Schtudies vegn idischer folksschafung).* Os ensaios nessa obra abrangem grande variedade de questões teóricas fundamentais ao trabalho do folclorista, naturalmente com aplicação especial aos materiais ídiches e judaicos. O próprio Cahan escreveu sôbre tais assuntos, em obras como "Folksong versus 'Folksy' Song", "On Yiddish Folktales", "On Jewish Jokes", e "Instructions for the Folklore Collector". Cahan voltou a Vilna em 1930, orientando os colecionadores jovens, enquanto êle próprio se dirigiu a Burgenland, região da Áustria, para registrar canções e contos em dialeto ídiche.

Como um colecionador, Cahan compreendeu perfeitamente as técnicas atualmente aceitas como processo-padrão no campo. Salientou a necessidade de anotar os textos com fidelidade, distinguindo entre tradições genuínas e espúrias, estabelecendo relação com informantes, preparando de antemão questionários informais, guiando a entrevista com perguntas suavemente orientadas, coligindo o que o informante quer oferecer e não o que o colecionador gostaria [4]. Avaliando o anedotário judaico destorcido, Cahan ampliou o campo dos contos populares judaicos da Hagadá para incluir temas seculares e quotidianos.

Entre 1930 e 1940, a pesquisa folclórica desenvolveu-se com regularidade na Palestina. Um filão de interêsse, remontando à coleção de 1907 de J. E. Hanauer, *Folk-Lore of the Holy Land,* acentuava os materiais folclóricos, judeus e arábicos, que subsistiam há muito tempo na Palestina. Uma segunda abordagem salientou o estudo das comunidades judaicas isoladas fora da Palestina, como Curdistão e Iêmen no Oriente Médio, cujos costumes folclóricos se estratificaram em formas distintas. A transferência do movimento folclórico judaico da Europa Oriental para Israel deu nôvo ímpeto e destaque ao estudo das tradições judio-eslávicas e judio-germânicas. Combinando todos êsses interêsses, a Sociedade Hebraica de Folclore e Etnologia era fundada em 1942 e em 1948 dava início à publicação do periódico *Ieda-'Am.*

---

(4) Richard Bauman, "I. L. Cahan's Instructions on Collecting Folklore", *New York Folklore Quarterly,* XVIII (1962), 284-289.

Nos estudos folclóricos judaicos, o próximo passo à frente veio com a aplicação de sistemas de classificação internacional à narrativa tradicional judaica. Em 1954, Dov Neuman (hoje Noy), nascido na Polônia, apresentou como tese de doutoramento em folclore na Universidade de Indiana um "Índice de Motivos da Literatura Talmúdico-Midráschica", baseando-se em boa medida nas fontes de Ginzberg e nas notas dadas nos Volumes V e VI de *The Legends of the Jews*. Em seu índice-de-motivos para materiais agádicos, Noy identificou os temas internacionais de literatura folclórica sistematizados por seu diretor de tese, Stith Thompson, na primeira edição do *Motif-Index of Folk-Literature* (1932-1936). Quando Thompson realizou uma edição grandemente aumentada do *Motif-Index* (1955-1958), incorporou por sua vez os motivos de Noy, inserindo então as tradições judaicas num contexto mundial. De volta a Israel em 1954, Noy deu início a várias atividades no campo do folclore, ensinando a matéria na Universidade Hebraica em Jerusalém e organizando um Arquivo de Contos Populares de Israel (ACI) e um Museu de Etnologia em Haifa.

Para um estudioso de folclore comparado, a diversidade dos *backgrounds* culturais em Israel, unidos por uma tradição religiosa e étnica comum, apresentava um laboratório de campo único e sem paralelo. Desde seu estabelecimento como nação independente em 1948, acelerou-se grandemente a reunião das comunidades da África do Norte, do Oriente Médio e da Europa Oriental. A imigração na Palestina começou a esboçar-se desde 1882, início do moderno restabelecimento, quando cêrca de 24.000 judeus viviam na Palestina. Por volta de 1948, o número cresceu para 650.000, dos quais 452.000 entraram como imigrantes no tempo do Mandato britânico instaurado em 1919. Em 1962, a população total chegava a mais de 2.000.000, dos quais 172.000 eram muçulmanos, 52.000 cristãos e 24.000 drusos. Da população judaica, 37% são nativos, 35% vieram da Europa, da América e da Oceania, 16% da Ásia e 12% da África. Algumas das comunidades judaicas da Europa Oriental não mais existem, e sòmente seus representantes em Israel podem falar de suas culturas. Povos de regiões muçulmanas e cristãs separadas originàriamente por milhares de milhas vivem agora como vizinhos. Como escreveu Noy, "um agradável passeio separa a Bucara da Líbia, o Afeganistão da Lituânia, a Tunísia da Romênia". Êle planejou a coleta sistemática do material de todos êsses grupos.

Vários escritórios e indivíduos em três cidades acolhêram a proposta de Noy para o estabelecimento de um arquivo de contos populares. Membros de faculdades da Universidade Hebraica em Jerusalém, funcionários municipais de Haifa, e os editôres do diário hebraico, *Omer*, publicado em Tel Aviv, todos cooperaram para espalhar a rêde em busca de contadores. De 1955 em diante, o *Omer* publicou uma coluna semanal, "Mi-pi-ha-'am" ("Da Bôca do Povo") que imprimiu cêrca de sciscentas estórias registradas no Arquivo de Contos Populares de Israel, com informações sôbre o narrador da estória e sua origem. Essas estórias atraíram informantes potenciais, que por sua vez comunicaram seus textos aos colecionadores do Arquivo. Informantes, que nunca eram pagos, aplaudiram a oportunidade de preservar a herança oral de sua família, comunidade ou região. O *Omer* veio de encontro particularmente dos Olim, os recém--chegados, imprimindo as notícias e desenhos em ortografia vocalizada para auxiliar aquêles leitores cujo hebraico ainda era inadequado. Noy precisou convencer os intelectuais do Oriente Médio que se empenhavam zelosamente em adquirir a cultura israelense de que a modesta literatura folclórica de suas comunidades de origem merecia ser reconhecida como contribuição genuína à nova herança sintética de Israel.

Para treinar colecionadores e estimular informantes, Noy instituiu meios especiais de instrução fora dos canais universitários regulares. Um "Dia do Estudo" anual, patrocinado pela Secção Israelense para Pesquisa de Contos Populares da Sociedade Ieda-'Am (Folclore Judaico), forneceu-lhe a oportunidade de realizar discussões informais sôbre métodos de pesquisa, coleta e arquivamento do conto popular. As reuniões ocorriam numa colônia das colinas da Judéia, chamada "Os Campos de Mica", em honra de Mica Iossef Bin Gorion, o eminente autor de *Der Born Judas*. (Para êsse compêndio, de seis volumes, de narrativas populares religiosas e seculares judaicas, que veio a lume de 1916 a 1923, Bin Gorion joeirou cuidadosamente uma pletora de fontes literárias de modo a cobrir tôdas as formas de estórias, desde os atos de mártires e santos e profetas famosos a lendas locais e contos mágicos.) Durante o Dia de Estudo, proeminentes narradores relatavam seus contos aos grupos de pesquisa, e eram atribuídos prêmios aos colecionadores e contadores de estórias que mais se haviam distinguido no ano anterior. Em conseqüência dessas atividades, os materiais no Arquivo de Contos Populares de Israel no fim de 1962 excediam a cinco mil estórias.

Seis índices-chaves nos Arquivos, para Informantes, Colecionadores, Linguagens, Terra de Origem, Heróis e Tipos de Conto, fornecem informações sôbre as estórias registradas [5].

---

(5) Os dados sôbre o Arquivo neste Prefácio foram extraídos do artigo de Noy, "The First Thousand Folktales in the Israel Folktale Archives", em *Fabula*, IV (1961), 99-110.

Entre os informantes dos primeiros mil contos colecionados no Arquivo, distancia-se dos demais Iefet Schvili, do Iêmen, trabalhador manual, que contribuiu com cento e treze narrativas. No segundo lugar vem Mordehai "Marko" Litsi, da Turquia, com vinte e duas. Os colecionadores, que contribuíram de bom grado com seus serviços, são escriturários, jornalistas, donas de casa, comerciantes, e residentes de asilo de velhos. Nem todos os colecionadores são judeus; um estudante druso da Universidade Hebraica, Salman Falah, recolheu contos da aldeia drusa de Sumie, e um escritor árabe cristão, Atallah Mansur, proporcionou as tradições arábicas da Galiléia.

A unidade das narrativas folclóricas bíblicas nos círculos de contadores judaicos e arábicos evidencia-se fàcilmente em coleções como a de Hanauer, *Folk-Lore of the Holy Land: Moslem, Christian and Jewish* (1907), e a de Joseph Meyuhas, *Contos Bíblicos no Folclore Árabe* (1928). Em seu Prefácio, Meyuhas indica que os árabes sírios descendem diretamente de cananeus e filisteus, como os judeus modernos descendem de antigos israelitas, e desde então os árabes continuam a contar seu lado da estória. "Para os felás e os beduínos, Noé era um hábil carpinteiro, Abraão um superxeque, Moisés um guerreiro inspirado, Davi um emir, Isaías um inescrutável homem de Alá..." O Corão contém muitas estórias rabínicas e talmúdicas, muitas vêzes ali plantadas por seitas cristãs que viviam no Oriente Médio e que herdaram os mesmos temas lendários que os autores do Talmud e do Midrasch [6].

O índice de linguagens no Arquivo indica que idiomas além do hebraico foram usados no registro dos contos. As línguas principais são ídiche, alemão e inglês. Colecionadores judeus que não sabiam o árabe registraram em inglês de informantes árabes que não sabiam hebraico.

O índice de terras ou comunidades de origem revela vinte e oito regiões ou comunidades diferentes representadas nos primeiros mil registros ACI. As áreas que apresentam maior número de estórias são Iêmen, Europa Oriental, Palestina, Iraque, Turquia e Tunísia.

No índice "Heróis", os arquivistas arrolam personalidades bíblicas ou históricas que centralizam as narrativas. De noventa e quatro dêsses heróis, o Profeta Elias atraiu a maior parte das lendas. Os milagres e as profecias de Salomão, Davi e Moisés também lograram considerável atenção. Não menos favorecidos são Maimônides, o sábio judeu do século XII, o Rabi Schalom Schabazi, um poeta iemenita ilustre, e o Baal Schem Tov, cele-

---

(6) Haim Schwarzbaum, "The Jewish and Moslem Versions of Some Theodicy Legends", *Fabula*, III (1960), 119-169.

brado fundador do movimento hassídico do século XVIII. Entre os heróis modernos, Rothschild é a personalidade judia favorita e Napoleão, a não-judia. Heróis maometanos e cristãos, como Harum Al-Raschid, Maomé e Jesus, são lembrados em Israel.
Finalmente, o índice de tipos de conto identifica uma dada narrativa de acôrdo com o sistema-padrão internacional.
Dêste arquivo excitante e único provieram os contos de fé, mágica e sagacidade que aparecem nas páginas seguintes.

RICHARD M. DORSON

INTRODUÇÃO

Desde os tempos bíblicos, a narração tem sido encarada como uma arte entre o povo judeu. Durante o período pós-bíblico, a literatura era transmitida oralmente e o nome oficial dado a êsse período da Literatura Hebraica foi "Torá Scheb'al Pé", ou seja, Lei Oral. Na rica literatura talmúdico-midráschica, ainda se podem observar sinais de transmissão oral.

As várias comunidades de Israel cultivaram a arte de contar estórias durante os anos de sua longa dispersão. A instituição social do sermão (*derascha*) foi a atração mais popular dentro das comunidades judaicas do Oriente e Ocidente, e o pregador (*darschan*) era o instrumento principal de difusão.

Em aditamento à via religiosa — pois o sermão ocupou lugar na sinagoga e foi fortemente influenciado pelas idéias religiosas — existiam também canais seculares de transmissão. O sermão sinagogal nunca substituiu essas noites de contar estórias. Infelizmente, modernos autores e estudiosos judeus concentraram sua atenção principalmente nos contos religiosos, os quais foram publicados em coletâneas desde o começo da imprensa judaica e, desta forma, atraíram as vistas dos estudiosos judeus. Contudo, a corrente secular continuou a seguir seu próprio curso, ainda que êste fôsse muitas vêzes subterrâneo. Há trinta anos, o eminente folclorista judeu, I. L. Cahan, chamou a atenção dos estudiosos e folcloristas para a rica tradição secular dos judeus da Europa Oriental. Devido ao enérgico trabalho realizado por colecionadores e eruditos do Instituto Científico Ídiche (Yivo) em Vilna, Polônia, e depois da Segunda Guerra Mundial em Nova Iorque, o folclore secular transmitido, em ídiche, pelos judeus da Europa Oriental é agora bem conhecido.

Infelizmente, não surgiu nenhum Cahan entre os judeus orientais, e só depois do estabelecimento do Estado de Israel, e da "reunião das comunidades exiladas" em sua nova terra, evidenciou-se que o nosso conceito acêrca do caráter do conto oriental judaico era também falso. Naturalmente, a estória religiosa, com seu fundo ético e sua conclusão moral, ainda se salienta no acervo literário das comunidades judio-orientais, mas está longe de ser dominante.

Os contos coligidos sob a minha supervisão, no Estado de Israel, desde 1955, de narradores originários de cêrca de trinta comunidades judaicas, testemunham o fato de que o conto mágico e secular ainda desempenha papel importante na vida, imaginação e criatividade dêstes povos. Dentre aproximadamente duas mil e seiscentas estórias coligidas pela Seção Israelense para Pesquisa Folclórica e preservadas no Museu de Etnologia de Israel e no Arquivo Folclórico (Haifa), foi escolhida uma amostra de setenta e uma estórias, o que é um reflexo genuíno do conjunto do material. A ampla dispersão dos narradores, que procedem do Oriente e do Ocidente, atestam que o narrador judeu ainda transporta e difunde tipos e motivos de conto de uma área cultural para outra.

As notas introdutórias a cada estória não pretendem desenhar um amplo fundo acadêmico com tôdas as versões conhecidas e paralelas. Indicam o número de série da estória no ACI (Arquivo de Contos Populares de Israel), o nome e o lugar de origem do narrador, e os dados mais importantes que possam ajudar a esclarecer o tipo principal e os motivos da estória. Os índices de Tipo e de Motivo no final da coletânea se destinam ao estudioso interessado em pesquisa comparada sôbre as estórias publicadas. O glossário será de valia para o leitor não-judeu compreender expressões de natureza local e lingüística.

Nas notas, acentuaram-se versões paralelas na área cultural onde o narrador ouviu o conto. Atenção especial é dada a recentes coletâneas soviéticas da Ásia, geralmente desconhecidas do estudioso ocidental. Elas abarcam elementos orais da Ásia Central e do Cáucaso, associados com a literatura oral da Turquia, Pérsia, Afeganistão, Índia e Arábia e, portanto, com as suas populações judias. Um exame mais acurado dêsses laços recompensará o pesquisador do folclore.

Como encarregado da Seção Israelense para Pesquisa Folclórica e diretor do ACI, gostaria de agradecer ao tradutor do original hebraico para o inglês, Sra. Gene Baharav, e às duas secretárias

Introdução

da Seção, Srta. Elischeva Schoenfeld (1955-1958) e Sra. Heda Jason (1958-1961), que ajudaram a coligir muitas das estórias, a organizá-las no Arquivo e a classificá-las. A Universidade Hebraica em Jerusalém colocou à minha disposição uma Bôlsa de Pesquisa Warburg de cinco anos, que me desobrigou em parte de meus deveres docentes e permitiu-me dedicar todo o meu tempo a organizar uma rêde de voluntários e colecionadores treinados. Devo agradecer também aos Professôres E. E. Urbach, responsável pelo Instituto da Universidade Hebraica para Estudos Judaicos, Schimeon Halkin, diretor do Departamento de Literatura Hebraica, e Dov Sadan, diretor do Departamento de Literatura Ídiche. A Prefeitura Municipal de Haifa acolheu o plano de fundar, nesta cidade, o primeiro Museu de Etnologia de Israel, onde se abriga a coleção ACI, e seu prefeito, Abba Khoushi, sempre mostrou grande interêsse e entendimento para com os objetivos acadêmicos do Museu. O falecido editor do diário de Tel Aviv, *Omer,* e presidente da Associação de Jornalista de Israel, Dan Pines, e seu sucessor, Dr. Zvi Roten, abriram generosamente suas colunas à publicação dos contos populares do ACI.

Meu ex-aluno, Dan Ben Amos, agora graduado na Universidade de Indiana, ajudou grandemente no preparo do manuscrito. Grande parte da correspondência e assuntos de pormenor foram tratados por Heda Jason. Richard M. Dorson, o editor da série, encorajou-me nessa emprêsa e ajudou a superar as dificuldades causadas pela distância.

Mas minha maior gratidão se dirige às dezenas de colecionadores e narradores que deram o melhor de seus esforços no sentido de preservar os contos para o amplo público em Israel e no exterior, bem como para as futuras gerações. Graças a êles e a seus contos antigos, os motivos comuns a tôdas as comunidades judaicas se tornaram mais claros e foi esclarecida sua origem.

Em Israel, está surgindo uma nova síntese cultural, de diversas tradições. Esperamos que a reunião e preservação dos contos populares judaicos de circulação oral conduzam a uma autêntica literatura popular hebraica baseada em tradições antigas e características do conjunto do povo judeu. Esperamos que essa modesta coletânea traga êste caráter ao conhecimento de leitores e estudiosos de todo o mundo, sobretudo aos que desconhecem o idioma hebraico.

Dov Noy

Universidade Hebraica, Jerusalém.

OS JUSTOS

1. O VIANDANTE E SEU BURRO

ACI 1183. Coligido por Zvulun Kort, que o ouviu em sua juventude no Afeganistão.

Outra versão dêste texto, oriunda da Palestina, fornece-a J. E. Hanauer, *The Folk-Lore of the Holy Land,* pp. 234-237, e W. Sidelnikov, *Contos Populares do Cazaquistã,* N.º 24, dá uma versão da Ásia Central. Essa forma do conto do "animal piedoso" (cf. Tipo 1842, *O Testamento do Cachorro*) é muito difundida na área cultural muçulmana em conexão com a veneração de sepulturas de homens santos. Ver R. Kriss e H. Kriss--Heinrich, *Volksglaube im Bereich das Islam.* Vol. I: *Wallfahrtswesen und Heiligenverehrung* (Wiesbaden, 1960) [1].

Um viandante muçulmano tinha um burro. Êste burro era tudo o que possuía, e por isso gostava dêle mais do que de qualquer outra coisa. Em suas andanças, morreu-lhe o burro, e o muçulmano tornou-se deprimido e triste. Certo dia, chegou a uma aldeia, cujo xeque, compadecendo-se dêle, ofereceu-lhe de presente um belo potro. O viandante criou amizade ao animal, pois lhe era de grande serventia em suas caminhadas.

---

(1) Para um tratamento literário desta estória, veja-se, em *Nova e Velha Pátria,* o conto *O Errante.*

Um dia, o burro caiu e morreu. O viajante cavou-lhe uma sepultura em um outeiro e pôs em cima duas estacas. Amarrou uma faixa de pano como bandeira, a fim de indicar que ali estava enterrado seu amigo orelhudo. Depois, sentou-se no outeiro e pranteou-se por sete dias. No sétimo dia, um passante viu o nosso amigo sentado no outeiro e dos seus olhos corriam lágrimas como se fôsse água. Pensou o homem: "Em verdade, aqui deve estar enterrado um homem muito santo". Tirou uma moeda do bôlso e entregou-a ao viandante. Passaram outras pessoas e, uma a uma, tôdas deram dinheiro ao viajante. Nos dias seguintes, mais gente passou, e alguns ficaram no outeiro, construíram lugares para morar, e ergueram um minarete.

Correu a notícia de que um homem santo estava enterrado naquele local, e começou a chegar gente de todos os cantos do país, trazendo oferendas em dinheiro, em gado e em bens. Mesmo aquêles que estavam atacados de doenças vieram procurar cura. Difundiu-se o rumor de que o viandante era um homem benévolo, e concedia sua misericórdia a todos os que procuravam justiça.

Ecos de tais relatos chegaram aos ouvidos do xeque, o mesmo que havia dado o potro ao viandante, e êle também veio rezar. Subiu ao minarete e, depois, deitou-se sôbre o túmulo do homem santo, no outeiro. Mas qual não foi o seu espanto quando viu lá o infeliz viajante. Ficaram realmente satisfeitos em se encontrarem. O xeque perguntou: — Diga-me uma coisa, amigo, qual é o nome do santo homem que está enterrado aqui?

Os olhos do viajante turvaram-se com o embaraço e êle começou a gaguejar: — Eu... eu... vou contar tôda a verdade. Não há nenhum homem santo enterrado aqui, é apenas o burro, presente seu.

O xeque explodiu numa gargalhada. — Você se lembra do túmulo do homem santo na minha aldeia e do minarete?

— É claro, lembro, lembro, sim.

— Pois bem, amigo — consolou-o o xeque — não se aflija. Não há santo algum enterrado lá, sòmente a mãe do burro que você enterrou aqui.

2. AS DUAS CABRAS DE SCHEBRESCHIN

ACI 532. Narrado a Dov Noy por um ancião, judeu da Polônia.

Sôbre cavernas e passagens subterrâneas (Motivo F721.1) que conduzem das Terras de Dispersão para a Terra de Israel, ver Dov Noy, *A Diáspora e a Terra de Israel* (hebraico), p. 44; *Idischer Folklor* (1938), ed. I. L. Cahan, N.º 20, p. 147; e o conto do famoso novelista hebraico Sch. I. Agnon (n. 1888), "Uma estória com uma cabra", em *Estórias Coligidas de Sch. I. Agnon*, II: *Estas e Aquelas* (Tel Aviv, 1959), 373-375 (hebraico). A cabra desempenha também importante papel nas lendas de viagem do Rabi Israel Baal Schem Tov à Terra Santa. Schebreschin era uma das nove aldeias polonesas fundadas pelos judeus expulsos da Espanha. A etimologia popular explica a origem do nome da aldeia do hebraico "Schev Rischon" (Sente-se primeiro!); ver Cahan (1938), N.º 23, p. 148. Motivos pertinentes são D2131, "Viagem mágica subterrânea", D1555, "Passagem subterrânea aberta màgicamente", F92, "Entrada feita para o mundo inferior", F111, "Viagem ao paraíso terrestre", F721.1, "Passagens subterrâneas. Viagem feita através de subterrâneos naturais", B103.0.5, "Cabra que produz tesouro", B563.4, "Animal conduz clérigo a lugar santo", e N773, "Aventura de seguir animal a caverna (mundo inferior)".

Nas florestas perto da aldeia polonesa de Schebreschin, vivia um pobre *hassid* e sua mulher. Todos os sábados, o *hassid* costumava ir à aldeia para rezar e estudar na sinagoga. E o que fazia êle no resto da semana? Ninguém sabe. Sabe-se apenas o seguinte: êle possuía duas cabras que davam muito pouco leite. Todos os dias a mulher do *hassid* soltava as cabras no campo e à noite as prendia de nôvo. O *hassid* e sua mulher costumavam vender leite de cabra, manteiga, e queijo, mas ganhavam muito pouco.

Um dia, a mulher foi ordenhar as cabras, mas não estavam lá. O *hassid* e sua mulher procuraram-nas pela floresta, e não as encontraram. A mulher lembrou-se, então, de que de manhã se esquecera de amarrá-las. Começou a chorar e gritar, mas o marido acalmou-a, dizendo com um sorriso nos lábios: — Tudo vem do Alto.

A mulher olhou os olhos do marido e compreendeu que havia algo de misterioso no caso. Lembrou-se de como o marido desejara comprar as cabras e criá-las. Êle havia dito então: — É a vontade do Alto.

Ao entardecer, as cabras regressaram e naquela mesma tarde deram uma grande quantidade de leite — mais do que nunca haviam dado. A mulher do *hassid* considerou isso como um sinal de que as cabras estavam abençoadas. E no dia seguinte não as amarrou de nôvo.

Uma vez mais não pôde encontrar as cabras durante o dia, mas de tarde elas retornaram, pesadas de leite. O *hassid* e sua mulher venderam o leite na aldeia, e veja! era diferente de qualquer outro leite. Êste restaurava a saúde dos doentes, e mesmo os que se achavam em estado grave ficaram bons depois de bebê-lo. Em pouco tempo, não havia mais doentes em tôda a aldeia de Schebreschin.

Seis dias se passaram. No sétimo dia, o *hassid* decidiu seguir as cabras na floresta. As cabras correram, e êle atrás delas. Chegaram a um lugar onde as árvores eram muito próximas uma da outra, árvore sôbre árvore. As cabras precipitaram-se por baixo das árvores. O *hassid* ia atrás delas. Havia uma abertura no chão perto das árvores, e as cabras entraram. O *hassid* seguiu-as. De repente, êle se viu dentro de uma caverna e divisou de longe um facho de luz. As cabras correram em direção da luz. O *hassid* acompanhou-as.

Durante o percurso, apareceram diabos prêtos com línguas vermelhas de fogo. Gritavam até fender os céus. Caíam pedras de todos os lados. Atrás dêle ouvia-se o retinir de moedas de prata e mulheres nuas surgiam ao seu lado. Mas o *hassid* continuou seu caminho. Não olhou para a direita, nem olhou para a esquerda. Sua fé no Alto não esmoreceu, nem por um segundo. E assim as fôrças do mal que tentaram perturbá-lo se foram, uma a uma. O *hassid* chegou à luz na abertura da caverna. Ao sair, viu o céu azul e um rapazinho, de pé, tocando uma melodia para suas cabras. Vendo o *hassid*, o menino aproximou-se e perguntou em hebraico: — Você é nôvo em nosso distrito?

O *hassid* estacou cheio de admiração, pois compreendeu que seus pés estavam tocando o solo sagrado da Terra de Israel. O rapaz continuou a falar: — Também sou nôvo aqui nas redondezas de Safed. Até agora costumava levar minhas cabras às Colinas da Judéia, às montanhas da Cidade Santa de Jerusalém.

O *hassid* lançou-se ao chão, beijando o solo e as pedras, enquanto dava graças ao Senhor. Depois, sentou-se e escreveu uma carta aos judeus de Schebreschin e a todos os judeus no *galut*. Pedia-lhes que viessem e que não tivessem mêdo das coisas que vissem na caverna, pois eram fantasmas, sem realidade. O *hassid* pôs a carta numa grande fôlha de figueira, amarrou-a ao pescoço de uma das cabras e escreveu na fôlha de figueira que a carta deveria ser entregue ao rabi de Schebreschin.

Nessa mesma tarde, as cabras voltaram, cheias de leite. A mulher do *hassid* viu que seu marido não viera e ficou muito apreensiva. Na realidade, estava tão preocupada que não reparou na fôlha de figueira amarrada ao pescoço da cabra.

A mulher esperou um dia, dois dias, três dias, e seu marido não regressou. Ela tinha certeza de que os ladrões na floresta o haviam matado, e ficou perguntando a si mesma por que deveria permanecer na floresta? Seria melhor mudar-se para a aldeia de Schebreschin e viver dentro da comunidade judia... Dito e feito. E para que se precisa de cabras numa aldeia? Era melhor abatê-las e vender a carne. Dito e feito.

Sòmente depois de abater as cabras, é que o *schohet* encontrou a carta na fôlha de figueira, e chamou imediatamente o rabino. Depois que o rabi leu a carta, começou a chorar: — Que podemos fazer agora? As cabras não podem recobrar a vida e só elas conheciam o caminho para a Terra Santa.

O rabi decidiu que os judeus de Schebreschin não deviam comer nem beber, durante três dias; deveriam rezar. Provàvelmente, por causa de suas más ações, a carta não fôra encontrada a tempo e êles não poderiam chegar à Terra Santa. Agora teriam de esperar no *galut* a redenção.

O rabino de Schebreschin guardou essa carta na sinagoga por muitos anos. Quando houve o grande incêndio que destruiu a maior parte de Schebreschin, a carta da Terra Santa também se perdeu.

velho rabino

3. A TUMBA DO REI DAVI EM JERUSALÉM

ACI 966. Coligido por Nehama Zion, de Miriam Tschernobilski, nascida na Polônia.
O conto está centrado em tôrno dos Motivos D1960.2, "Kiffhäuser. Rei dorme na montanha", e C897.3, "Tabu: calcular o tempo do advento do Messias". O folclore judaico está repleto de histórias de piedosos rabinos que tentaram, e falharam, trazer o Messias à terra. O parentesco entre Elias e o Messias é discutido por E. Margolioth em *O Profeta Elias na Literatura Judaica* (hebraico), pp. 156-157. Na tradição judaica, o verdadeiro Messias é um descendente do Rei Davi, ao passo que o falso é aparentado com a casa de José. Outros contos relacionados com a tumba do Rei Davi encontram-se em J. E. Hanauer, *The Folk-Lore of the Holy Land,* pp. 89-93, 132-133. Existe uma outra versão do presente texto em A. Ben-Israel Avi-Oded, *Lendas da Terra de Israel* (hebraico), pp. 220-221 [1].

Oitenta anos atrás, numa *ieschivá* polonesa, viviam dois alunos que acordaram com um desejo ardente pela redenção. Ambos desejavam especialmente subir a Eretz Israel, a Terra dos Pais. Almejavam particularmente ver o túmulo do Rei Davi. Sonha-

(1) Para um tratamento literário desta estória, ver, em *Nova e Velha Pátria,* o conto *Na Gruta do Rei Davi,* de H. N. Bialik.

ram com isso dia e noite e, finalmente, começaram a pensar numa maneira de transformar os sonhos em realidade. Não tinham dinheiro, então resolveram subir a pé. Assim decidiram, assim fizeram. Saíram apenas com bengalas e mochilas. No caminho, encontraram muitos obstáculos mas, com a ajuda de Deus, sobrepujaram a todos e alcançaram, finalmente, a cidade santa de Jerusalém. Tremiam e estavam muito felizes no coração por se acharem no lugar sagrado e terem chegado ao destino sãos e salvos. Ainda dominados pela alegria, de repente se viram exatamente do lado oposto do Monte Sion. Todavia, não sabiam com exatidão onde se localizava o túmulo do Rei Davi nem que caminho os levaria lá. Enquanto permaneciam assim indecisos, o Profeta Elias, de abençoada memória, apareceu-lhes e mostrou-lhes o caminho.

— Agora, meus filhos, quando alcançarem o túmulo e entrarem e descerem os degraus, fiquem sempre na parte mais baixa do túmulo. Seus olhos serão deslumbrados por tôdas as visões de desejos que verão ali, prata, ouro e diamantes. Cuidado para não perderem a razão! Devem procurar a jarra de água ao lado da cabeça do Rei Davi. Derramem água da jarra nas mãos que o Rei Davi lhes estenderá. Derramem água três vêzes em cada uma das mãos, e o Rei levantar-se-á e seremos redimidos. Pois o Rei Davi não está morto; êle vive e existe. Está sonhando, e acordará quando nos tornarmos dignos dêle. Por suas virtudes e pelo mérito dessa aspiração e dêsse amor, êle se levantará e nos redimirá. Amém, que isso venha a acontecer.

Depois de proferir essas palavras, o Profeta Elias desapareceu. Os moços subiram o Monte Sion, guardado pelo Profeta Elias, Desceram às profundezas do túmulo do Rei Davi. Tudo se passou como dissera o Profeta Elias. O Rei Davi estendeu-lhes as mãos, e havia uma jarra de água junto à sua cabeça. Porém, devido aos nossos muitos pecados, a riqueza em volta cegou os olhos dos jovens e êles se esqueceram de despejar água nas mãos estendidas. Angustiadas, as mãos se retraíram e imediatamente a imagem do Rei desapareceu.

Os jovens ficaram assustados quando compreenderam que, por intermédio dêles, a redenção fôra adiada mais uma vez e o *galut* teria de continuar por muito tempo. Ambos choraram amargamente, porque a *mitzvá* da redenção estivera em suas mãos e a haviam deixado escorregar por entre os dedos.

Possa chegar o dia em que a prata e o ouro não mais ofusquem os nossos olhos. E quando chegar outra vez a hora certa, que essa não seja mais adiada. Amém e amém.

4. JOSÉ, O JUSTO DE PEKI'IN

ACI 437. Registrado por Min'am Haddad, professor árabe oriundo de Peki'in, como o ouviu de A. Zinati, um judeu *sfaradi* nascido nessa aldeia árabe.

O décimo homem requerido para um *minian* é um motivo comum no folclore judeu e tema tanto de pilhérias como de lendas religiosas. Em muitos contos, o Profeta Elias completa o *minian,* por exemplo, ver J. E. Hanauer, *The Folk-Lore of the Holy Land,* pp. 57-58. Para referências a êsse motivo nos contos humorísticos judeus, ver R. M. Dorson, "Jewish-American Dialect Stories on Tape", em R. Patai, F. L. Utley e D. Noy (ed.), *Studies in Biblical and Jewish Folklore,* N.º 61, p. 158, e além disso notas introdutórias. Um recente tratamento literário americano é *The Tenth Man,* de Paddy Chayefsky (Nova Iorque, 1959). Outra versão de nosso conto encontra-se em M. Ben-Iehezkel, *O Livro de Contos* (hebraico), V, 367-371. Os Motivos D1472.1.22, "Bôlsa (saco) mágica provê alimento", e D1652.5.11, "Saco de alimento inesgotável", têm um paralelo bíblico; ver *I Reis,* 17, 14. Estão presentes também os motivos C423.1. "Tabu: revelar fonte de poder mágico", F348.5.1.1, "Mortal não pode revelar segrêdo de dádiva de alimento inesgotável", e o Motivo geral Q140, "Recompensa milagrosa ou mágica".

Centenas de anos atrás, quando a aldeia de Peki'in, na Galiléia, era totalmente judaica, lá vivia um homem chamado José, que era piedoso e de bom coração. Seguia os caminhos de Deus e obedecia aos mandamentos. O homem e sua mulher, como todos os outros habitantes da aldeia, tiravam o sustento de arar a terra.

Não havia moinho em Peki'in e quem precisava moer cereais tinha de ir ao *Wadi* Casib, cuja fonte está situada ao sopé das Montanhas Meron e que deságua no Mediterrâneo perto de Gescher Haziv. As águas do rio eram caudalosas e davam bem para mover os moinhos.

Todos os meses, José costumava ir a êsse local, depois que a espôsa limpava e lavava o cereal, a fim de moê-lo no moinho. Uma vez, ao voltar para casa, passou por um *wadi,* a oeste da aldeia de Peki'in. Começou a cantarolar certa melodia que aprendera com seu pai, abençoada seja sua memória!, que fôra o melhor remendão de Peki'in. Finalmente, José chegou à nascente Ein Tiria, ao sopé da montanha, não muito longe do leito do *wadi.* Lá, junto ao túmulo do sábio Aba Hoschaia, sentou-se para matar a sêde e repousar da longa jornada. Antes de retornar à estrada principal, ouviu uma voz que vinha da base da montanha. Levantou os olhos e viu um grupo de homens vestidos de prêto, postados no local, acenando-lhe com a mão.

Em seguida, um ancião de longas barbas brancas aproximou-se e chamou-o: — Somos nove rabinos aqui. Queremos rezar e precisamos do décimo para completar o *minian.* Se és judeu, vem e reza conosco.

José amarrou o burro a uma árvore e seguiu o velho pela encosta da montanha.

Terminada a oração e José pronto para partir, o velho rabino lhe disse: — Toma êsses três seixos e coloca-os no teu saco de farinha. Êle nunca ficará vazio, enquanto guardares o segrêdo em teu coração. Mas precisas saber que, uma vez revelado a alguém, tua mulher e tôda a tua família morrerão. — O ancião disse tais palavras e pôs as três pedras nas mãos de José.

José colocou os seixos no saco de farinha e partiu em seu burro. Passou-se um mês, depois dois e três se passaram. Tôda vez que sua espôsa ia buscar farinha para fazer massa, encontrava o saco sempre cheio. Estava muito curiosa para saber a razão. Todavia, o marido nada quis revelar. Disse: — Nunca brigamos, nem trabalhamos aos sábados e dias santificados e assim Deus nos cobre de bênçãos. — A mulher não se satisfez com essa explicação sem sentido e disse: — Vou abandonar-te para sempre se não me revelares o segrêdo.

Finalmente, José concordou e contou-lhe sôbre a oração e o *minian.*

Naquela noite, o ancião apareceu a José e falou: — Por sêres justo, tua mulher e teus filhos não morrerão, mas o saco ficará vazio e nunca mais viverás em paz e alegria. De hoje em diante, viverás em discórdia com tua espôsa.

José caiu em prantos e implorou, mas foi em vão. Como o velho dissera, assim aconteceu. Daquele dia em diante, José começou a brigar com a espôsa, e sua vida encheu-se de amargura.

Passaram-se anos e José morreu e foi enterrado em seu jardim. O milagre que lhe acontecera tornou-se conhecido de tôda a aldeia, e acrescentaram o epíteto de "justo" ao seu nome. Até hoje pode-se ver em Peki'in o "Jardim de José, o Justo", porém muitos acreditam que é assim chamado em intenção de José, filho de Jacó, o Patriarca.

5. O RICO AVARENTO E O SAPATEIRO

ACI 271. Registrado por Tsipora Rabin, dona de casa, em Tel Aviv, do Rabi Bernstein, nascido na Rússia.

Os justos secretos, anônimos, que se esmeram em fazer caridades são muito comuns no folclore judeu do Oriente e do Ocidente. Cf. os Motivos V433, "Caridade de santos", e Q44.2, "Homem perdoado por pequenas faltas quando se soube que dava dinheiro aos pobres como esmola".

Em certa aldeia, morava um judeu rico. Era avarento e nunca dava esmolas aos pobres. Certa vez, chegou um homem e lhe pediu uma esmola. O ricaço perguntou: — De onde você é?

— Daqui da aldeia — respondeu o mendigo.

— E' impossível! — exclamou o homem rico. — Aqui todos sabem que eu nunca dou esmolas.

Na mesma cidade morava outro judeu, um sapateiro. Era um grande benfeitor e com mãos abertas dava esmolas a todos que o procuravam.

Um dia o avarento morreu. Os judeus da aldeia e o rabino, o chefe da comunidade, resolveram enterrar o rico avarento junto à cêrca. Nem mesmo acompanharam o funeral até o cemitério.

Passaram-se vários dias. Quando os pobres foram, como costumavam, à casa do sapateiro para pedir esmolas, êle lhes disse: — Não tenho nada para lhes dar.
— Como é possível? O que aconteceu? — exclamaram os pobres.

O sapateiro foi chamado à casa do rabi, que lhe perguntou:
— Como é que um homem como você deixa de dar esmolas?

O sapateiro então contou a seguinte estória: — Há muitos anos atrás, o homem rico que morreu há poucos dias veio à minha casa com uma grande soma de dinheiro, para eu distribuir como caridade, com a condição de que eu não revelasse de onde provinha o dinheiro. Assim fiz. Prometi a êle que nada revelaria até o dia de sua morte. Ele me dava todo o dinheiro e todos me consideravam um grande benfeitor. Agora, com a morte do homem rico, não tenho um níquel para dar, pois também sou pobre.

Quando o rabi ouviu a estória, reuniu todos os moradores da aldeia e foram ao túmulo do "avarento", e pediram perdão pelo mal e pela humilhação que lhe haviam causado. No seu testamento, o rabi pediu que fôsse enterrado junto à cêrca, ao lado da sepultura do avarento.

6. QUEM TEM FÉ EM DEUS É RECOMPENSADO

ACI 1627. Registrado por Hanina Mizrahi, como o ouviu em sua juventude no Irã.

Encontra-se uma variante em M. Gaster, *The Exempla of the Rabbis,* N.º 414, pp. 159-160, 262. Entre suas referências, Gaster cita outras coletâneas literárias muito conhecidas, como Boccaccio, *Decameron,* 10.º dia, 1.º conto; *Gesta Romanorum,* N.º 109; Benfey, *Pantschatantra,* I, 604; e Bin Gorion, *Der Born Judas,* II, 260, 356. Os Motivos presentes são Q4, "Humilde recompensado, altivo punido"; Q22, "Recompensa pela fé"; e Q221.6, "Falta de confiança em Deus punida".

Um homem rico separou cem *toman* para um pobre duramente atingido pelo destino, que, cheio de amargura na alma, deixasse de ter fé em Deus.

O ricaço pôs as cem *toman* no cinto e foi ao mercado. Por ali vagavam alguns ociosos e, aproximando-se dêles, o homem rico disse: — Quem proclamar perante a multidão que não tem mais fé em Deus receberá de mim cem *toman*. — Tirou um saquitel e ergueu-o aos olhos dos mendigos. Êles lhe gritaram com desprêzo: — Vá embora! Vá embora daqui! Nossos olhos estão voltados para a misericórdia de Deus e até nosso último dia confiaremos nêle.

O ricaço deixou os mendigos e se dirigiu a um local deserto onde encontrou um homem nu, deitado sôbre cinzas. O homem rico lhe disse: — Levanta-te, miserável e sofrida criatura. Toma êsse saquitel de cem *toman*, para fazer reviver tua alma enfraquecida, e confessa que não tens mais fé no Senhor Todo-poderoso.

— Não, nunca! — disse o homem desnudo. — Até o meu último alento, não deixarei de confiar no auxílio divino.

— Ai! — suspirou o outro. — Não encontrei entre os vivos um único homem que não tivesse fé em Deus. Darei meu dinheiro aos mortos, que, sem dúvida, perderam tôda esperança.

O ricaço foi ao cemitério, cavou um buraco num dos túmulos e chamou: — Acordem, despertem, mortos eternos, que já perderam tôda a esperança, e tomem meu dinheiro. — Depois voltou para casa.

Passaram-se os anos. A roda da fortuna girou. O ricaço perdeu tôda a fortuna e teve de viver de pão sêco e água. Na amargura que avassalava sua alma, foi ao cemitério onde havia escondido o dinheiro. Esperava que, achando-o, poderia salvar-se a si e à sua família da fome.

Enquanto cavava, os guardas do cemitério o apanharam e entregaram à polícia, dizendo que por diversas vêzes fôra visto roubando mortalhas e que tinha consigo uma bôlsa de moedas certamente roubada de um dos túmulos.

A polícia encontrou a bôlsa de dinheiro com o homem e o atirou na prisão sem ouvir suas palavras.

No dia seguinte, foi trazido ao rei para o julgamento. O prisioneiro confessou dizendo: — Pequei contra o Onipotente e escondi meu dinheiro nos túmulos dos mortos que, acreditei, haviam perdido tôda a esperança. Por estupidez, fiquei pobre e voltei ao cemitério para desenterrar a bôlsa de dinheiro que escondi lá anos atrás. Os guardas do cemitério me prenderam, levantando uma falsa acusação contra mim. Generoso monarca, tenha piedade de mim.

O rei, reconhecendo-o, disse: — Não sabes que a ajuda divina vem num abrir e fechar de olhos? Sou aquêle homem desnudo que encontraste deitado nas cinzas e, com o auxílio do Todo-poderoso, galguei o trono. Quem tem fé em Deus é recompensado.

E deu ordens à polícia: — Devolvam a bôlsa a êste pobre homem e deixem-no ir. Êle está dizendo a verdade.

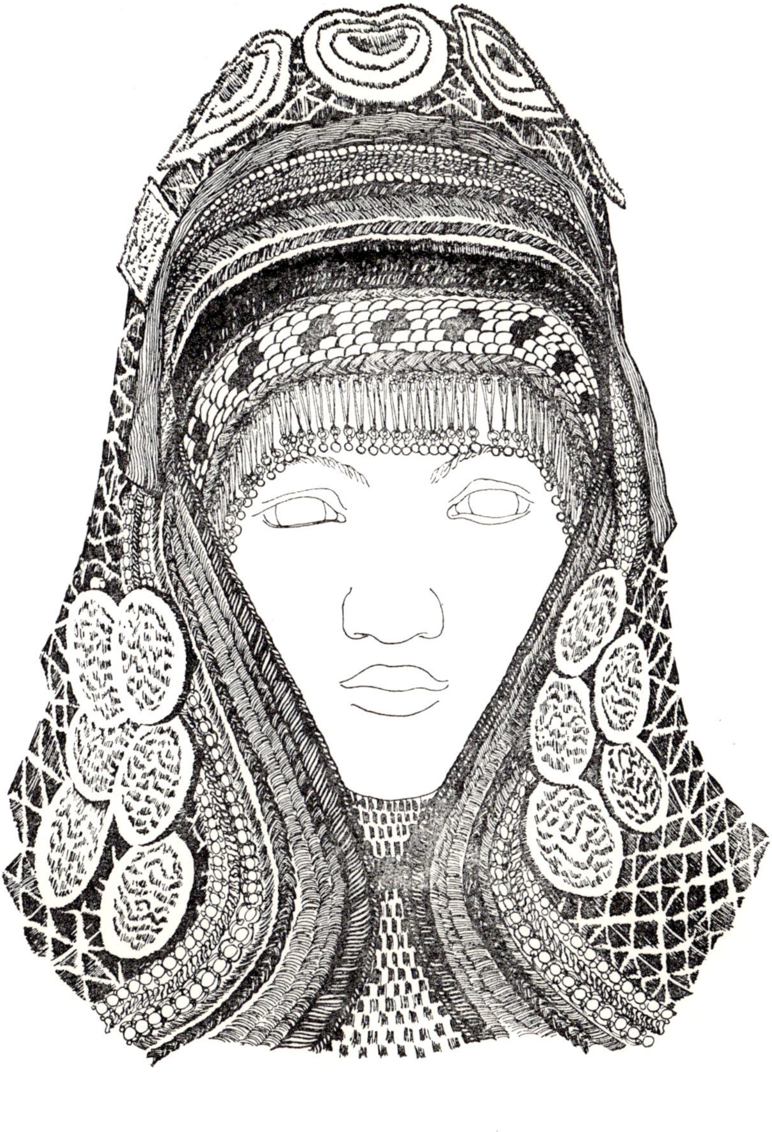

tipo oriental

7. A SÊCA EM MOSSUL

ACI 719. Coligido por Mosche Wigiser, em Herzlia, em 1955, de Mosche Morad, nascido em Mossul, Iraque.
Em muitas regiões do Oriente, os árabes consideram os judeus fazedores de chuvas e chegam a pensar que a sêca é causada pelo desinterêsse dos judeus em rogar pedindo chuva. Em muitos contos, os reis árabes ameaçam seus cidadãos judeus com morte ou expulsão se a sêca se estender por muito tempo. Para discussão e referências, ver Dov Noy sôbre "Chuva no folclore", em *Encyclopaedia Hebraica*, no verbête "Geschem" (Chuva). A idéia persa de que os judeus são especialmente instruídos em fazer chover é evidente na estória do Talmud da Babilônia do século quarto (Taanit 24b) sôbre o Rei Schapur, sua mãe, e o sábio Rava.
Cf. Dov Noy, "A Prece do Simplório Faz Chover" (hebraico), uma discussão do Tipo 827, *Um Pastor Nada Sabe de Deus,* e Motivos D2143.1.3, "Chuva produzida por oração", e V51.1, "Homem que não sabe rezar tão santamente que possa andar na água", em *Machnayim,* N.º 51 (1960), 34-45, esp. p. 39.

Na cidade de Mossul, na Babilônia do Norte (Iraque), os judeus e os muçulmanos viviam lado a lado, por muitas gerações, em paz e compreensão mútua.

Mas, nos velhos tempos, o diabo sempre estava fazendo travessuras entre êles e irrompiam freqüentes disputas.

Certo ano, aconteceu que as chuvas não caíram sôbre o país e o céu cessou de encharcar a terra. Passou-se a Festa de Hanucá e as chuvas não vieram. Depois veio quinze de Schevat, Ano Nôvo das Árvores, e nada de chuva. Todos angustiados, já torciam as mãos, gemendo: — Ai de nós, êste será um ano de sêca. Ai de nós.

Nesse meio tempo, os gêneros tornaram-se caros e o preço do trigo subia de semana para semana.

Na sexta-feira, dia muçulmano para oração, todos os muçulmanos dirigiram-se à grande mesquita de Mossul e rezaram. Mas debalde.

Quando os muçulmanos viram que suas orações não foram ouvidas, ficaram ainda mais acabrunhados. Procuraram os judeus, seus vizinhos, pedindo: — Esqueçamos as nossas brigas do passado e roguem ao seu Deus por nós também. Possa Êle ouvi-los e mandar chuva às nossas terras crestadas. Assim, seremos salvos, graças a vocês, e não morreremos.

Todos os judeus de Mossul, jovens e velhos, dirigiram-se juntos à sinagoga e, de lá, foram ao velho cemitério de seus antepassados e rabinos, homens que haviam sido sábios e santos em vida. Os judeus rezaram em voz alta e clamaram com amargura: — Salva-nos, ó Senhor, e manda chuva às nossas terras. Por que devemos morrer, nós, nossos filhos e nossos vizinhos muçulmanos?

E enquanto oravam e se lamentavam, o céu cobriu-se de pesadas nuvens escuras e a chuva desabou sôbre a terra.

Quando os muçulmanos viram isso, acorreram ao cemitério judeu, carregaram os judeus nos ombros e os levaram para casa em meio a músicas e danças.

E, desde então, só houve paz e amor entre os judeus de Mossul e seus vizinhos muçulmanos.

8. A CIDADE QUE TINHA FÉ EM DEUS

ACI 186. Coligido por David Alkaiam, de Rafael Uhna, nascido no Marrocos.

Êste texto combina os Tipos 1199, *A Oração do Senhor,* e 332IV episódio (a), *Morte Vinga-se Induzindo por Lôgro o Homem a Terminar a Oração,* e contém os Motivos C785, "Tabu: tentar guardar provisão para o dia seguinte", Q221.6, "Falta de confiança em Deus punida", e G303.3.1.12, "O diabo como um cavalheiro elegante". O primeiro herói cultural na tradição judaica que tentou prolongar a vida estudando os escritos sagrados quando estava para morrer foi o Rei Davi. Ver L. Ginzberg, *The Legends of the Jews,* IV, 113-114, VI, 271.

Esta é a estória de uma cidade cujos habitantes eram devotos e tinham fé em Deus. Nenhum dêles costumava economizar, nem mesmo um tostão, pois diziam: — Devemos comer e beber hoje e, para amanhã, confiamos em Deus. — Por isso, entre êles, nenhum possuía riqueza.

Um dos habitantes, chamado Meir, era guarda. Cumpria seus deveres com diligência e boa vontade. Mas tinha uma mulher má, e que não acreditava em Deus. Dia e noite, importunava o marido: — Precisamos guardar dinheiro para a nossa velhice.

— Mas Meir sempre respondia: — Confio em Deus e nada temos a temer.

A mulher era estéril e, como não tinha filhos, vivia muito preocupada com a velhice. — Quem nos sustentará no futuro?

— A confiança no poder divino é uma grande coisa — respondia o marido. — Portanto, não tenha mêdo.

O Todo-poderoso, abençoado seja Êle, considerou e disse ao Anjo da Morte: — Vai buscar a alma de Meir da cidade de meus fiéis, porque êle não confia mais em mim.

Quando Meir retornou do trabalho, o Anjo da Morte estava à sua espera, disfarçado em carregador e trazendo dois sacos de farinha. Disse a Meir: — Um homem rico enviou esta farinha para os habitantes dessa cidade; distribua-a, mas tire antes a sua parte.

Meir fêz como foi ordenado. Foi de casa em casa com a farinha. Os habitantes, porém, recusaram aceitá-la, dizendo: — Hoje temos alimento necessário. Quanto ao amanhã, confiamos em Deus.

Meir voltou ao carregador e relatou tudo o que acontecera. O carregador revelou a verdade: era o Anjo da Morte e viera buscar a alma de Meir, porque êle não tinha mais fé em Deus. Meir implorou ao anjo: — Prometa não levar minha alma enquanto eu não disser a oração *Schmá*: "Ouve, ó Israel".

O Anjo da Morte concordou, dizendo: — Maldito seja eu se levar comigo a tua alma antes que tenhas entoado o "Ouve, ó Israel".

Meir iniciou a oração, mas interrompeu-a, dizendo: — Maldito seja eu se alguma vez completar essa oração. — O Anjo compreendeu que Meir o enganara; assim, desapareceu.

Meir relatou à espôsa tudo o que acontecera. Ela disse: — Venha, vamos fugir do Anjo da Morte, vamos para outra cidade. — Dito e feito.

Depois de algum tempo, o Anjo da Morte disfarçou-se em homem rico. Voltou à mesma cidade e perguntou se podia hospedar-se na casa de Meir. Os notáveis do lugar informaram-no: — Êsse judeu Meir é pobre sujeito. Há muitas pessoas ricas e benévolas que teriam prazer em hospedá-lo. Não prefere essa hospitalidade?

Entretanto, o hóspede não concordou ficar com ninguém a não ser com Meir. O casal estava muito satisfeito com o hóspede, que não regateava dinheiro nas despesas.

Sempre que Meir rezava, o rico ficava ouvindo. Observou que tôdas as vêzes que Meir chegava à oração "Ouve, ó Israel", saltava o fim e nunca a rezou inteira. Assim, passaram-se os dias.

Certa manhã, como costumava fazer, a mulher de Meir entrou no quarto do hóspede para acordá-lo. Levou um grande susto ao ver que êle estava morrendo. Chamou o marido apressadamente: — Venha depressa recitar o "Ouve, ó Israel" durante a sua agonia. Depois o enterraremos em segrêdo e tôda a sua fortuna ficará conosco. — A princípio Meir recusou-se a satisfazer o desejo da espôsa, mas finalmente acedeu aos seus rogos e resmungos.

Meir terminou o *Schmá* e o Anjo da Morte pulou da cama e apoderou-se de sua alma.

9. AS BÊNÇÃOS DE SANTO DESCONHECIDO

ACI 1828. Coligido por Nehama Zion, de uma mulher da Bessarábia.

A "oração do simplório" e o "justo secreto" são temas comuns nos contos populares dos judeus e aqui se combinam no episódio final do desaparecimento do aguadeiro. Cf. os artigos escritos por Dov Noy em *Machnayim*: "A Prece do Simplório Faz Chover", N.º 51 (1960), e "Homens de Milagres no Folclore Judeu" (hebraico), N.º 63 (1961).

Em certa aldeia da Polônia, havia uma família composta apenas de marido e mulher. Não tinham filhos, embora estivessem casados há dez anos. O marido aceitou o destino, pois, o que é o homem para pôr em questão os caminhos do Senhor? A mulher, todavia, não se resignava a ser estéril e lutava contra a sua má sorte, pois de que serve a fortuna, se não se possui o maior tesouro de todos, um filho? Foi de médico em médico e de um especialista em outro, mas Deus não a tornou fecunda. Quando ela compreendeu que médicos e especialistas não podiam ajudá-la, foi em busca de *tzadikim,* mas êsses também nada puderam fazer. Ainda assim, a mulher não perdeu as esperanças. Um dia, ouviu falar de um rabi, grande fazedor de milagres, que morava em Varsóvia, a capital. A longa distância entre a aldeia e a capital não a desanimou e um dia foi ver o rabi. Êsse recebeu-a bem e ela lhe abriu o coração. Chorando e implorando, disse: — Rabi, abençoe-me para que eu possa ter um filho, ou a minha vida não valerá a pena de ser vivida.

O rabino ouviu a mulher e lhe perguntou: — De onde é você? Quando lhe ouviu a resposta, sorriu e disse: — Minha boa mulher, na sua aldeia mora um grande *tzadik*. Peça-lhe que a abençoe e, se êle o fizer, o Senhor se lembrará de você e lhe dará muitos filhos.

— Quem é êsse grande *tzadik*? — perguntou a mulher surprêsa. Ela conhecia a todos na aldeia e nunca ouvira falar de um *tzadik* que morasse lá.

O rabi perguntou: — Lá existe um aguadeiro?

— Sim — respondeu ela — dizem que é louco e vive com a mãe numa cabana em ruínas.

— É êsse mesmo — declarou o rabino. — Vá para casa e peça-lhe que a abençoe e não o deixe até que o faça.

A mulher mal podia acreditar nos seus ouvidos, mas, antes que tivesse tempo de dizer algo, o rabi levantou-se e deu por finda a entrevista.

Conforme o rabi ordenara, a mulher foi para a casa e, na manhã seguinte, saiu à procura do aguadeiro "louco". Foi ao poço da aldeia, sabendo que decerto iria encontrá-lo puxando água para os aldeões. E, de fato, ela o viu no poço, arcado sob o pêso de dois cântaros de água pendentes de um bastão que tinha aos ombros.

A mulher não hesitou. Aproximou-se de repente e implorou: — Abençoe-me para que eu possa conceber um filho.

Ao ouvi-la, o "louco" voltou-se admirado e perguntou: — Quem sou eu e o que sou, para que me peças isso? Não sou apenas um pobre aguadeiro?

— Você tem de me abençoar — pediu a mulher repetidas vêzes. — Não o deixarei ir antes de me abençoar. — Pôs-se a chorar em grande desespêro.

O "louco" virou-se para ela e disse: — Que se deve fazer? Deixe-me ir, mulher. Terás filhos, terás filhos. — Dizendo isso, desapareceu.

Desde aquêle dia, ninguém mais viu o aguadeiro, nem soube que fim levara. Sua mãe e a cabana desmoronada também sumiram. Só se falava nisso na aldeia, e ninguém compreendia por que ou como acontecera.

E o Senhor lembrou-se da mulher e a tornou fértil. Exatamente um ano após ter sido abençoada pelo "louco", para alegria sua e do marido, ela deu à luz dois filhos. Naturalmente, tôda a aldeia compartilhou da alegria e do orgulho. Não houve limite para a felicidade dêsse lar e os filhos foram criados dentro dos ensinamentos da Torá, *mitzvot* e boas ações.

10. QUANDO A RODA DA FORTUNA GIRA

ACI 541. Coligido por S. Gabai, de Djudja Schaul, nascido no Iraque.

Uma versão do Tipo 947A, *Má Sorte Não Pode Ser Detida*, que foi registrado no sudeste da Europa. O herói dêsse conto, Abraham Ibn-Ezra (1092-1176), foi poeta e um versátil estudioso, da gramática, da Bíblia, da filosofia, da matemática e da astronomia. Nasceu em Toledo, Espanha, e deixou sua pátria em 1140. Em suas andanças, passou pela Itália e pela França, chegando a Londres em 1158. Seus contatos com Maimônides (1135-1204), que viveu a maior parte de sua vida na África do Norte e no Egito, não foram documentados. Ibn-Ezra não pôde aproveitar de seus profundos conhecimentos nem de seu talento poético e viveu na pobreza durante tôda a vida. Fala de sua miséria em muitos poemas, dos quais os mais famosos são epigramas cínicos e autodescritivos:

Sem Sorte

Era realmente um planêta infeliz
Que imperava quando eu cheguei ao mundo,
Fama, fortuna desejei,
Sòmente chacota e perdas alcancei.

Destino malévolo me persegue
Com uma aversão inexorável,
Que se velas e lâmpadas vendesse
O sol brilharia até de noite.

Não posso, não posso prosperar
Por mais que tentar eu queira,
Se vendesse mortalhas, asseguro,
Homem nenhum não morreria mais.

[Da tradução inglêsa de S. Solis-Cohen, em *When Love Passed By and Other Verses* (Filadélfia, 1929).]

Nascido sem uma estrêla

Venho pela manhã
À casa do bem-nascido.
Dizem que está viajando.
Volto novamente, no fim do dia,
Mas está cansado e precisa paz.
Sempre está dormindo ou de viagem —
Ai de quem nasce sem uma estrêla.

[Da tradução inglêsa de Meyer Waxman, em *A History of Jewish Literature*, I (2.ª ed.; Nova Iorque, 1938), p. 234.]
Sôbre Abraham Ibn-Ezra, ver A. E. Milgram, *An Anthology of Medieval Hebrew Literature* (Filadélfia, 1935), pp. 67 e segs., e J. Schirmann, *Poesia Hebraica na Espanha e na Provença* (hebraico) (2.ª ed.; Jerusalém e Tel Aviv, 1961), p. 575.

O Rabi Abraham Ibn-Ezra perdeu o pai, e sua mãe teve de trabalhar duramente para sustentar a êle e ao irmãozinho. Êle estudou a Torá na casa de estudos e, por ser inteligente e aplicado, tornou-se um rabi grande e sábio. Costumava auxiliar os necessitados, embora não possuísse dinheiro para si mesmo. Semana após semana, em seus sermões, pregava sôbre a importância da caridade. Sempre dividia todo o dinheiro recolhido entre os pobres. No entanto, êle próprio estava em péssima situação, e a sorte nunca o visitou, nem uma vez sequer. Tudo o que tentava era um fracasso.
O Rabi Abraham cresceu com o Rambam [1]. Estudaram juntos e foram bons amigos, mas o Rabi Abraham nunca revelava

(1) V. Glossário.

suas dificuldades ao amigo. Porém o Rambam, que também era muito inteligente, percebeu a pobreza e a falta de sorte do amigo.

Conta-se que o Rambam e o Rabi Abraham Ibn-Ezra nasceram no mesmo dia e no mesmo minuto, mas o Rambam nasceu quando a Roda da Fortuna estava no alto e o Rabi Abraham, quando ela desceu.

O Rabi Abraham costumava comprar e vender gêneros, mas no dia seguinte ao da compra, o preço sempre baixava. O Rambam ajudava-o e aconselhava-o mas sem resultado — a sorte do Rabi Abraham estava sempre invertida.

Um dia, o Rambam decidiu ajudar o amigo com uma soma considerável de dinheiro. Sabendo que o Rabi Abraham nunca aceitaria sua ajuda direta, colocou uma bôlsa cheia de dinheiro perto da casa do amigo, num lugar pelo qual o Rabi passava para ir à sinagoga, muito cedo, quando ninguém ainda se havia levantado.

Aquela noite, o Rabi Abraham Ibn-Ezra estivera sentado meditando: — Não devo queixar-me da sorte nem da pobreza. Que seria eu se fôsse cego e não pudesse andar! Devo agradecer ao Todo-poderoso por ter os olhos abertos, pois é melhor ser um pobre de olhos abertos do que um rico cego.

Na manhã seguinte, ao ir para a Casa de Oração, fechou os olhos e disse para si: — Tentarei andar de olhos fechados como se fôsse cego. — E foi assim que passou ao lado da bôlsa de dinheiro sem a ver.

O Rambam viu que não havia qualquer mudança com o amigo e perguntou-lhe: — Como vai? Que fêz essa manhã?

O Rabi Abraham respondeu: — Ontem à noite estive sentado pensando: Que bom eu não ser cego, e poder ver e andar. Essa manhã vim à Casa de Oração, como se fôsse um cego, apoiando-me nas paredes. Como são infelizes aquêles que não podem ver.

Assim, o Rambam compreendeu que é impossível mudar o destino daquele que nasceu quando a Roda da Fortuna estava embaixo.

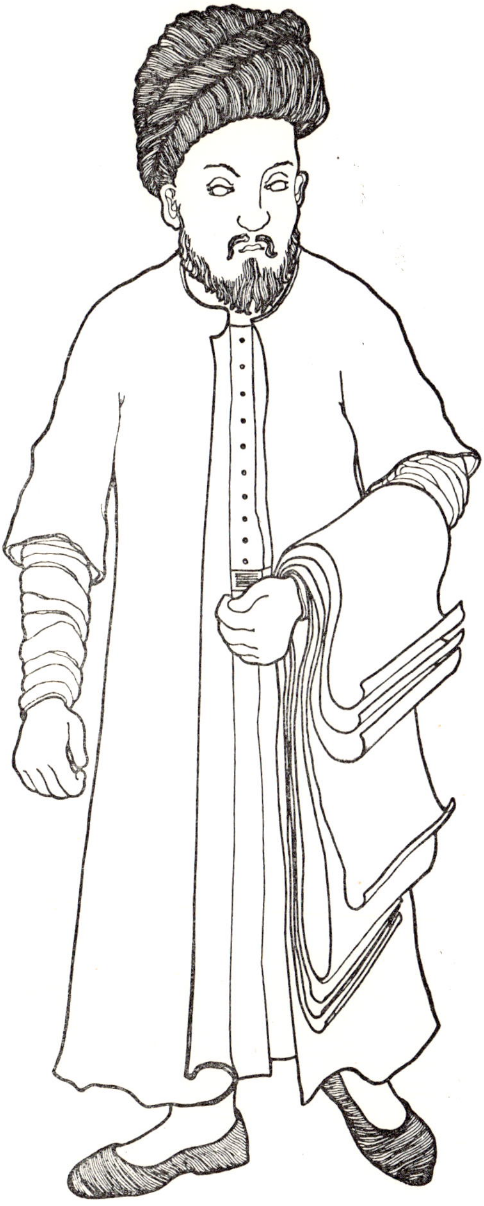

judeu marroquino

11. O LIBELO DE SANGUE

ACI 25. Coligido por Elischeva Schoenfeld, em Afula, em 1955, de Obadia Pervi, lavrador, nascido em Harie, aldeia a sudeste do Iêmen, perto de Sada.

Êste conto é uma versão de uma lenda judaica muito difundida, que diz respeito à falsa acusação de morte ritual. Aplica-se especìficamente o Motivo V229.1, "Santo ordena volta da morte com informação sobrenatural". Estão presentes igualmente os Motivos gerais K2110, "Calúnias", e V360, "Tradições cristãs e judaicas sôbre uma e outra religião". O Profeta Elias é o herói mais popular nas lendas folclóricas judaicas, nas quais muitas vêzes êle desempenha o papel de um salvador. Para contos a seu respeito na literatura talmúdico-midráschica, ver L. Ginzberg, *The Legends of Jews,* VII, 133-135, s.v. "Elijah". Esta lenda usualmente se liga à Noite da Páscoa (*Seder*). Para tais associações, ver Dov Noy, "O Profeta Elias e a Noite do Seder" (hebraico), *Machnayim,* N.º 43, (1960), 100-106.

E. Schoenfeld escreveu sôbre "Judisch-orientalische Märchenerzähler in Israel", em *Internationaler Kongress der Volkserzählungsforcher in Kiel und Kopenhagen,* ed. Kurt Ranke (Berlim, 1961), pp. 385-390.

Há muitos e muitos anos, vivia um rei que gostava muito dos judeus em seu país. Seus ministros, todavia, sentiam ciúmes e foram tomados de grande inveja. Então, decidiram difamar os judeus, de tal modo que o rei não mais os respeitasse.

Um dia, enquanto o filho do rei estava brincando no jardim, aproximaram-se dêle cinco homens, que o apanharam e o levaram para fora da cidade. Lá o mataram e trouxeram seu corpinho para a seção das mulheres da sinagoga.

Quando o rei soube que seu filhinho fôra encontrado morto na sinagoga, ficou muito triste e zangado. Chamou o rabi da comunidade e gritou: — O que vocês me fizeram? Todos vocês são culpados da morte de meu filho! Vou exterminar todos os judeus de meu reino!

O rabi pediu ao rei três dias de prazo antes de levar a cabo sua ameaça. Esperava até lá revelar os verdadeiros fatos e apontar o assassino. O rei concordou. Então, o rabi ordenou a todos os seus fiéis que jejuassem e rezassem e distribuíssem esmolas até o culpado ser prêso.

Naquela noite, em sonho, o rabi viu um ancião que lhe revelou o que realmente acontecera: os cinco ministros do rei haviam matado a criança. O ancião disse também ao rabino o que fazer no dia seguinte. Aquêle ancião não era, naturalmente, outro senão Elias, o Profeta.

No dia seguinte, o rabino foi ao palácio e pediu ao rei que mandasse buscar o corpo de seu filho. O corpo foi trazido ao palácio. O rabi colocou-o em uma mesa na presença do rei e de seus ministros. Com um bastão tocou a fronte da criança e depois a própria fronte. Em seguinte, orou ao Senhor, sem dar atenção ao que acontecia em tôrno.

De repente, o príncipe abriu os olhos e sentou-se:

— Conte-nos como você foi morto? — disse-lhe o rabino.

O menino descerrou os lábios e falou como que em profundo sono: — Eu estava brincando no jardim e êsses cinco homens me agarraram! — disse, apontando o dedo para êles. — Êsse, êsse, êsse e êsses dois. Levaram-me para fora da cidade. Então, um dêles puxou uma faca. Eu gritei muito e pedi que não me matassem, mas êles não deram ouvidos a meus rogos e trespassaram-me com a faca. Meu sangue jorrou por todos os lados e borrifou uma grande pedra ao meu lado.

Quando o menino terminou de falar, fechou os olhos e deitou-se. Novamente estava sem vida.

O rei, admirado, mandou os soldados procurar a pedra manchada com o sangue do filho. Êles realmente a encontraram e trouxeram ao rei. Êle deu imediatamente ordem para que os cinco ministros fôssem executados. E continuou a respeitar os judeus de seu reino, até o fim de seus dias.

12. A RECOMPENSA DE UMA PARTEIRA

ACI 279. Coligido por Mordehai Zahavi, de uma operária, nascida em Zakho, Curdistão Iraquiano.

Tipo 476*, *Na Casa do Sapo,* contém Motivo F372.1, "Fadas levam parteira humana para atender mulher fada". O aparecimento de um demônio em vez de uma fada é uma variação comum. Ver S. Thompson, *The Folktale,* p. 248. Há uma versão em que um *mohel* aparece na mesma situação que a parteira: ver M. Ben-Iehezkel, *O Livro de Contos* (hebraico), IV, 33-37. Os Motivos C242, "Tabu: comer alimento de bruxa (demônio)", e F333, "Fada agradecida a parteira humana", são comuns a ambas as versões.

O Tipo 476* foi registrado sòmente na Hungria. Para versões literárias judaicas, ver M. I. Bin Gorion, *Der Born Judas,* VI, 63-67, e para um texto judeu *sfaradi,* ver M. Grunwald, "Contos espanhóis e seus Motivos", N.º 20.

As oportunidades de obter objetos mágicos para depósito em museus folclóricos, quando informantes de contos populares mencionam ter tais objetos em sua posse (como no conto abaixo), são discutidas por Dov Noy, "Archiving and Presenting Folk Literature in an Ethnological Museum", *Journal of American Folklore,* LXXV (1962), 23-28.

Minha avó, descanse ela em paz, era parteira. Exercia a profissão por amor a ela, sem objetivo de qualquer recompensa. Tinha certeza de que seu pagamento seria ir direto para o Céu. Como, naquele tempo, não havia nem médicos nem parteiros especializados em Zakho, Curdistão, minha avó tinha muito o que fazer.

Um dia, estava sentada fora de casa, bordando. Estava muito fatigada, depois de um dia de muito trabalho. De repente, viu uma bela gata esgueirar-se furtivamente para dentro de casa, de modo a não ser ouvida, e cheirar todos os cantos como se estivesse procurando comida.

Minha avó compadeceu-se, deu-lhe de comer, reparando que a gata estava prenhe. Minha avó disse a si mesma: "Se pelo menos eu pudesse ajudá-la na hora do parto!".

Passaram-se muitos dias, e uma noite escura de tempestade minha avó acordou com um barulho de passos. Alguém batia à porta. Pulou da cama, vestiu-se e foi atender. No limiar estava alguém, cansado e suado. Êle falou apressadamente: — *Sote*, venha comigo e ganhará muito dinheiro. Minha espôsa está com criança e já sente as dores do parto. Não há ninguém para atendê-la.

Vovó ouviu o pedido com alegria. Era simplesmente uma sorte inesperada, naquela hora, em tal noite. Era como obedecer ao mesmo tempo aos seiscentos e treze mandamentos.

Zakho é uma cidadezinha, e vovó seguiu a rua principal, atrás do homem. Não compreendia por que não lhe ouvia os passos. Repentinamente, reparou que haviam ultrapassado a última casa da cidade e agora andavam pelo campo aberto. Ela começou a tremer, sabendo que ninguém morava por lá. Compreendeu que o homem que a guiava não era outro senão um *sched*.

— Senhor, tenha compaixão de mim — murmurou consigo mesma, mas não pronunciou palavra. Chegaram a uma ponte de pedra e cada pedra media dez metros quadrados. Entraram numa vasta caverna e uma voz de homem falou: — Vovó, entre. É aqui.

Minha avó assustou-se. Dentro havia muitos *schedim* e *schedot*, com pequenos chifres na cabeça, cantando e miando como gatos.

— Que companhia agradável encontrei — pensou vovó consigo mesma, mas nada disse. O *sched* de chifres mais compridos levou-a para um lado e disse: — Se o recém-nascido fôr um filho, terás tudo o que desejares, mas se fôr uma filha, Deus nos livre.

Pálida de susto, vovó não respondeu uma palavra. Entrou no aposento e quem estava lá? A gata que estivera em sua casa algum tempo atrás. A gata abriu a bôca e murmurou: — Boa vovó, não coma nada aqui, ou será transformada em *sched*.

Minha avó atendeu à advertência da gata e não aceitou alimento algum na caverna durante tôda a noite, embora lhe fôssem oferecidas deliciosas iguarias e as mais variadas bebidas. Quando chegou a hora do nascimento, arregaçou as mangas e pôs-se a trabalhar. Nasceu um gato. Que alegria irrompeu na caverna! Alcançou os céus! O chefe dos *schedim* chamou minha avó e disse: — Mesmo que você peça a metade de meu reino, eu lhe darei.

— Não — disse vovó. — Não quero nada. O preço de uma boa ação é a própria ação.

— Isso é impossível! Precisa aceitar alguma coisa! É um costume nosso e não pode ser desdenhado — disse o chefe em tom de advertência.

Minha avó percebeu que não se tratava de brincadeira. Viu um feixe de alho no canto do aposento e pediu um pouco, apenas para satisfazê-los. Então, abarrotaram seu vestido de alho e reconduziram-na até a casa.

Exausta e quebrada, vovó jogou o alho pela porta e deixou-se cair na cama. Na manhã seguinte, o netinho acordou-a: — Vovó, de onde você trouxe tanto ouro? — Ela olhou para a porta e viu que o alho nada mais era que ouro maciço. Distribuiu o ouro entre os filhos, os netos e tôda a família.

Depois de muitos anos, faleceu e seus netos agora estão espalhados pelo mundo inteiro, sendo que a mim e a minha irmã coube o privilégio de viver em Israel, a Terra Santa. E cada um de nós conserva até hoje um pedaço de alho de ouro, a recompensa de nossa avó, a parteira, e o presente que nos ofertou.

OS COBIÇOSOS

13 NÃO SE FOGE DO DESTINO

e prazer. Por causa de tudo isso, sempre era perseguido por um temor: Como minha riqueza poderá ajudar-me num momento de dificuldade? Quem me salvará da morte?

O ricaço passava o tempo pensando no dia de sua morte e procurando meios de escapar dela.

Um dia, foi consultar os adivinhos e, mediante uma grande soma de dinheiro, êles lhe revelaram o dia de sua morte, e como se defrontaria com ela. Seria esmagado por um cavalo ou um elefante.

O ricaço pensou ter encontrado um meio de salvar-se e burlar o Anjo da Morte. Alguns meses antes do dia em que estava predestinado a morrer, foi para bem longe, para o coração do deserto, armou uma tenda e lá vivia com sua espôsa. Seus filhos ficaram na cidade e, de tempos em tempos, visitavam o pai e lhe traziam comida, bebida e presentes. Assim, despreocupadamente, o ricaço continuou a morar em sua tenda.

O dia vaticinado pelos adivinhos como o dia de sua morte chegou e se foi. No dia seguinte, o rico, todo excitado, gritou à mulher: — Os adivinhos me enganaram! Êles previram o dia de minha morte só para ganharem dinheiro. Vou sair meu amigo, e para lá ficar até o anoitecer.

ACI 299. Coligido por Uri Baranes, estudante superior, de Avigdor Hadjadj, nascido na Líbia.

Tipo 934: *O Príncipe e a Tempestade*. Neste texto, o Motivo M341.2.5, "Profecia: morte por cabeça de cavalo", une-se ao M370.1, "Profecia de morte cumprida", Archer Taylor, em "A Morte de Qrvar Oddr", *Modern Philology*, XIX (1921), 93-106, estudou êste motivo. Enquanto se registram 116 textos irlandeses, a principal distribuição é na Europa Oriental e Meridional. São conhecidas algumas variantes da Ásia Central: quanto ao Usbequistão, ver M. I. Shewerdin (ed.), *Contos Populares Usbeques*, Vol. I, N.º 47, terceira história; e no tocante a um texto uigur, ver M. N. Kabirov e V. F. Shahmatov, *Contos Populares Uigures*, N.º 27. Podem-se encontrar algumas versões literárias judaicas em M. Gaster, *The Exempla of the Rabbis*, N.º 140, pp. 85-216, e M. Gaster (ed.), *Ma'aseh Book*, Vol. I, N.º 16, 17, 81.

Dois textos dos Estados Unidos, coligidos em Michigan em 1954, acham-se nos Arquivos Folclóricos da Universidade de Indiana. Nessa forma moderna, um homem prevenido de que encontraria a morte por meio de um cavalo, em determinado dia, passa o dia inteiro na cama; a pintura de um cavalo cai da parede e o mata.

Em certa cidade, vivia um homem muito rico que tinha muitos filhos e possuía muitas riquezas. Êle gozava uma vida de luxo e prazer. Por causa de tudo isso, sempre era perseguido por um temor: Como minha riqueza poderá ajudar-me num momento de dificuldade? Quem me salvará da morte?

O ricaço passava o tempo pensando no dia de sua morte e procurando meios de escapar dela.

Um dia, foi consultar os adivinhos e, mediante uma grande soma de dinheiro, êles lhe revelaram o dia de sua morte, e como se defrontaria com ela. Seria esmagado por um cavalo ou um elefante.

O ricaço pensou ter encontrado um meio de salvar-se e burlar o Anjo da Morte. Alguns meses antes do dia em que estava predestinado a morrer, foi para bem longe, para o coração do deserto, armou uma tenda e lá vivia com sua espôsa. Seus filhos ficaram na cidade e, de tempos em tempos, visitavam o pai e lhe traziam comida, bebida e presentes. Assim, despreocupadamente, o ricaço continuou a morar em sua tenda.

O dia vaticinado pelos adivinhos como o dia de sua morte chegou e se foi. No dia seguinte, o rico, todo excitado, gritou à mulher: — Os adivinhos me enganaram! Êles previram o dia de minha morte só para ganhar dinheiro. Vou exigir meu dinheiro de volta.

Sua mulher lhe disse: — Tome cuidado com êles. Talvez o dia de sua morte tenha sido preterido pelo céu. Por que você quer partir? Talvez um cavalo, ou um elefante esmague você no caminho.

O ricaço ficou em sua tenda, no coração do deserto, e não partiu, pois temia pela vida.

Passaram-se meses, e o homem não morreu. Pensou então que havia sido esquecido pelo Céu e que conseguira burlar o Destino.

Um dia, no calor do meio-dia, o ricaço e sua mulher estavam na tenda tomando sua refeição. De repente, a tenda desmoronou com o pêso de uma grande águia que agarrava um cavalo. A águia desejou devorar sua pesada prêsa naquela "mancha verde" do deserto, mas a lona fraca veio abaixo.

Quando a espôsa tentou armar a tenda novamente, achou o marido debaixo dos destroços, sem vida.

Ela chorou amargamente e clamou: — Não se foge do Destino! Não se foge do Destino!

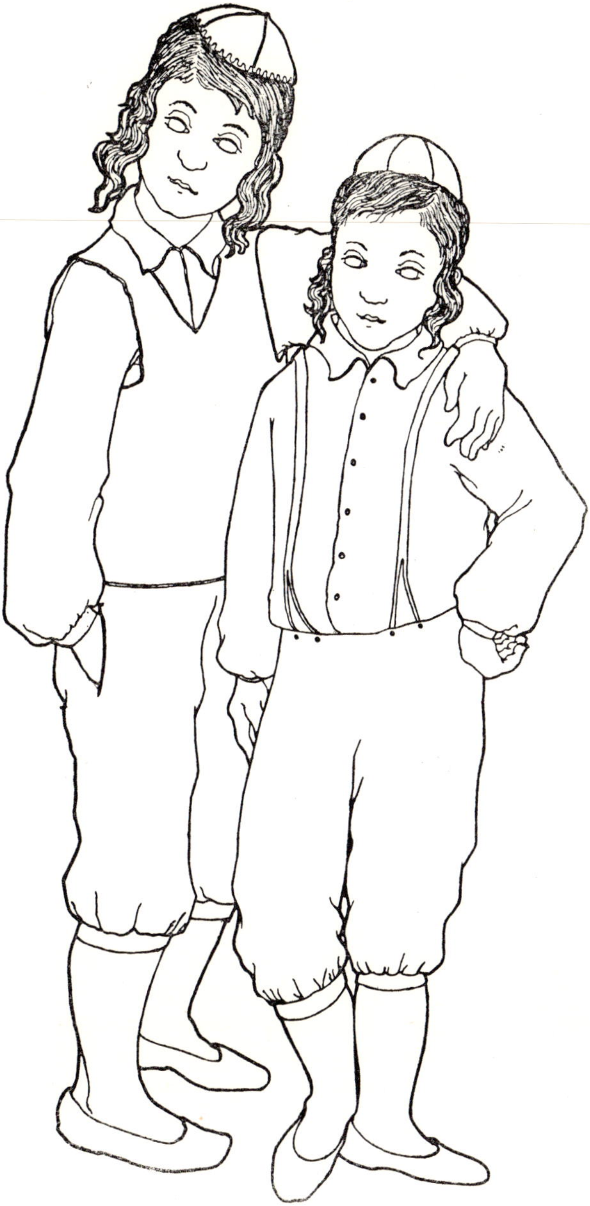

meninos com peies

14. O FILHO ESTRÓINA

Em certo país do Oriente, vivia um mercador muito próspero. Era um viúvo com um filho único, um estróina sem vontade própria. O mercador estava sempre ocupado; dêsse modo, não podia preocupar-se com os atos de seu filho e sua vida de orgias. Dia após dia, o filho costumava organizar bebedeiras e convidava os jovens companheiros, e o tempo corria em alegres divertimentos.

Um dia, o mercador chamou o môço e disse: — Meu filho, abandone essa sua vida de prazeres e construa seu lar. Seus amigos não o ajudarão na hora da necessidade.

O filho riu-se e disse: — Meus amigos são fiéis e devotados. Por várias vêzes, o pai preveniu o filho, mas de nada adiantava. Um dia, o velho pai pegou dois enormes pilares, ocos, encheu-os de moedas de ouro e mandou içá-los no pátio. Depois chamou o filho e lhe disse: — Meu filho, estou para morrer. Quando o aconselhei a construir um lar e trabalhar, você não me deu ouvidos. O dinheiro que deixarei a você será suficiente apenas para pouco tempo. Quando acabar e você sentir fome, não peça esmola. Ergui dois pilares aí fora. Amarre uma corda nêles, suba até em cima e se enforque.

O filho riu do estranho conselho do pai.

O mercador morreu e, pouco depois, o filho gastou tôda a sua herança. Então, procurou os amigos: — Não tenho mais dinheiro, e não me é possível mais entretê-los. — Ouvindo isso, seus amigos lhe disseram: — De qualquer forma, convidaremos a você para as nossas festas, mesmo que você não tenha dinheiro, com a condição de que você cozinhe.

ACI 411. Registrado por Zvulun Kort, como o ouviu em Herat, Afeganistão, em sua mocidade.

Tipo 910D, *O Tesouro do Enforcado*, contendo os Motivos L114.2, "Herói estróina", H1558.7, "Teste de amizade: o poder do dinheiro" e H1558.7.2, "Amigos desertam quando homem relata perda de seu dinheiro". No tocante às versões turcas dêsse tipo, ver W. Eberhard e P. N. Boratav, *Typen turkischer Volksmärchen*, N.º 355, "Murteza"; e quanto aos tratamentos literários árabes, ver V. Chauvin, *Bibliographie des ouvrages arabes*, Vol. V, N.º 63, p. 133, e Vol. VIII, N.º 65, p. 94. Uma discussão dêsse conto aparece em W. A. Clouston, *Popular Tales and Fictions*, II, 53-54.

O Tipo 910D é registrado na Europa Oriental e Meridional, na Índia e no Japão. Encontram-se várias versões no ACI (Arquivos de Contos Populares de Israel).

convidava os jovens companheiros, e o tempo corria em alegres divertimentos.

Um dia, o mercador chamou o môço e disse: — Meu filho, abandone essa sua vida de prazeres e construa seu lar. Seus amigos não o ajudarão na hora da necessidade.

O filho riu-se e disse: — Meus amigos são fiéis e devotados. Por várias vêzes, o pai preveniu o filho, mas de nada adiantava. Um dia, o velho pai pegou dois enormes pilares, ocos, encheu-os de moedas de ouro e mandou içá-los no pátio. Depois chamou o filho e lhe disse: — Meu filho, estou para morrer. Quando o aconselhei a construir um lar e trabalhar, você não me deu ouvidos. O dinheiro que deixarei a você será suficiente apenas para pouco tempo. Quando acabar e você sentir fome, não peça esmola. Ergui dois pilares aí fora. Amarre uma corda nêles, suba até em cima e se enforque.

O filho riu do estranho conselho do pai.

O mercador morreu e, pouco depois, o filho gastou tôda a sua herança. Então, procurou os amigos: — Não tenho mais dinheiro, e não me é possível mais entretê-los. — Ouvindo isso, seus amigos lhe disseram: — De qualquer forma, convidaremos a você para as nossas festas, mesmo que você não tenha dinheiro, com a condição de que você cozinhe.

O filho não tinha outra escolha senão concordar. Seus amigos compraram arroz e carne e mandaram-no para a cozinha enquanto êles permaneciam no salão bebendo e divertindo-se. O jovem ficou irritado com o comportamento dos amigos; entretanto, dirigiu-se à cozinha, acendeu o fogo e pôs a panela no fogão. Estava cansado e logo adormeceu. Entrementes, entrou um cachorro na cozinha e comeu tôda a comida. O jovem acordou e encontrou a panela vazia. Foi então aos seus amigos e contou-lhes o que acontecera. Não acreditaram nêle e espancaram-no, chamando-o de mentiroso. Depois, puseram-no fora. Êle compreendeu, finalmente, que seus amigos o haviam iludido e que seu pai tivera razão. Agora, não lhe restava outra alternativa, a não ser seguir o conselho do pai. Amarrou a corda nos pilares e tentou enforcar-se. Mas os pilares ocos se partiram, e caíram ouro e pedras preciosas, espalhando-se pelo chão. Quando o jovem viu aquêles tesouros, compreendeu que seu astuto pai o amara e que assim agira para seu bem. E tentara poupar-lhe sofrimentos. Por isso, decidiu abandonar os amigos.

Um dia, contou-lhes que tinha dinheiro outra vez e os convidou para uma festa. Todos ficaram encantados e apareceram para beber e divertir-se. Então, êle lhes mostrou uma pedra preciosa e disse: — Vejam, amigos, o que aconteceu à minha pedra. Um rato roeu-a e a pedra partiu-se em duas.

— É verdade — disseram seus amigos; — rato rói pedras. O jovem então lhes perguntou: — Se um rato come pedras, por que um cachorro não come carne? — Acenou, em seguida, para um grupo de homens que esperavam lá fora munidos de paus e êles investiram contra os convidados e espancaram-nos.

Desde então, o jovem corrigiu-se e começou a trabalhar. Construiu uma casa e casou-se. Nasceram-lhe filhos e filhas, e êle viveu uma vida de felicidade.

— É verdade — disseram seus amigos; — rato rói pedras. O jovem então lhes perguntou: — Se um rato come pedras, por que um cachorro não come carne? — Acenou, em seguida, para um grupo de homens que esperavam lá fora munidos de paus e êles investiram contra os convidados e espancaram-nos. Desde então, o jovem corrigiu-se e começou a trabalhar. Construiu uma casa e casou-se. Nasceram-lhe filhos e filhas, e êle viveu uma vida de felicidade.

15. O CARREGADOR QUE PERDEU O APETITE

Muitos e muitos anos atrás, vivia um carregador. Ganhava a vida carregando pesados fardos às costas, numa tábua de madeira prêsa a seus ombros e forrada com uma almofada de palha. Êste carregador sentia sempre muito apetite e, quando tinha tempo, costumava comer na rua. Comia sempre no mesmo lugar, em frente da mansão de um ricaço. Quando o rico o via comer com um apetite tão voraz, pensava consigo mesmo: "Como é possível que êste pobre homem coma tanto e sempre tenha um apetite tão grande? Como é possível que êle goste tanto de comer? Por que não consigo degustar a comida da mesma maneira?"

Um dia, o ricaço encontrou um amigo, um rico mercador que vivia em uma mansão fora da cidade. Descreveu-lhe o apetite voraz e insaciável do carregador. O mercador, surpreendido e abatido, disse: — Eu como muito pouco. Simplesmente não tenho apetite; a comida gruda na minha garganta e não consigo engoli-la. Vejamos o que acontece ao carregador se se tornar rico como nós!

Um dos homens decidiu convidar o carregador à sua mansão e dar-lhe a quantidade de prata e ouro que desejasse. Assim, no dia seguinte, aproximou-se do carregador e lhe disse: — Amigo, tenho trabalho para você; venha comigo até minha casa.

O carregador colocou sua tábua de madeira às costas, seguiu o ricaço e penetrou em sua mansão. O ricaço pegou num molho

---

ACI 44. Coligido por Elischeva Schoenfeld, em Afula, em 1956, de Mordehai "Marko" Litsi, nascido na Turquia.

Tipo 754: *O Frade Feliz*, e Motivo J1085.1: "O frade feliz torna-se mais infeliz quando recebe cada vez mais dinheiro". Encontra-se modêlo semelhante no Tipo 836F*, *O Avarento e o Ungüento dos Olhos*. Para um desenlace diferente dessa estória, ver N. Gross, *Folktales and Parables*, pp. 164-165. O Tipo 754 é muito difundido através da Europa e é conhecido na China. A segunda parte dessa estória entra no Motivo J1149.5, "Prisão de culpado por sorriso", K33, "Roubo de pessoa cega", e K2096.2, "Ladrão rouba cego avarento de sua economia e oferece um dízimo em caridade na forma de um banquete aos pobres". Cf. Tipo 1577*, *Ladrão Cego Restitui Coisa Roubada*.

Um desfecho semelhante ocorre no N.º 18 (neste livro), "O Lojista e os Quatro Mendigos Cegos" (ACI 1856), no qual o mendigo se engasga com pão comprado com seu próprio dinheiro (Motivo V431, "Caridade de usurário sem efeito").

palha. Êste carregador sentia sempre muito apetite e, quando tinha tempo, costumava comer na rua. Comia sempre no mesmo lugar, em frente da mansão de um ricaço. Quando o rico o via comer com um apetite tão voraz, pensava consigo mesmo: "Como é possível que êste pobre homem coma tanto e sempre tenha um apetite tão grande? Como é possível que êle goste tanto de comer? Por que não consigo degustar a comida da mesma maneira?"

Um dia, o ricaço encontrou um amigo, um rico mercador que vivia em uma mansão fora da cidade. Descreveu-lhe o apetite voraz e insaciável do carregador. O mercador, surpreendido e abatido, disse: — Eu como muito pouco. Simplesmente não tenho apetite; a comida gruda na minha garganta e não consigo engoli-la. Vejamos o que acontece ao carregador se se tornar rico como nós!

Um dos homens decidiu convidar o carregador à sua mansão e dar-lhe a quantidade de prata e ouro que desejasse. Assim, no dia seguinte, aproximou-se do carregador e lhe disse: — Amigo, tenho trabalho para você; venha comigo até minha casa.

O carregador colocou sua tábua de madeira às costas, seguiu o ricaço e penetrou em sua mansão. O ricaço pegou num molho de chaves e abriu uma porta. O carregador viu uma sala cheia de cobre. Então, o rico abriu a segunda porta, e o carregador viu uma sala cheia de prata. Finalmente, o ricaço abriu uma terceira porta e o carregador viu uma sala cheia de moedas de ouro. O carregador perguntou ao dono da mansão: — Diga-me, senhor. O senhor me trouxe aqui para trabalhar. O que devo fazer?

— Apanhe tanto ouro quanto possa carregar. Foi para isso que o convidei a entrar — respondeu o ricaço.

O carregador despiu sua comprida cueca e sua camiseta de mangas compridas e amarrou as aberturas da cueca e as mangas. Depois encheu as roupas de ouro e foi para casa. Chegou em casa, e de sua cueca e camiseta despejou as moedas de ouro numa jarra de barro. Mas o ouro não chegou até à borda da jarra; ainda havia um espaço de quatro dedos. Disse o carregador, de si para consigo: — Preciso encher essa jarra até a bôca. Não comprarei nem comida nem roupa e juntarei cada tostão até encher a jarra. — E assim foi. Êle não comia, nem comprava roupas para si, para a mulher e para os filhos.

Um dia, o carregador encontrou o ricaço que lhe havia dado o ouro. O ricaço surpreendeu-se: — Por que você está com o rosto tão abatido? Porque está tão magro? — perguntou.

— Não tenho apetite — respondeu o carregador. — Pus o ouro que o senhor me deu numa jarra, mas não foi suficiente para enchê-la totalmente; ainda há lugar para mais um pouco. Não terei apetite enquanto a jarra não estiver totalmente cheia.

O ricaço convidou o carregador pela segunda vez à sua casa e lhe disse: — Traga a jarra à minha casa e encha-a até à bôca. O carregador pegou a jarra e dirigiu-se à mansão do ricaço. Assim que chegou lá, o ricaço arrancou-lhe a jarra das mãos e quebrou-a em pedaços. O ouro espalhou-se pelo chão.

— Se você não sabe o que fazer com o ouro, não merece possuí-lo — gritou o rico irado, dando ao carregador uma pancada na perna. O carregador rolou escadas abaixo e ficou cego devido a forte choque na cabeça.

O carregador cego não teve outro jeito senão pedir esmolas. A cada um que lhe dava um trocado, êle dizia: — Antes de dar-me dinheiro, dê-me também um tabefe, pois realmente o mereço. — E assim, cada transeunte costumava dar-lhe um trocado e um tabefe.

Depois que perdeu a vista, o carregador ficou receoso de voltar para casa. Errou pelas ruas e alamêdas da cidade até que encontrou um barraco abandonado que êle utilizava para pousar à noite. Cada noite ao entrar, batia com o bastão em cada canto, e assim, podia sentir se havia alguém lá. Cavou um buraco debaixo de um banco e aí guardava todo o dinheiro que ganhava mendigando. O mendigo jamais gastava dinheiro em comida. Vivia do pão que lhe era dado por pessoas que se apiedavam dêle. E assim o tempo passou.

Um ladrão notou o mendigo cego sentado todo dia no mesmo lugar e pensou consigo mesmo: "Êste homem não gasta seu dinheiro em comida, pois tôdas as suas necessidades são satisfeitas por outros. O que será que êle faz com o dinheiro?" Uma noite, o ladrão seguiu o cego, tomando cuidado para que sua presença passasse despercebida. O ladrão entrou no barraco junto com o mendigo, evitando cuidadosamente o bastão que o cego batia em volta do quarto. O ladrão viu o buraco que o mendigo cavara debaixo do banco, cheio com as moedas que havia juntado durante anos. No dia seguinte, assim que o cego saiu, o ladrão roubou todo o dinheiro.

Com o tempo, o ladrão construiu casas, abriu lojas e transformou-se num homem rico.

Um dia, o ladrão passou pelo cego e teve vontade de lhe dar um trocado e um pãozinho. — Antes de me dar o dinheiro, dê-me um tabefe! — ordenou o cego conforme fazia sempre.

O ladrão fêz o que o mendigo lhe pedira e depois lhe deu um pãozinho. O cego tentou comê-lo, mas o pãozinho grudou-lhe na garganta e êle cuspiu-o fora. Então, segurou o ladrão e começou a berrar em altos brados: — Ladrão, ladrão! — Ime-

diatamente, acorreu uma multidão de pessoas e a polícia levou a ambos para uma investigação.
— É êste o homem que roubou minhas economias! — gritou o cego.
— Como pode ter certeza, se não enxerga? — perguntaram-lhe. O cego explicou: — O pãozinho que êste homem me deu foi comprado com meu próprio dinheiro. Deve ter sido, pois êle grudou em minha goela e eu nunca conseguia comer pão comprado com meu dinheiro.
Não acreditaram nêle e compraram dois pãezinhos, um com o dinheiro do policial e outro, com o do ladrão. O cego comeu o pãozinho que havia sido comprado com o dinheiro do policial e engoliu-o sem dificuldade. Porém, quando lhe deram o pãozinho comprado com o dinheiro do ladrão, não conseguiu engoli-lo, porque o pãozinho grudou em sua garganta, engasgando-o. O policial percebeu que as palavras do cego eram verdadeiras e o ladrão foi prêso. Confessou sua culpa e devolveu ao cego todo o dinheiro que lhe havia roubado. O cego foi a um médico, fêz uma operação e recuperou a visão.

16. O HOMEM COM MUITOS CASOS JUDICIAIS

ACI 1795. Registrado por Heda Jason, de Zvi Gabil, que ouviu a história de um sapateiro de Bucara.

O Tipo 1534, *Séries de Astutas Decisões Injustas* (o Motivo correspondente é J1173, "Séries de astutas decisões injustas: querelante se retrata voluntariamente") é muito comum no folclore oriental. Versões ACI do conto são registradas entre os judeus do Afeganistão e do Iêmen." Cf. também W. Eberhard-P. N. Boratav, N.º 296, "Der bestechliche Richter". Encontram-se variantes de árabes da Palestina em Abu Naaman, *A Caminho da Terra de Felicidade* (hebraico), N.º 15 e 52, e em C.G. Campbell, *Told in the Market Place*, pp. 40-43; e um texto judeu oriundo da Europa Oriental aparece em N. Gross, p. 270.

O Tipo 1534 é conhecido nas regiões do Mediterrâneo, na América Espanhola e na Índia.

Era uma vez um homem que devia uma grande soma de dinheiro, cem coroas, e não podia pagar. Passou-se um ano e o homem que lhe emprestara o dinheiro veio a êle, exigindo o dinheiro de volta. O homem não o tinha; assim, teve início uma discussão que se converteu em briga. O devedor fugiu, perseguido pelo homem que lhe emprestara o dinheiro. Correram e correram, até que de repente o devedor caiu de um telhado, e esmagou um ancião que estava sentado embaixo.

O filho do ancião gritou: — Você matou meu pai!

O devedor fugiu ràpidamente, e agora os dois homens estavam em seus calcanhares. Correu e correu até que deu um encontrão numa mulher grávida, ocasionando-lhe um abôrto. O marido da mulher levantou-se e também se juntou à perseguição. Cada vez mais depressa, o devedor corria e corria. De repente, perdeu o equilíbrio. Segurou-se, então, ao rabo de um burro, arrancando-o. O dono do burro desceu e também se pôs a persegui-lo. O devedor continuou correndo até que chegou à casa do cádi. Precipitou-se para dentro em grande velocidade e encontrou o cádi de amôres com sua empregada.

— Peguei-o em flagrante, cádi! — exclamou o homem.

O cádi mais que depressa tentou amenizar a questão. — Darei um jeito no seu caso, se você ficar de bôca fechada.

Neste ínterim, os acusadores chegaram ao local. O primeiro a entrar foi o homem que emprestara o dinheiro, gritando: — Êste homem me deve cem coroas que êle se recusa a pagar!

— O quê! O senhor não percebe que êle não tem possibilidades de lhe pagar? Como pode exigir dinheiro dêle! Pague cem coroas de multa! Imediatamente!

— Mas... — o homem começou a argumentar.

— Não tem nenhum mas, ou quer ser prêso?

O homem imediatamente pagou a multa e saiu.

O segundo homem entrou e apontou para o devedor. — Êste homem matou meu pai! — Chorando, contou o sucedido.

— Está bem — disse o cádi, e ordenou ao filho do homem morto: — Você vai subir no telhado e pular em cima dêste homem, que estará lá embaixo. "Ôlho por ôlho, dente por dente" é a essência da justiça.

— Mas, meu cádi, e se eu morrer?

— Se você não concorda, pague cem coroas de multa.

O homem não teve escolha. Pagou a multa e se retirou.

O marido da mulher grávida entrou e contou que o perseguido dera um encontrão em sua mulher, ocasionando-lhe um abôrto.

— Muito bem — disse o cádi. — Ponha sua mulher à disposição dêle até que ela esteja grávida novamente.

— O quê? Minha mulher?

— Se o senhor não concorda, pague uma multa de cem coroas.

Lògicamente, o homem pagou a multa e saiu. Que mais podia fazer? O quarto homem entrou.

— O senhor tem algo a dizer? — indagou o cádi.

— Nada tenho a declarar, senhor. Meu burro nunca teve rabo. Juro.

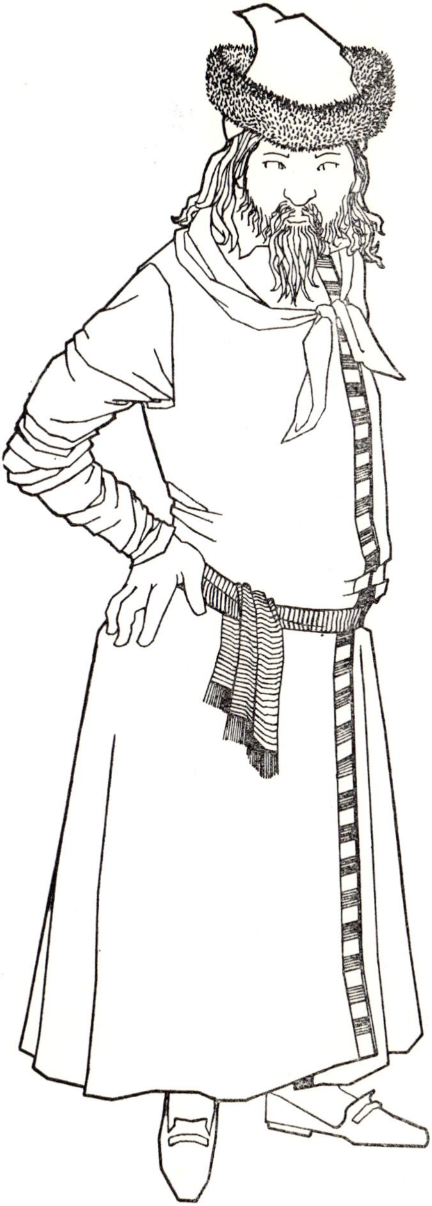

judeu lituano

17. O SENHOR DE TERRAS E SEU FILHO

ACI 1913. Coligido por M. Glass, de sua avó, nascida na Lituânia.

Tipo 837: *Como o Senhor Mau Foi Punido*. Êste tipo de estória é encontradiço na Europa Oriental, tendo sido registrado não muito longe da Suécia e da Itália. Uma versão foi coligida entre os negros das Índias Ocidentais, e duas são conhecidas na Índia. O maior número de textos (quinze) é oriundo da Lituânia. Em N. Gross, pp. 362-363, encontra-se uma variante judaica da Europa Oriental e outra dos judeus *sfaradim* no Marrocos acha-se em A.D.L. Palacin, *Cuentos Populares de los Judíos...*, N.º 18.

Há muitos e muitos anos atrás, numa pequena cabana no interior de uma floresta da Lituânia, morava uma doce velhinha. Muitos pensavam que ela fôsse uma bruxa. Vivia de cogumelos e de água que apanhava num poço próximo. Não gostava da companhia humana e costumava repetir o tempo todo uma simples expressão: — Um dia acharás a ti mesmo. — Ninguém compreendia o significado destas palavras.

Às vêzes, a velhinha visitava um proprietário de terras polonês que morava numa cidadezinha das vizinhanças. De tempos

em tempos, êle lhe dava comida. Com o passar dos anos, o senhor começou a odiar a velhinha, e um dia decidiu livrar-se dela. Assou um belíssimo bôlo, e dentro dêle colocou veneno. Naquele dia, o senhor conversou com sua hóspede com grande amabilidade, e a conversa se estendeu mais do que costumeiramente. A velhinha sempre murmurava: — Um dia acharás a ti mesmo.
"Sim", pensou consigo o astuto homem, "logo, logo ela se encontrará a si mesma, ou o Anjo da Morte a encontrará". E entregou o bôlo à velhinha. — A senhora nunca provou um bôlo assim — êle lhe assegurou.
A velhinha pegou o bôlo, agradeceu ao hospedeiro tão misericordioso e voltou para casa.
No mesmo dia em que a velhinha visitara o senhor, seu jovem filho participava de uma grande caçada na floresta. Êle e seus servos se perderam no caminho e foram dar à cabana em que morava a velhinha. O môço lhe disse que estava com muita sêde e fome, e ela o convidou a comer um pedaço de bôlo, que ela ainda não havia provado. Depois da primeira mordida, o môço caiu. Quando os servos viram o amo morto, foram imediatamente buscar o pai. Sòmente então, quando o senhor caiu aos pés do corpo de seu filho, chorando amargamente, compreendeu o significado das palavras da velhinha: — Um dia acharás a ti mesmo.
Vê-se como é verdadeiro o provérbio judeu: "Um homem que cava buracos cai sòzinho dentro dêles" (*Salmos*, 7, 16).

18. O LOJISTA E OS QUATRO MENDIGOS CEGOS

ACI 1856. Registrado por Zvulun Kort, como o ouviu em sua juventude no Afeganistão.

Uma variação do Tipo 1577 *: *Ladrão Cego Restitui Coisa Roubada.* Cf. os Motivos K306.4, "Homem cego rouba de vizinho que, em troca, rouba dêle", e K333, "Roubo de pessoa cega". Um desenlace semelhante, empregando o Motivo V431, "Caridade de usurário sem efeito", pode ser visto no N.º 15 (nesse livro), "O Carregador que Perdeu o Apetite" (ACI 44). O Tipo 1577 * é registrado sòmente na Estônia, na Eslovênia e na Turquia (W. Eberhard-P.N. Boratav, N.º 345, "Die Binden als Diebe"). Uma versão proveniente dos judeus *sfaradim* encontra-se em M. Grunwald, N.º 49.

Um mendigo cego costumava ir ao mercado e pedir esmolas. O que conseguia recolher, escondia numa choupana fora da cidade. Um dia, êle se aproximou de uma das lojas do mercado. O lojista não tinha dinheiro miúdo nenhum; então, pediu ao cego que lhe desse trôco. O cego concordou, e o lojista lhe deu um dinheiro graúdo. O cego tateou a moeda, colocou-a no bôlso e foi saindo. O lojista chamou-o e lhe disse: — Por favor, me dê o trôco.

O cego se pôs a gritar que o lojista não lhe havia dado esmola alguma, e que o estava acusando de roubo. Juntaram-se algumas pessoas em volta e tomaram o partido do cego. O lojista não teve alternativa. Aceitou a situação, mas seguiu o cego. Viu-o entrar em sua choupana, deslocar um tijolo e esconder todo o dinheiro que havia recolhido durante o dia num buraco debaixo dêle. O lojista esperou fora até o cego sair. Depois, entrou na cabana, levantou o tijolo e pegou as moedas de lá de baixo, e se retirou. Quando o cego voltou, não encontrou as moedas e gritou amargamente: — Ai de mim, estou perdido.

O cego foi até seu amigo, que também era cego, e se pôs a chorar e a gritar desesperado. O amigo perguntou-lhe: — O que aconteceu?

— Me roubaram todo o dinheiro que eu havia juntado até agora.

— Como foi isso? Onde você guardava seu dinheiro?

— Debaixo de um tijolo, em minha cabana.

O amigo lhe disse assombrado: — Como pode guardar seu dinheiro debaixo de um tijolo?

— Por que não? Onde iria guardá-lo? Onde existe lugar seguro?

— Êste é o meu velho bastão — disse o amigo. — Mesmo que eu o esqueça na rua, ninguém o notará. É aí que guardo o meu dinheiro.

Nesse ínterim, o lojista vinha seguindo o cego e ouviu a conversa. Enquanto o cego estendia o bastão, o lojista pegou-o e colocou-se de banda. Pouco tempo depois, o cego pediu o bastão. Seu amigo surpreendeu-se: — Que bastão?

O dono do bastão respondeu-lhe com raiva: — Você veio até aqui para me enganar e roubar meu dinheiro! — Começaram a espancar-se mùtuamente. Então, foram a um terceiro cego; o lojista continuou a segui-los, sem que êstes percebessem sua presença.

Relataram ao terceiro cego como as moedas do primeiro haviam desaparecido de baixo do tijolo e como êste viera para enganar seu companheiro e como lhe havia tomado o bastão cheio de moedas.

O terceiro cego disse: — Vocês são uns estúpidos. Onde já se viu guardar dinheiro debaixo de um tijolo ou dentro de um bastão? Agora, reparem, aqui está minha camisa; sempre a uso e nunca a tiro do corpo. — Enquanto falava tirou a camisa e estendeu-a a êles. Imediatamente, o lojista agarrou a camisa e colocou-se de lado.

O terceiro cego começou a procurar a camisa, enquanto os outros dois diziam: — Que camisa?

O terceiro cego se pôs a gritar e a berrar, e todos êles decidiram ir a outro cego, o quarto. O tempo todo, o lojista continuava a segui-los. Aproximaram-se do quarto cego e lhe contaram tôdas as suas estórias.
O terceiro cego berrava e gritava que os outros dois o haviam enganado e lhe haviam roubado todo o seu dinheiro. O quarto cego falou: — É esta a maneira de guardar dinheiro? Debaixo de um tijolo? Num bastão? Numa camisa? Aqui eu tenho um aquecedor de corpo, uma bôlsa trançada de cinco centímetros de largura. Imita bem um cinto e coloco meu dinheiro dentro dela e amarro-a em redor de minhas costas. — Enquanto falava, tirou o aquecedor e estendeu-o aos amigos. O lojista agarrou o aquecedor e colocou-se de lado.
Passado algum tempo, o quarto cego tateou, procurando o aquecedor. — Que aquecedor? — gritaram os três cegos. — Por que você está nos acusando?
E novamente começaram a discutir e espancar-se uns aos outros. Então, o quarto cego gritou: — Certamente, um homem que pode ver está nos seguindo e apoderando-se de nosso dinheiro. — Os quatro decidiram então pedir esmolas e dividir o resultado entre si. E assim foi feito. Perambularam pelas ruas da cidade e pelo mercado, mendigando, e dividiram o dinheiro entre si.
Um dia, passaram pela loja do homem que os havia enganado. Êste teve pena dêles e lhes deu uma moeda grande. Os cegos ficaram admirados. "Qual será a razão?" Então, pensaram: "Talvez seja êste o homem que pegou nosso dinheiro?" — O que faremos? — perguntou um dêles. — Acontece que não consigo engolir nada que seja comprado com meu próprio dinheiro. Parece que gruda na minha garganta. — Então compraram pão e uvas e se sentaram para comer. Mas o tal homem simplesmente não conseguia engolir a comida. Agora estavam certos de que o lojista se havia apossado de seu dinheiro. Os quatro homens foram ao lojista e se puseram a gritar: — Devolva nosso dinheiro!
Nesse ínterim, formou-se uma multidão em tôrno, e logo um policial apareceu e levou os cegos e o lojista para a central de polícia. Lá os quatro cegos contaram como o estranho se apoderara do dinheiro. Um dêles afirmava que lhe era impossível engolir comida comprada com seu dinheiro e que não fôra capaz de engolir a comida comprada com o dinheiro oferecido pelo lojista.
Então, o lojista contou a sua estória. Uma vez, um cego entrara em sua loja. Oferecera ao homem uma moeda, mas, como sòmente possuía dinheiro graúdo, pedira-lhe trôco, porém o cego escondera a moeda. — Quando lhe pedi o trôco, come-

çou a gritar que eu queria roubá-lo. Juntou gente que foi a seu favor. E assim decidi segui-lo. Quando chegamos à sua casa, vi-o esconder o dinheiro e apanhei-o. Depois, fiquei curioso de ver o que faria e continuei a segui-lo. Então, apanhei o dinheiro de todos êles.

O policial ordenou ao lojista que devolvesse todo o dinheiro aos cegos, e assim foi feito.

19. O MENDIGO RICO E SUA BÔLSA MARAVILHOSA

ACI 609. Coligido por A. Alkalai, de sua mãe, nascida na Bulgária.

Um desenlace incomum ao Tipo 580*, *A Bôlsa Inesgotável*, e ao Motivo D1451, "Bôlsa inesgotável fornece dinheiro", é dado aqui pelo Motivo C930, "Perda de fortuna por quebrar tabu". Igualmente central é o Motivo G303.9.8.5, "Ouro faz homem tornar-se avarento". Sòmente dois textos fino-suecos são registrados para o Tipo 580*.

Era uma vez um camponês pobre. Certo dia, voltava do campo, cansado e exausto. Deitou-se na sua cama e pediu a Deus um pequenino tesouro. Suplicou e suplicou, até que de repente sua vista deu com uma pequena bôlsa a seus pés. Uma voz celestial lhe falou: — Pegue esta bôlsa como um presente de Deus. Você achará uma única moeda dentro dela, mas, no momento em que a retirar, outra moeda tomará o seu lugar. De forma alguma, porém, você deverá gastar o dinheiro antes de jogar a bôlsa no rio. Então, a bôlsa será transformada em peixe e o dinheiro em barbatanas.

O camponês ficou muito satisfeito, e durante tôda a noite e o dia seguinte, tirou uma moeda após outra de dentro da bôlsa. Na outra noite, já estava de posse de um saco cheio de moedas.

No dia seguinte, não havia pão em casa, mas o camponês não gastou uma única moeda para comprar comida.

— Juntarei outro saco de dinheiro e só então jogarei meu presente no rio.

Naquele dia, pediu ao vizinho um pouco de pão e, no dia seguinte, foi mendigar pelas ruas, pois, como dizia: — Não me fará mal algum encher outro saco de moedas antes de gastar o dinheiro e jogar a bôlsa maravilhosa no rio. — E assim aconteceu de nôvo e ainda mais uma vez. Todos os dias saía para pedir esmolas, a fim de manter-se sem gastar dinheiro algum do seu. Depois, voltou a tirar moedas de sua bôlsa. Várias vêzes levou a bôlsa até o rio, pretendendo jogá-la fora, mas tão logo chegava à margem, decidia adiar a fim de reunir mais um saco de moedas.

E assim prosseguiu juntando moedas até o fim de seus dias, jamais gastando um níquel que fôsse, porque não queria separar-se de sua bôlsa maravilhosa. Morreu riquíssimo, sua casa estava abarrotada de sacos de moedas, mas nem uma migalha de comida foi encontrada.

20. O MENDIGO E SEU ASNO

ACI 209. Coligido por Lea Ben-Guerschon, de sua avó, nascida no Iraque.

O tipo 751C*, *Riqueza Leva a Orgulho,* é popular no Oriente. O motivo central dêsse conto, B103.1.1, "Asno que produz ouro: bagos de ouro", muitas vêzes é parte do Tipo 563, *A Mesa, o Asno e o Bastão;* quanto a outras referências, veja a nota inicial ao N.º 21 (neste livro), "O Moinho de Café, a Bandeja e o Bastão" (ACI 352). Uma bibliografia adicional sôbre animais que produzem ouro encontra-se no *Motif-Index of Folk-Literature,* de Stith Thompson, sob o Motivo B103, "Animais que produzem tesouro", e em N. M. Penzer (ed.), *The Ocean of Story,* V, 11, n. 1. O presente desenlace com Motivo Q281, "Ingratidão punida", não é comum nesse tipo de conto. Quanto a desenlaces paralelos, ver M. Gaster, *The Exempla of the Rabbis,* N.º 319, pp. 116, 239.

O Tipo 751C* é registrado seis vêzes na Lituânia e uma vez na Rússia. Sôbre versões da Ásia Central, ver M. I. Shewerdin, Vol. II, N.º 150, e sôbre uma versão anotada em Ossétia, no Cáucaso, ver A. H. Bjazirov, *Contos Populares Ossetianos,* N.º 37.

Há muitos e muitos anos atrás, havia um pobre mendigo que costumava vagar pelas ruas e pedir esmolas. Um dia, êle ia andando em seu caminho, quando encontrou um velho adivinho, e contou-lhe a estória de sua vida.

O adivinho lhe disse: — Aqui está meu asno. Tome-o! Quando você lhe disser: "Meu asno, meu asno, prove seu poder", êle lhe mostrará seu poder, e você se tornará muito rico. Mas lembre-se de uma coisa: quando você fôr rico, seja bondoso e não maltrate seus servos.

O mendigo pegou o asno e continuou alegremente seu caminho. Quando chegou a determinado lugar, voltou-se para o asno e exclamou: — Meu asno, meu asno, prove seu poder. — Sùbitamente, ouviu o tilintar de moedas e viu ouro e prata espalhados pelo chão. Com o coração aos pulos, o mendigo juntou o dinheiro. Com o tempo alugou uma linda residência com tôdas as comodidades e contratou servos e empregadas.

O tempo passou, e o homem não dava mais a devida atenção às advertências do adivinho e à sua própria promessa. Tratava seus servos duramente. Vivia sempre aos berros com êles e nunca estava satisfeito com o trabalho dêles.

Um dia, o asno foi roubado, e o homem ficou triste e deprimido. Por fim, foi procurar o adivinho. Encontrou-o e contou-lhe seus problemas.

Desta vez o velho não teve piedade e lhe disse: — A vergonha caia sôbre você. Você oprimiu seus servos. De agora em diante, será um homem pobre.

E assim foi. Novamente o homem viu-se obrigado a errar pelas ruas e a pedir esmolas.

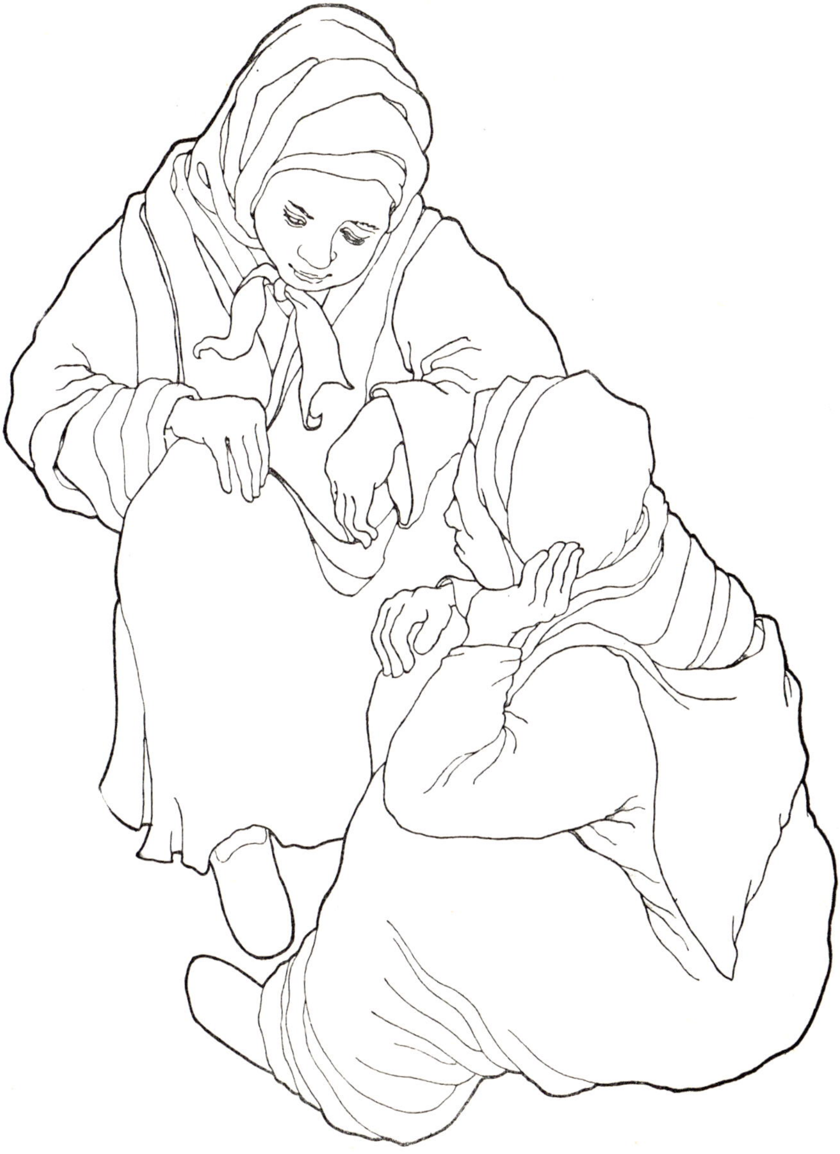

confidências

21. O MOINHO DE CAFÉ, A BANDEJA E O BASTÃO

ACI 352. Registrado por Iehudá Mazuz, jovem operário, de sua mãe, Masuda Mazuz, nascida na Tunísia.

Tipo 563: *A Mesa, o Asno e o Bastão*. Algumas versões ACI dêste tipo foram coligidas de judeus turcos, tunisinos e iraquianos. Até agora, tal versão registrada em Israel é a primeira de origem tunisina. Cf. N.º 20 (neste livro), "O Mendigo e seu Asno" (ACI 209), do Iraque. Antti Aarne analisou êste tipo de conto em sua monografia "Die Zaubergaben", *Journal de la Société Finno-ougrienne*, XXVII (1909), 1-96, e quanto a outra discussão, ver K. Krohn, "Ubersicht über einige Resultate der Märchenforschung" (Folklore Fellows Communications, N.º 96 [1931]), pp. 48-53. O conto figura na coleção dos Irmãos Grimm, N.º 36, "A Mesa Mágica, o Asno de Ouro e o Cacête no Saco"; podem-se encontrar referências bibliográficas em J. Bolte e G. Polívka, *Anmerkungen zu den Kinder und Hausmärchen der Brüder Grimm*, I, 346-361. Uma versão turca é dada em W. Eberhard-P. N. Boratav, N.º 176, "Tischleindeckdich I".

Êste conto internacional é registrado na Índia, na África e através de tôda a Europa, bem como nas tradições francesas, inglêsas e espanholas na América, onde também circula entre os índios. Versões asiáticas publicadas recentemente figuram em Shewerdin, Vol. I, N.º 24, e Vol. II, N.º 131 (usbeque); Bjazirov, N.º 17 (ossetiana); e Bgazhda, N.º 8 (abkhaziana). Um

exemplo da Palestina árabe acha-se em Abu Naaman, N.º 8,
e uma versão judia *sfaradi* aparece em Palacin, N.º 67.

Era uma vez um pobre lenhador que tinha uma espôsa e sete
filhas. Êle trabalhava bastante mas, apesar disso, continuava
muito pobre. Assim se passaram vários anos.
Um dia, cortando árvores, de repente viu à sua frente um homem prêto que lhe perguntou: — Por que você corta minha
cabeça todo dia?
A resposta do lenhador foi: — Senhor, tenho em casa uma
mulher e sete filhas para alimentar. Derrubar árvores é o único
meio que sei de conseguir dinheiro. Vendo a madeira e assim
não morremos de fome, embora passemos necessidades.
O coração do prêto transbordou de piedade. Disse: — Darei
a você um moinho de café que produzirá tanta comida quanto
você o desejar. Mas não venha aqui novamente.
O lenhador chorou de alegria, beijou o negro, bendisse-o e
agradeceu-lhe. Pegou as ferramentas e o moinho de café e dirigiu-se para casa. Durante o caminho, descansou e, como estivesse com fome, decidiu experimentar o moinho. Disse: —
Moinho, dê-me arroz, carne e pão. — E dizendo isso, fechou os
olhos. Quando os abriu, achou a comida à sua frente. Terminou
a refeição e encaminhou-se ràpidamente para casa.
Contou à família, alegremente, sôbre a aparição do negro e
seu presente maravilhoso. E tôda a família agradeceu a
Deus no céu por sua misericórdia e providência. Imediatamente, desejaram uma refeição sadia e substancial. E lá estava ela.
Assim viveram felizes a semana inteira.
Na vizinhança, vivia uma velhinha que os visitava de vez em
quando. Um dia, uma semana depois que o lenhador trouxe
para casa o moinho, apareceu ela para visitá-los e, como de
costume, perguntou-lhes: — Como vão as coisas?
Uma das filhas alardeou: — Muito bem. Papai não trabalha
mais. Possuímos um moinho maravilhoso, que nos provê de
tudo o que desejamos.
Assim, a velhinha decidiu conseguir êsse moinho para si. Um
dia, visitou-os novamente quando outra filha estava em casa.
Pediu-lhe o moinho emprestado, pois ela queria moer alguns
grãos de café e não possuía moinho. — Devolverei o moinho
dentro de umas três horas — prometeu. E o moinho lhe foi
entregue. É claro que, em vez de devolver o moinho milagroso,
trouxe de volta um moinho qualquer, apesar de ser quase idêntico ao moinho do lenhador.

O pai voltou à noite, dirigiu-se ao moinho na forma costumeira, mas, por Deus!, o moinho não funcionou. As filhas lhe contaram sôbre a visita da velhinha e o pai lhes deu uma boa surra. Naquela noite, comeram os restos da refeição anterior e, no dia seguinte, êle pegou as ferramentas e foi novamente à floresta para abater árvores.

Começou a cortar a primeira árvore — e, novamente, quem aparece? Nada mais nada menos que o homem prêto! E êle falou ao lenhador: — Não lhe dei um moinho maravilhoso, a fim de que você não aparecesse mais aqui? Por que está cortando a minha cabeça novamente?

O lenhador respondeu: — Senhor, minhas estúpidas filhas deram o moinho a uma velhinha e ela não o devolveu. Por isso, preciso voltar a trabalhar.

O negro pensou um momento e disse: — Vou lhe dar uma segunda oportunidade. Aqui está uma bandeja que produzirá quanto dinheiro você desejar. Mas não volte mais aqui.

Encheu-se novamente de alegria o coração do lenhador. No caminho, experimentou a bandeja: — Bandeja, bandeja, dê-me dinheiro! — E lá estavam moedas de ouro e de prata. Novamente contou à espôsa e às filhas seu segundo encontro com o negro, e novamente todos agradeceram a Deus no céu por sua misericórdia e benevolência. Desta vez o lenhador avisou a tôdas que não emprestassem a bandeja a vizinho algum.

Passou-se uma semana em alegria e fartura, de nôvo apareceu a velhinha para fazer uma visita. E outra vez o lenhador não estava em casa. Traiçoeiramente, ela levou na conversa a mulher e as filhas do lenhador, e vocês sabem muito bem como as mulheres são conversadeiras e como adoram tagarelar! E acreditem ou não, ao sair da casa do lenhador, levava consigo a bandeja emprestada.

Imaginem a fúria do pai quando chegou a casa. Quase morreu de raiva. Desculpas como: "A mulher nos deixou confusas" não adiantaram nada. Espôsa e filhas foram espancadas duramente, como bem mereciam. E, na manhã seguinte, o lenhador pegou suas ferramentas e dirigiu-se novamente à floresta.

Começou a cortar sua primeira árvore — e, novamente, quem apareceu? Naturalmente, nada mais nada menos que o homem prêto! O lenhador contou-lhe então a estória tôda, e o negro lhe disse: — Dei-lhe duas oportunidades, e você as desperdiçou. Aqui está a sua última *chance*. Vou lhe dar êste bastão. Se êle estiver próximo de uma pessoa sem roupa, êle baterá até você dizer "Basta!" Primeiramente, bata em você mesmo, depois em sua mulher e suas filhas, e em seguida na velha que é sua vizinha.

O lenhador voltou para casa, despiu-se e recebeu uma surra e tanto, até que ordenou "Basta!" Depois disse à mulher e às filhas: — Hoje, tenho uma coisa maravilhosa para vocês. É um bastão que provê coisas muito boas. Entrem, uma a uma, no quarto e tirem a roupa. — As mulheres ficaram muito contentes. Uma a uma, entraram no quarto, tiraram a roupa e receberam uma surra de acôrdo até que o pai ordenou "Basta!"

No dia seguinte, a velha apareceu de nôvo para uma visita e fêz a pergunta costumeira: — Como vão as coisas? — Como era natural, contaram-lhe sôbre o bastão maravilhoso. E, quando deixou a casa, a velhinha levava consigo o bastão.

Passaram-se alguns dias, e a velha não voltava. Foram então visitá-la, entraram pela casa adentro e encontraram-na morta. Compreenderam então o que tinha acontecido. A mulher não soubera deter o bastão; assim, fôra espancada até a morte. Naturalmente, acharam o moinho e a bandeja e levaram a ambos para casa.

Desde então viveram felizes e com fartura.

22. UM AVARENTO E UM HOMEM GENEROSO

ACI 654. Coligido por Varda Hilel, professor de escola primária, de seu pai, Schimon Hilel, lavrador, nascido na Tunísia. Uma fina versão do Tipo 613: *Os Dois Viajantes* (*Verdade e Falsidade*), episódios II, III e IV. O contraste entre os Motivos W152, "Mesquinhez", P276, "Mesquinhez punida" e Q42, "Generosidade recompensada", dá um colorido moralista à estória. Para versões judaicas dêsse tipo extraídas da literatura homilética, baseadas na oposição religiosa, ver M. Gaster, *The Exempla of the Rabbis*, N.º 29, 110, 447; Gaster, *Studies and Texts*, II, 917-918; Gaster (ed.), *Ma'aseh Book*, N.º 120; M. I. Bin Gorion, *Der Born Judas*, II, 197.

Na Europa, êste conto encontra-se na coleção dos Irmãos Grimm, como N.º 107, "Os Dois Viajantes". Para bibliografia, ver J. Bolte-G. Polívka, II, 468-482. Êle é tema de uma monografia de Reidar Th. Christiansen, *The Tale of the Two Travellers* (Folklore Fellows Communications, N.º 24 [Harmina, 1916]). S. Thompson examina a estória detalhadamente em *The Folktale*, pp. 80-81, comentando a sua antiguidade de mais ou menos mil e quinhentos anos nos escritos hebraicos e chineses e sua moderna dispersão a partir da África Central para a Nova Escócia e a Jamaica.

Na Ásia Central, o conto é registrado no Usbequistão (M. I. Shewerdin, Vol. I, N.º 43, e Vol. II, N.º 152) e no Cazaquistã (W. Sidelnikov, N.º 53). Alguns textos do Oriente Médio

comparecem em S. Britajev e K. Kasbekov, *Contos Populares Ossetianos*, N.º 11 (Cáucaso); E. S. Stevens, *Folktales of Iraq*, N.º 46 (Iraque); W. Eberhard-P. N. Boratav, N.º 67, 253 (Turquia); H. Schmidt e P. Kahle, *Volkserzählungen aus Palästina*, N.º 70 (árabe de Palestina); e confronte N. Gross, pp. 36-37 (texto judaico da Europa Oriental).
Um desenlace semelhante com Motivo N471, "Tentativa insensata de segundo homem para ouvir segredos", ocorre no N.º 23 (neste livro), "A Montanha do Sol" (ACI 1673).

Era uma vez uma mercearia pertencente a dois sócios: um era avarento e o outro, um homem generoso. Cada vez que o avarento pesava açúcar, farinha ou qualquer outra mercadoria, sempre roubava um pouquinho no pêso, ao passo que o generoso adicionava alguma coisa a mais na balança.
— Por que você faz isso? — perguntou o avarento.
— Porque é proibido roubar e, no futuro, continuarei adicionando alguma coisa na balança — foi a resposta.
— Se é assim, vamos nos separar, cada um trabalhará para si de agora em diante — decidiu o avarento. Pôsto isto, fizeram as contas e cada um recebeu a sua parte. O avarento ficou com a mercearia repleta de mercadorias e o generoso recebeu o dinheiro. Decidiu consigo próprio: "Não vou viver na cidade dêste homem tão sovina". Pegou o dinheiro e comida para a viagem e pôs-se a caminho.
Naqueles tempos, não havia trens nem automóveis e as pessoas costumavam viajar de uma cidade para outra a pé. O homem generoso estêve ao relento por vários dias e noites; de dia caminhava e à noite dormia nos campos. Finalmente, chegou a uma certa cidade e, quando se aproximou de seus muros, caiu a noite. Disse êle então para si próprio: "Dormirei aqui esta noite e amanhã entrarei na cidade". Observou então uma fossa cheia de palha e para lá se esgueirou. Durante a noite, os filhos de *schedim* reuniram-se perto da fossa.
— Sabem, amigos, o que aconteceu na cidade vizinha? — um dêles perguntou. — Mora lá um rei cujo filho está muito doente e todos os médicos não têm mais esperanças de salvá-lo.
— Êle viverá porque possuo um remédio — falou um *sched*.
— Que remédio é êste? — perguntou um outro.
— O remédio consiste em pegar um pouco de óleo, aquecê-lo e esfregá-lo no corpo do príncipe. Logo êle se levantará, são e salvo.

Pela manhã, o homem generoso entrou na cidade e encontrou-a enlutada. Perguntou aos transeuntes: — Por que estão de luto?

— O filho do rei está muito doente — foi a resposta. — O rei proclamou que, se seu filho morrer, êle dará ordens para matar tôda criança que tenha a mesma idade do seu, assim como tôda criança que possua o mesmo nome.

— Não se preocupem. Eu tenho um remédio! — disse o forasteiro.

Ouvindo isto, os homens da cidade levaram-no ao rei, dizendo: — Nosso amo e rei! Aqui está um homem pronto a curar seu filho.

— Você pode curar meu filho? — indagou o rei assombrado.

— Na verdade, posso — foi a resposta.

— Se você o conseguir, eu o tornarei o cidadão mais poderoso de meu Estado — declarou o rei. Levou então o forasteiro ao quarto da criança. O homem esquentou um pouco de azeite e esfregou-o no corpo do enfêrmo. Imediatamentte, êle se levantou são e salvo.

O rei ficou felicíssimo e ordenou a todos os que o amavam que dessem um presente ao homem que curou seu filho. Meia hora se passou, e tantos foram os presentes, que o homem se tornou mais rico do que jamais havia sido em sua vida. Abriu então uma grande loja, e vinham pessoas de perto e de longe comprar provisões, porque os preços eram baixíssimos.

O homem avarento ouviu falar daquela loja num país distante onde as mercadorias eram vendidas a preços irrisórios, e decidiu ir comprar lá. É claro que os dois sócios se reconheceram um ao outro. O avarento perguntou: — Como foi que você conseguiu tanto dinheiro?

— Fique aqui como meu convidado durante sete dias e então lhe contarei tôda a estória — retrucou o homem generoso.

O avarento concordou. Sete dias se passaram e o avarento ficou conhecendo a estória da fossa de palha e de tudo o mais que acontecera ao seu ex-sócio. O avarento decidiu fazer o mesmo que o homem generoso fizera.

— Cuide de meu dinheiro até eu voltar da fossa — disse êle.

Três dias se passaram e os *schedim* realizaram uma nova reunião perto da fossa. Antes de começar, um dêles disse: — Não devemos falar muito. Pois o dia tem olhos, a noite tem ouvidos.

Os *schedim* não o entenderam e êle explicou: — Vocês estão lembrados da doença do filho do rei? Aqui, nesse mesmo lugar, revelei o remédio; mas alguém escondido aí dentro nos ouviu e curou o menino.

Um dos *schedim* levantou-se e disse: — Dêem-me um fósforo que revistarei a fossa. — E então! O que foi que êle viu? O homem — o avarento, é claro, deitado ali. O *sched* tocou fogo na palha e o avarento morreu queimado. Possam todos os avarentos ter o mesmo fim!

Como vocês já devem ter adivinhado, é claro, todo o dinheiro do avarento ficou para o homem generoso.

23. A MONTANHA DO SOL

ACI 1637. Coligido por Menasche Razi, jovem operário, de Isaac Gribi, nascido no Iraque.

Os Motivos B562.1.3, "Pássaros mostram tesouro a homem", F752.1, "Montanha de ouro", J2415, "Imitação insensata de homem feliz", K41, "Competição de aradura", e N471, "Tentativa insensata de segundo homem para ouvir segredos", são, nesse conto, substituídos por motivos equivalentes em ACI 654, Tipo 613, *Os Dois Viajantes* (ver N.º 22 neste livro, "Um Avarento e um Homem Generoso"). Entretanto, as duas estórias formam o mesmo modêlo, que é discutido em A. Dundes, "The Binary Structure of 'Unsucessful Repetition' in Lithuanian Folktales", *Western Folklore*, XXI (1962), 165-173.

Eram uma vez dois irmãos. O mais velho era um avarento. Homem sovina e invejoso, estava sempre à procura de dinheiro. Durante a vida tôda, ansiava por ganhar o total das posses de seu pai. Seu irmão mais môço era diferente. Era um homem bom, honesto, honrado e estimava muito ao irmão. Finalmente, o pai faleceu, deixando aos filhos todos os bens: campos, vinhedos e muitas ovelhas e gado. Os dias de luto passaram, e então o filho mais velho aproximou-se do irmão mais môço e disse astutamente: — Chegou o momento de dividirmos entre nós a herança de nosso pai. Vamos arar os campos amanhã cedo e aquêle que conseguir arar uma área maior, herdará tôda a fortuna. Mas há uma condição: nós dois estaremos proibidos de comer ou beber durante o dia inteirinho. — O irmão mais môço, que sempre atendia ao que dizia o irmão, concordou com o plano. No dia seguinte, o irmão mais velho levantou-se cedo, antes do sol nascer, e enquanto o mais môço ainda estava dormindo, sua espôsa preparou-lhe o café. Comeu até fartar-se e, depois de se sentir satisfeito, ergueu-se e aproximou-se da cama do irmão a fim de acordá-lo.

— Já é de manhã, irmão, e é hora de levantar-se. Vamos para os campos!

O irmão mais nôvo saltou da cama e vestiu-se apressadamente. Sem comer nem beber, pegou sua relha e seguiu o irmão até o campo, onde ambos começaram a arar. O irmão mais velho trabalhava com rapidez e energia, enquanto o mais môço trabalhava devagar. A charrua pesava-lhe nas mãos, pois estava com fome. Naquela mesma noite, a herança do pai — os campos, os vinhedos, as ovelhas e o gado — passou às mãos do irmão mais velho, enquanto o irmão menor ficou sem nada.

No dia seguinte, o irmão mais môço deixou a casa e saiu para as montanhas à procura de seu pão de cada dia. Achou um lugar para dormir numa gruta nas rochas e transformou-se em lenhador. Costumava derrubar as árvores e levava a lenha para vender na cidade, e com êstes lucros escassos, comprava pão e carne. Seus dias seguiam na pobreza, enquanto o irmão mais velho prosperava e tornava-se rico. Comprou mais campos e vinhedos e construiu casas. Já então esquecera o irmão, de quem roubara a parte da herança.

Um dia, o irmão mais môço foi, como habitualmente, abater árvores na floresta. Ao aproximar-se de certa árvore, para abatê-la com seu machado, ergueu os olhos para a copa e, lá, entre os ramos, avistou um ninho de passarinhos. Pegou um bastão e jogou-o em direção do ninho, uma, duas, três vêzes, mas sempre errava o alvo. Por fim, um corvo voou do ninho, circulou no ar em volta do lenhador, bateu as asas e, repentinamente, falou: — Não destrua meu ninho. Construí-o para minha ninhada, com muito trabalho. Não destrua meu lar e, em troca, eu o levarei à Montanha do Sol.

— E o que há na Montanha do Sol? — perguntou o irmão menor.

— Muitos tesouros — respondeu o corvo.

— Que tesouros? — continuou o irmão mais môço com ar desconfiado.

A esta pergunta o corvo respondeu: — Venha aqui, amanhã de manhã, bem cedo, antes do amanhecer. Traga uma pequena

Os Cobiçosos

bôlsa com você, e quando você chegar à Montanha do Sol, verá que tesouros há por lá.

— Muito bem — disse o irmão mais môço, e voltou-se para outra árvore.

Na manhã seguinte, antes do amanhecer, o irmão mais môço pegou uma pequena bôlsa e seguiu o corvo até a Montanha do Sol. Quando alcançaram o tôpo da montanha, o jovem estacou assombrado e maravilhado, não acreditando nos próprios olhos. Pepitas de ouro, diamantes e pedras preciosas estavam lá, espalhadas pelo chão, brilhando e fulgurando de maneira a ofuscar a vista.

— Não espere — disse o pássaro. — Pegue tudo o que conseguir pegar, mas parta antes do sol nascer.

O irmão mais môço não se demorou muito. Encheu sua pequena bôlsa com ouro, diamantes e pedras preciosas, agradeceu ao corvo e dirigiu-se para a sua cabana nas montanhas. No mesmo dia, abandonou as montanhas e voltou à sua cidade natal. Lá construiu uma bonita casa, comprou campos férteis e viveu uma vida feliz.

Quando o irmão mais velho veio a saber de como o irmão mais môço obtivera suas riquezas, sentiu muita inveja dêle. Não conseguia encontrar paz para sua alma, até que um belo dia pegou um grande bastão e correu para a floresta. Lá na floresta encontrou o ninho do corvo e começou a jogar o bastão em direção do ninho: uma, duas, três vêzes, mas sempre errava o alvo. Finalmente, o corvo saiu de seu ninho e começou a implorar-lhe: — Por favor, não destrua meu ninho. Construí-o para minha ninhada com muito trabalho. Se você ouvir meus rogos, eu o levarei amanhã, antes do amanhecer, até a Montanha do Sol. Leve com você uma pequena bôlsa e um grão de arroz e esteja pronto antes do sol nascer.

— Estarei aqui amanhã — disse o irmão mais velho e correu para casa. Entrando em casa, disse à espôsa: — Pegue o maior lençol que você tiver aqui em casa e costure-o como se fôsse um saco. — Em sua mente imaginou que uma pequena sacola não seria suficiente para carregar tantos tesouros da Montanha do Sol, quantos êle pretendia carregar às costas.

Durante a noite tôda, o homem e sua espôsa estiveram ocupados em costurar o saco e, de manhã, assim que a névoa da noite começou a erguer-se, o irmão mais velho seguiu o corvo até à Montanha do Sol. Quando alcançaram o tôpo da montanha e o irmão mais velho avistou aquelas pepitas de ouro, os diamantes resplandecentes e as pedras preciosas, seu coração esqueceu o mundo inteiro e êle caiu sôbre os tesouros e começou a encher seu enorme saco. Com grande voracidade, agarrava as pepitas de ouro e as pedras preciosas e abarrotava o saco com tudo o que lhe surgia pela frente, tentando enchê-lo até à bôca.

— É o bastante, é o bastante, não se atrase aí atrás — preveniu o corvo. — Corra para casa ràpidamente ou o sol nascerá e o queimará com seus raios abrasadores.

O irmão mais velho nada escutou. Queria encher o saco até à bôca. Arrastava-se pelo chão e continuava a catar mais e mais tesouros. Por fim, nasceu o sol com seus raios abrasadores e tostou o irmão mais velho, de modo que se transformou num monte de cinzas. O corvo bateu as asas e gritou: — Êste é o fim de todo aquêle que deseja tudo para si. — Então estendeu as asas e voou para seu ninho.

O irmão mais môço continuou a levar uma vida feliz e satisfeita até o fim de seus dias.

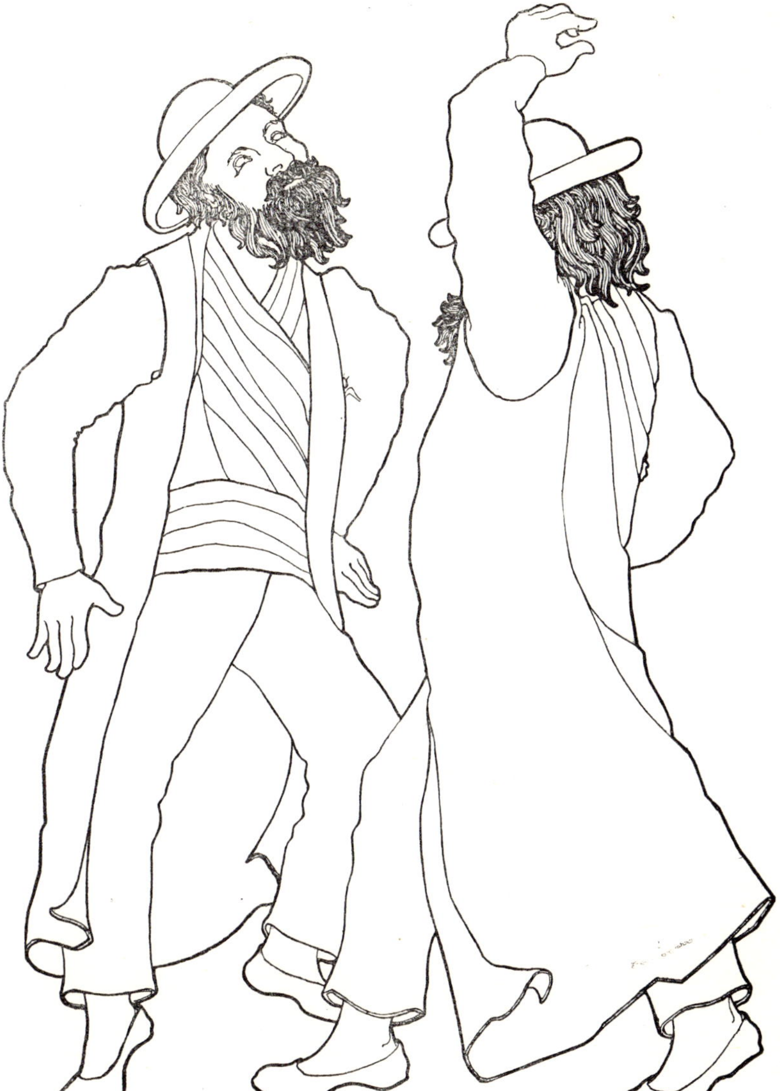

hassidim dançando

24. A ESTÓRIA INCRÍVEL DO FILHO DO MERCADOR

ACI 7. Coligido por Elischeva Schoenfeld, en Afula, em 1955, de Mordehai "Marko" Litsi, nascido na Turquia.

Esta é uma versão elaborada do Tipo 1920, *Competição de Mentira,* com um incidente que pertence ao Tipo 1960G, *A Grande Árvore.* Quinze versões turcas são citadas em W. Eberhard-P. N. Boratav, N.º 358, *"Keloglan* und der Müller". O Tipo 1920 foi trazido da Europa para o Nôvo Mundo em tradições francesas, espanholas e inglêsas. Dois textos japonêses são fornecidos por R. M. Dorson, em *Folk Legends of Japan* (Tóquio e Rutland, Vermont, 1962), pp. 206-207.

Há muitos anos atrás, em certa região, houve uma guerra terrível e nada se encontrava para comer. Naquele tempo, um rico mercador do país faleceu e legou tôda a fortuna a seu único filho. Deixou um testamento que terminava pelas seguintes palavras: "Nunca faça negócios com homem cuja face seja glabra".

Havia um saco de trigo na casa do mercador, e o filho decidiu moê-lo no moinho e fazer pão para si e seus filhos. Foi ao moinho e bateu à porta, e o moleiro abriu-a. Num relance, o filho do mercador percebeu que o moleiro era imberbe. Re-

cordando a advertência do pai, disse ao moleiro: — Até logo!
— e foi procurar um segundo moinho. Lá também um homem
glabro abriu-lhe a porta e novamente o filho do mercador seguiu seu caminho. Alcançou um terceiro moinho, e a porta
foi novamente aberta por um moleiro sem pêlos na face.

Assim, o filho do mercador não teve outra escolha a não ser
pedir ao terceiro moleiro que lhe moesse o trigo. O moleiro
glabro transformou o trigo em farinha e, quando entregou o
saco ao filho do mercador, perguntou a êsse se poderia pegar
para si um pouco para fazer pão para seus próprios filhos. —
Faz muito tempo que não temos farinha nesta casa — lamentou
o moleiro.

O filho do mercador concordou em dar-lhe a farinha. Então,
o moleiro pegou uma bacia, despejou um pouco de farinha
dentro e adicionou água. A massa ficou fina demais; então
o moleiro pediu um pouco mais de farinha. Aí, a massa ficou
sêca demais; então, o moleiro adicionou mais água. Adicionou
demais, e a mistura ficou aguada, e novamente o moleiro pediu
um pouco de farinha. E assim foi até que o saco de farinha
ficou vazio. Por fim o moleiro levou a massa a uma padaria
e assou um grande filão de pão para si mesmo.

Quando o filho do mercador percebeu que o moleiro lhe havia
enganado, lembrou-se do conselho do pai. Pensou, então, por
um minuto e depois disse ao moleiro: — Você pegou tôda a
minha farinha, e nada ficou para os meus filhos. Façamos isso:
cada um de nós conta uma estória inverossímil e aquêle que
conseguir contar a melhor ficará com o pão.

O moleiro concordou e começou a contar a sua estória: —
Meu pai era camponês. Certa vez plantou melancias, mas brotou
sòmente uma. Era tão grande que cobriu a cidade inteira.
Tiveram de abrir caminhos dentro dela; de outra maneira, nem
um cavalo, nem uma carroça poderia passar por ali. Por muitos meses, a melancia ficou na cidade porque não havia forma
de removê-la.

Agora era a vez do filho do mercador, e esta foi a estória
que êle contou: — Meu avô era um apicultor. Um dia, a abelha-
-mestra, a rainha, não se encontrava na colmeia. Por várias
dias, êle procurou a rainha até que a encontrou com um camponês, jungida ao arado com um boi. "Esta é a rainha de minha colmeia!", disse meu avô ao camponês. "Liberte-a imediatamente para mim." O camponês implorou então ao apicultor
e disse-lhe: "Três dias atrás, meu mulo morreu e não tenho
mais nada com que arar". Meu avô recusou-se a ceder, e o agricultor foi obrigado a devolver-lhe a rainha. No caminho de
volta a casa, o apicultor percebeu que a abelha estava com uma
ferida na garganta, bem no lugar em que a canga raspara seu

pescoço. Fêz o possível para curá-la, com todos os tipos de remédio, mas nada ajudou. Por fim, pegou uma noz, moeu-a, transformou-a em pó e friccionou-a na ferida. Depois, deitou-se debaixo de uma árvore e adormeceu. Quando acordou não podia crer em seus próprios olhos. Ao lado da árvore sob a qual dormira, havia surgido uma nogueira. Compreendeu que a árvore nascera do pó que havia passado na ferida da abelha-mestra. Uma noz colossal estava suspensa naquela árvore e êle quis pegá-la. Catou um punhado de terra e jogou-o para cima. De repente, surgiu um campo por cima da árvore e, no campo, começou a brotar trigo, perante os olhos assombrados de meu avô. Naquele mesmo instante, apareceu um barrão. Meu avô agarrou-o, amarrou uma foice em seu rabo e o atirou para cima, no campo. Enquanto o barrão corria pelos campos, cortou o trigo todo com a foice. Meu avô juntou o trigo e levou-o ao moleiro. O moleiro moeu-o e assou um pão. E então o velhinho levou o pão para casa.

Quando o filho do mercador pronunciou as palavras "levou o pão para casa", agarrou o grande filão de pão e correu para casa.

ANIMAIS FALANTES

25. NOSSO PAI ABRAÃO E OS CACHORROS

ACI 1230. Contado por Schoschana Goldenberg, como o ouviu em sua juventude na Lituânia.

Uma variação sôbre o Tipo 930*, *Destino Predito como Castigo,* incluindo o Motivo B217, "Linguagem animal aprendida". Quanto a contos análogos no Oriente Médio, vejam-se H. Schwarzbaum, "The Jewish and Moslem Versions of Some Theodicy Legends", *Fabula,* III (1959), 164, Nota 222; e I. Olsvanger, *Uvas com Amêndoas (Rosinkes mit Mandeln)* (Basiléia, 1921), N.º 366, e *Le'Haim* (Nova Iorque, 1949), N.º 174. O Tipo 930* é registrado na Lituânia, na Dinamarca e na Grécia. É uma subforma do Tipo 930, *A Profecia,* uma estória amplamentte difundida, muitto conhecida na Europa Oriental.

Um velho judeu, certa vez, encontrou outro velho com um belo semblante e olhos brilhantes. O desconhecido revelou que não era outro senão Nosso Pai Abraão e acrescentou: — Peça uma graça e ser-lhe-á concedida.

O judeu pediu que o velho lhe ensinasse a linguagem dos animais. Nosso Pai Abraão atendeu êsse rôgo e o judeu passou a entender o que os animais domésticos diziam entre si, bem como o linguajar dos pássaros e insetos.

Uma vez, o velho judeu estava ouvindo o latir de seus cães e entendeu que diziam: — Hoje teremos boa comida porque a vaca vai morrer.

Imediatamente, o judeu levou o vaca ao mercado e vendeu-a a um camponês.

No dia seguinte, novamente ficou ouvindo o latido dos cachorros: — Hoje teremos boa comida porque haverá um incêndio aqui e o patrão estará ocupado demais para nos vigiar e então poderemos comer tudo o que houver na casa e na despensa.

Com tôda a urgência o judeu vendeu a casa e retirou todos os seus pertences.

No terceiro dia pôs-se a escutar os latidos mais uma vez: — Hoje acontecerá uma grande desgraça em casa de nosso dono. Sua espôsa morrerá.

O velho judeu começou a chorar. O que deveria fazer? Foi ter com o rabino e contou-lhe tudo o que acontecera: como Nosso Pai Abraão lhe havia ensinado a linguagem dos animais e, assim, êle pudera entender seus cães, como tinha vendido sua vaca e sua casa e como fôra prevenido por seus cachorros de que sua espôsa morreria hoje. Que poderia fazer para salvá-la?

O rabino respondeu: — Estúpido judeu! Nosso Pai Abraão tinha em mente o teu bem, mas tu não o entendeste. Sua intenção era que tua vaca e tua casa fôssem sacrificadas no lugar de tua espôsa, mas, como as vendeste, impediste os seus desígnios. Agora tua espôsa não poderá restabelecer-se e não está em teu poder salvá-la da morte.

26. A DURAÇÃO DA VIDA DO HOMEM

ACI 256. Coligido por Sara Fischbein, dona de casa, junto a seu pai, Kathriel Schwarz, que ouviu a estória de seu avô na Galícia, Polônia.

Uma versão do Tipo 828, *Homens e Animais Reajustam Duração da Vida,* e Motivos A1321, "Homens e animais reajustam duração da vida", e B592, "Animais transmitem características a homem". Em muitas versões, o homem alcança apenas setenta anos. Cf. *Salmos,* 90, 10: "Os dias de nossos anos são três vêzes vinte anos e mais dez". Êste conto é registrado na Índia, na Lituânia, na Hungria e surge na coletânea dos Irmãos Grimm, N.º 176, "A Duração da Vida".

Quando o Todo-poderoso criou Adão, mostrou-lhe a beleza do mundo e disse-lhe: — Você dominará tudo o que vê e será muito feliz.

— Por quanto tempo terei a possibilidade de desfrutar de todos êsses bens? — indagou Adão.

— Por trinta anos — foi a resposta.

— Tão pouco tempo? — perguntou Adão, surprêso. — Não poderia acrescentar mais alguns anos extra?

O Todo-poderoso, bendito seja, meditou e respondeu: — Chamarei alguns animais. Talvez êles lhe concedam alguns anos extra de vida, como uma dádiva.
O primeiro a aparecer foi o burro. Disse o Todo-poderoso, bendito seja: — Teu destino é trabalhar duro, carregar fardos e comer um pouco de capim no quintal de teu amo.
— Quantos anos viverei? — inquiriu o burro.
— Quarenta — foi a resposta.
— Por que preciso sofrer tantos anos? — zurrou o burro com voz triste. — Ficarei satisfeito com metade dêsse tempo: vinte anos.
O Todo-poderoso, bendito seja, deu os vinte anos extra a Adão que ficou radiante de alegria e felicidade: com essa dádiva, viveria cinqüenta anos.
Depois o Todo-poderoso, bendito seja, falou ao cachorro: — Teu destino é ser um amigo fiel do teu dono e guardá-lo e à sua propriedade. Tua recompensa será comer sobejos e receber pancadas e pontapés.
— Quantos anos viverei? — perguntou o cão.
— Quarenta anos — foi a resposta.
— Por que devo sofrer tantos anos? — latiu o cão com voz triste. — Metade dêsse tempo, vinte anos, é suficiente para mim.
Então, o Todo-poderoso, bendito seja, tomou vinte anos da vida do cachorro e acrescentou-os à vida de Adão, que ficou radiante de alegria e felicidade: com essa dádiva, viveria setenta anos.
O Todo-poderoso, bendito seja, falou depois ao macaco, dizendo: — Teu destino é andar em dois pés e fazer os homens rirem do teu jeito que lhes parecerá muito ridículo. Quanto ao alimento, de vez em quando te jogarão algumas sobras.
— Quantos anos viverei? — indagou o macaco.
— Sessenta anos — foi a resposta.
— Por que tanto? Metade dêsse tempo é suficiente para mim.
Então, o Todo-poderoso, bendito seja, tomou os trinta anos da vida do macaco e deu-os de presente a Adão, que ficou radiante de alegria e felicidade, porque viveria mais trinta anos extra. Desde aquêle tempo a duração da vida do homem é de cem anos, divididos em quatro períodos:
O primeiro período vai até os trinta anos, quando o homem desfruta plenamente os anos de sua própria vida e é forte, independente e despreocupado.
No segundo período, dos trinta aos cinqüenta, geralmente está casado e é pai. Tem sôbre si o encargo de ganhar a vida e prover as necessidades de sua família. Para satisfazer sua espôsa e filhos, trabalha como um burro. Êsses são os vinte anos da vida do burro.

No terceiro período, dos cinqüenta aos setenta anos, o homem serve a seus filhos e guarda as propriedades dêles como um cão fiel. Geralmente não come à mesa de seus filhos. Êsses são os vinte anos da vida do cachorro.

Depois vem o último período, da idade dos setenta aos cem anos. Nesse período, o homem perde os dentes, seu rosto se enruga, seu modo de andar e seus movimentos são estranhos. Seus filhos riem e caçoam dêle e é como se já tivesse partido desta vida. Êsses são os trinta anos da vida do macaco.

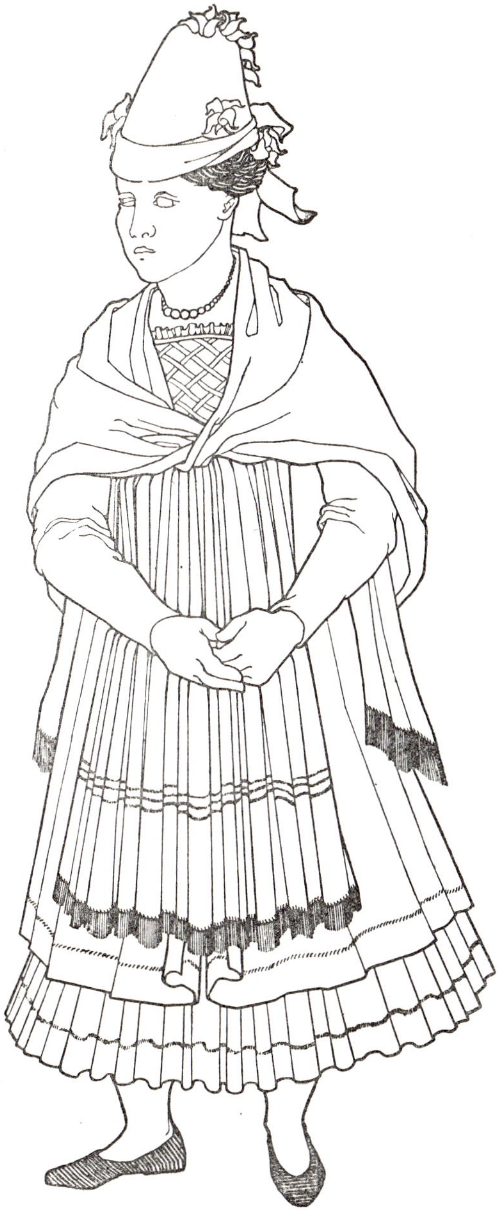

judia síria

27. O QUINHÃO DO GATO

ACI 196. Registrado por Nahum Raphael, nascido na Líbia, como o ouviu em sua juventude.
Cf. Motivo A2435.3.2, "Comida de gato".

Quando o Todo-poderoso distribuiu os meios de subsistência, perguntou ao gato: — De quem você quer receber seu pão de cada dia: do lojista, do camponês ou do mascate?
O gato respondeu sinceramente: — Dê-me meu pão de cada dia de uma mulher distraída que deixa a porta da cozinha aberta.

28. ATÉ QUE EU PROVE QUEM SOU

ACI 581. Registrado por Schalom Dervisch, advogado, que ouviu o conto do Iraque em sua juventude.
Para uma variante dessa anedota, veja-se A. Druyanov, *O Livro de Anedotas e Habilidades,* Vol. II. N.º 1946. Em suas notas, p. 458, o autor cita mesmo outra versão (um coelho em vez de uma rapôsa) que circulava na Rússia no tempo da revolução de 1905 e apresentava um colorido político.

Há um ditado entre os judeus babilonianos (iraquianos) no seu dialeto arábico: "Até que se prove quem sou, há tempo de sobra para me arrancarem a pele".
Eis a história na qual está baseado êsse ditado.
Certa vez uma rapôsa foi vista fugindo. Perguntaram-lhe: — Por que está fugindo?
Ela respondeu: — Os caçadores estão caçando camelos, matando-os e arrancando-lhes a pele.
As pessoas ficaram boquiabertas. — Mas você é rapôsa e não camelo, não é?
A rapôsa respondeu: — Até que eu prove quem sou, há tempo de sobra para me arrancarem a pele.

29. COMO UMA POMBA E UMA COBRA ENCONTRARAM PIEDADE NUM HOMEM

ACI 1845. Coligido por Heda Jason, de Iefet Schvili, lavrador iemenita, que ouviu a estória de um companheiro de trabalho nascido no Iraque.

Tipo 160: *Animais Gratos: Homem Ingrato*. Para versões judaicas dêste conto, vejam-se N. Gross, pp. 257-259; A. S. Rappoport, *The Folklore of the Jews*, pp. 141-144; e M. I. Bin Gorion, *Der Born Judas*, IV, 51-57, 277. Quanto aos textos turcos, veja-se W. Eberhard-P. N. Boratav, N.º 65, "Der Dank von Taube und Schlange". Os árabes fornecem alguns tratamentos literários dêste tipo de conto, que podem ser vistos em V. Chauvin, Vol. II, p. 106, N.º 71. Um exemplo literário da Europa medieval aparece em *Gesta Romanorum*, N.º 119. O conto é registrado na Índia e na África, bem como em muitas regiões européias. Um texto publicado recentemente, oriundo do Daguestão, pode ser encontrado em N. Kapieva, *Contos Populares do Daguestão*, N.º 13.

Era uma vez um homem rico. Estava velho e, antes de morrer, rogou a seu filho: — Tenha piedade dos animais, mas não dos homens. — Depois exalou o último suspiro.

O filho ficou só. Certa vez estava perambulando num campo e viu uma pomba. A pomba estava gemendo, porque uma de suas asas fôra quebrada. O homem tirou-a do mato, deu-lhe água e comida e levou-a para casa. Instalou-a numa gaiola e chamou o médico.

Ao chegar, o médico perguntou: — Bem, onde está o paciente? O rapaz trouxe a gaiola.
— O que é isto?
— Eis o doente.
— Está louco? Está disposto a pagar por ela?
— Sim, tanto quanto quiser.
— Pague então dez libras agora.

O filho pagou e, em vista disso, o médico examinou a pomba. Deu-lhe uma injeção e medicação, dizendo: — Deixe-a aí e amanhã virei vê-la novamente, porém não cobrarei.

A pomba ficou em tratamento por vários dias e sarou.

Outra vez o filho estava no campo e viu uma cobra. A coitada da cobra havia levado uma pancada no pescoço e jazia doente. As formigas já tinham começado a devorá-la. O filho apiedou-se da cobra e estendeu um lenço ao lado dela. A serpente arrastou-se para o lenço e o rapaz ergueu-a e levou-a para casa. Em seguida, correu a chamar o médico.

— Novamente? O que aconteceu? — perguntou o médico surprêso. — Onde estão os pássaros doentes?
— Não há pássaros doentes hoje. Tenho uma cobra desta vez. Não tenha receio — disse ao doutor. — Eu a seguro e o senhor a examina.
— Pague primeiro.
— Aqui estão dez libras. — O médico examinou a serpente, aplicou ungüento, deu-lhe pílulas e assim a cobra se restabeleceu.

Aconteceu que, nessa ocasião, havia um homem naquele país que cometera um crime. Roubara alguma coisa ou cometera algum delito. O que quer que tenha sido, foi levado para fora e apedrejado. Contudo, continuou vivo, pois as pedras não lhe atingiram a cabeça.

O filho estava passeando um dia quando, oh!, ouviu gemidos.
— Aa, Aa, Aa, Aa. — Aproximando-se, viu um homem que fôra apedrejado, mas ainda estava com vida. Ora, era sabido que, se um cidadão fôsse apedrejado e não morresse, deveria ser libertado e não seria punido outra vez.

O filho disse com seus botões: — Meu pai recomendou-me que tivesse piedade dos animais e não dos homens, mas êle não tinha razão. Aqui está um homem que continuou vivo depois de apedrejado. Parece que não era culpado e eu o salvarei. — Aproximando-se do homem, tirou-o de sob o monte de pedras e foi chamar o médico. Êste veio e cobrou em dôbro porque desta vez se tratava de um paciente humano.

Quando o homem se restabeleceu, disse ao seu salvador: — Olhe, sou sòzinho. Não tenho nem espôsa, nem irmãos; na realidade, não tenho ninguém no mundo. Sejamos irmãos. Tenho aqui seis bôlsas de ouro e elas serão suas e minhas. Se eu morrer serão tôdas suas e se você morrer serão tôdas minhas. — Ambos concordaram.

Um dia uma bôlsa de ouro foi roubada do rei. Foi feita uma proclamação: — Quem descobrir a bôlsa de ouro e o ladrão, se tornará vizir.

O homem que fôra apedrejado e salvo da morte disse consigo mesmo: — Vou dizer que meu irmão é o ladrão. Êles levarão uma bôlsa e o apedrejarão e o restante será meu. — Assim fêz. Correu e acusou o outro.

O rei perguntou: — Como foi que você o pegou? — O homem respondeu: — Não importa. O importante é que êle é o ladrão.

Então o rei inquiriu: — Não o apedrejamos há pouco tempo?

— Sim, é verdade, mas não morri. Chegaram uns homens montados em camelos e salvaram-me. Fui com êles, tomei o que possuíam e parti.

Os soldados foram e trouxeram a bôlsa que o homem tinha separado das outras. O rei não a examinou para verificar se era mesmo a bôlsa roubada e o homem foi nomeado vizir.

Quanto ao homem que o salvara, prepararam-lhe uma armadilha no caminho que tomava ao voltar do trabalho.

Quando o apanharam, êle gritou: — Que é que eu fiz?

— O que você fêz? Ainda ousa gritar? Você roubou a bôlsa!

O homem compreendeu que seu "irmão" o havia incriminado. Quando o estavam conduzindo para ser apedrejado, disse consigo mesmo: — Ai de mim! Meu pai tinha razão; não se deve ter piedade dos homens. — Entretanto, êle também não morreu quando foi apedrejado e lutou entre a vida e a morte.

Em casa, a pomba e a cobra esperavam por êle e ficaram muito admiradas por não vir alimentá-las. Nesse ínterim, elas se haviam tornado amigas e chegaram a um entendimento.

— O que aconteceu? — a cobra perguntou à pomba.

— Como posso saber?

— Sobrevoe a cidade e procure-o. — A pomba voou por sôbre a cidade até que o encontrou. Desceu e pousou perto dêle. O homem indicou com o dedo que estava com sêde. A pomba levantou vôo e voltou com água. Voou diversas vêzes até saciá-lo. Também lhe trouxe comida e o alimentou. Depois voltou para casa e contou tudo à cobra.

— O que podemos fazer? — conjeturou a serpente. — Carregue-me em suas asas. — Voaram juntas até o seu libertador. Decidiram que a cobra com sua bôca venenosa não deveria alimentar o homem e assim a pomba tomaria conta dêle enquanto a cobra procuraria um meio de salvá-lo. A cobra foi ao palácio do rei e enrolou-se à sua filha, apertando-lhe fortemente o estômago. A filha do rei gritava de dor. Chegaram os médicos mas nenhum dêles pôde arrancar a cobra. Quando tentavam aproximar-se, a cobra imediatamente começava a silvar e ninguém sabia o que fazer. A filha estava quase morrendo por não poder comer.

O rei declarou: — Quem salvar minha filha ficará rei em meu lugar.

Nesse ínterim, alguns viandantes viram o homem que fôra apedrejado.

— Você está vivo? — perguntaram surpresos.

— Sim. O que se passa na cidade?

— A filha do rei está doente. Uma cobra cnlaçou-a e ninguém sabe como livrá-la.

— Vão dizer ao rei que eu a libertarei da cobra. — Êles informaram ao rei que ordenou: — Tragam-no aqui; parece que não era culpado, pois sobreviveu. — Foram buscar o homem, lavaram-no, vestiram-no e levaram-no à presença da serpente que continuava sibilando e não permitia que ninguém se aproximasse.

O homem chegou e estendeu um lenço. A cobra calmamente desenrolou-se da filha do rei e arrastou-se para o lenço que, em seguida, o homem pôs no bôlso.

O rei ficou admirado e indagou: — Como conseguiu isso?

— Não é nada, meu rei. Posso ir para casa? Tenho dinheiro suficiente e nada necessito de vós.

— Por sua vida! Explique como conseguiu isso. — O rei não permitiu que o homem se retirasse enquanto não lhe contou tudo. Finalmente o homem disse: — Meu rei, vós não examinastes a bôlsa de ouro. Vinde e vereis que tenho mais cinco exatamente iguais a essa, em casa. Também está lá uma pomba.

O rei foi à casa dêle e constatou que tudo era como o homem afirmara. Imediatamente o rei chamou seu nôvo vizir. Quando o vizir viu seu "irmão", atemorizou-se.

— Êle está certo. Peço perdão pelo que fiz — declarou o vizir.

— Então, isso é o que você é? — gritou o rei enfurecido. — Êste homem salvou sua vida e você, criatura ingrata, o traiu?

O vizir foi apedrejado e dessa vez morreu mesmo.

REIS E PLEBEUS

30. BENDITO SEJA DEUS DIA A DIA

ACI 412. Registrado por Zvulun Kort, como o ouviu no Afeganistão, em sua juventude.

Tipo 1736A: *Espada Vira Madeira.* O herói jocosamente tira vantagem da crença expressa no motivo H215.1, "Espada mudada màgicamente em madeira quando carrasco vai decapitar pessoa inocente". O conto abarca igualmente os Motivos K1812.1, "Rei incógnito ajudado por homem humilde", e Q45, "Hospitalidade recompensada". A frase otimista usada pelo herói é uma citação bíblica extraída dos *Salmos,* 68, 20. Quatro versões turcas dêste tipo aparecem citadas em W. Eberhard-P. N. Boratav, N.º 309, "Der Zufriedene". A estória também é registrada na Grécia, na Finlândia, na Alemanha, na Tcheco-Eslováquia e na Itália. Aparece um texto *sfaradi* em A.D.L. Palacin, N.º 127, e um exemplo do Usbequistão vem citado em M. I. Shewerdin, Vol. II, N.º 132, 137.

Xá Abas, o rei, amava a justiça e a retidão. Noite após noite, costumava disfarçar-se e perambular pelas ruas da cidade para conhecer melhor seus súditos. Geralmente, disfarçava-se de dervixe e dirigia-se aos arredores da cidade, para participar da vida dos necessitados.

Certa vez, em seu trajeto habitual, deparou com uma luz mortiça. Aproximando-se, viu uma humilde choupana. Um homem estava sentado lá dentro, diante de sua refeição, cantando hinos e ações de graça. Xá Abas entrou e perguntou: — Um hóspede é bem-vindo aqui?

— Um hóspede é um presente de Deus, senhor. Sente-se, por favor, e faça-me companhia — foi a resposta.

Xá Abas sentou-se e o homem hospedou-o liberalmente. Conversaram sôbre uma coisa e outra. Xá Abas indagou: — Qual é o seu ramo? O que faz para ganhar a vida?

O homem respondeu: — Sou remendão. Durante o dia, perambulo pela cidade consertando os sapatos do povo. Com as moedas que ganho compro alimento de noite.

Perguntou Xá Abas: — E o dia de amanhã?

Respondeu o sapateiro: — Bendito seja Deus dia a dia.

Xá Abas continuou sentado com o homem, apreciando a conversa. Depois partiu dizendo: — Amanhã virei outra vez.

Xá Abas voltou para casa e na manhã seguinte fêz uma proclamação pelas ruas da cidade proibindo o consêrto de sapatos sem uma licença. Quando Xá Abas voltou na outra noite para visitar o remendão, encontrou-o comendo, bebendo e desfrutando a vida como antes.

Perguntou-lhe: — Que fêz hoje?

— Saindo de casa, ouvi o arauto do Xá proclamando que estava proibido o consêrto de sapatos. Continuei meu caminho e comecei a carregar água para alguns cidadãos. Assim ganhei meu pão diário.

— Fiquei muito preocupado com você — disse Xá Abas — quando ouvi dizer que estava proibido o consêrto de sapatos. E agora que fará você se o rei proibir carregar água?

O remendão respondeu: — Bendito seja Deus dia a dia.

Xá Abas voltou para casa e na manhã seguinte proibiu que se carregasse água. Quando Xá Abas foi visitar o sapateiro na noite seguinte, encontrou-o comendo, bebendo e feliz da vida como antes. Saudou-o e perguntou: — Que fêz você hoje?

O remendão informou-o: — Rachei lenha e assim ganhei meu pão de hoje.

Xá Abas perguntou: — E que fará se amanhã fôr proibido rachar lenha?

— Bendito seja Deus dia a dia — respondeu o sapateiro. Sentaram-se ambos como de costume e passaram o tempo agradàvelmente. Ao se despedir, o rei disfarçado prometeu voltar na noite seguinte.

Cedo na manhã seguinte, o arauto do Xá proclamou que todos os rachadores de lenha deveriam ser recrutados para a guarda do rei. O sapateiro foi ao palácio e recebeu uma espada para montar guarda. Chegou a noite, dirigiu-se a uma loja e penhorou a lâmina da espada. Comprou então seu alimento habitual e foi para casa. Lá, pegou um pedaço de madeira, fêz uma lâmina, prendeu-a ao punho da espada e guardou na bainha. À noite o rei foi novamente à humilde choupana e perguntou: — O que há de nôvo? O que fêz hoje?

O homem contou-lhe: — Estava de guarda no palácio e não ganhei dinheiro algum. Por isso, dei a lâmina da minha espada como penhor ao vendeiro e comprei minha comida como de costume. Agora fiz uma lâmina de madeira.

O rei perguntou: — O que acontecerá se houver uma revista de espadas amanhã?

O homem respondeu: — Bendito seja Deus dia a dia.

Na manhã seguinte o oficial encarregado da guarda do palácio chamou o remendão e entregou-lhe um prisioneiro dizendo: — Êste prisioneiro foi condenado à morte e há ordem para você o decapitar.

O sapateiro suplicou: — Nunca em minha vida matei um homem! Não posso fazê-lo.

O oficial ordenou-lhe: — Cumpra a ordem!

O homem segurou o punho da espada numa das mãos e a bainha na outra. Então proclamou diante do povo reunido para a execução: — Deus do Céu, Todo-poderoso! Vós sabeis que não sou um assassino. Se êste prisioneiro está destinado à morrer, deixai que minha espada continue de aço, mas, se o prisioneiro fôr inocente, fazei que a lâmina de aço se transforme em madeira. — Dizendo isto, sacou a espada e, oh!, era de madeira. A multidão observava silenciosa e estarrecida.

Então Xá Abas chamou o sapateiro, abraçou-o e beijou-o, revelou sua identidade e nomeou-o conselheiro da côrte.

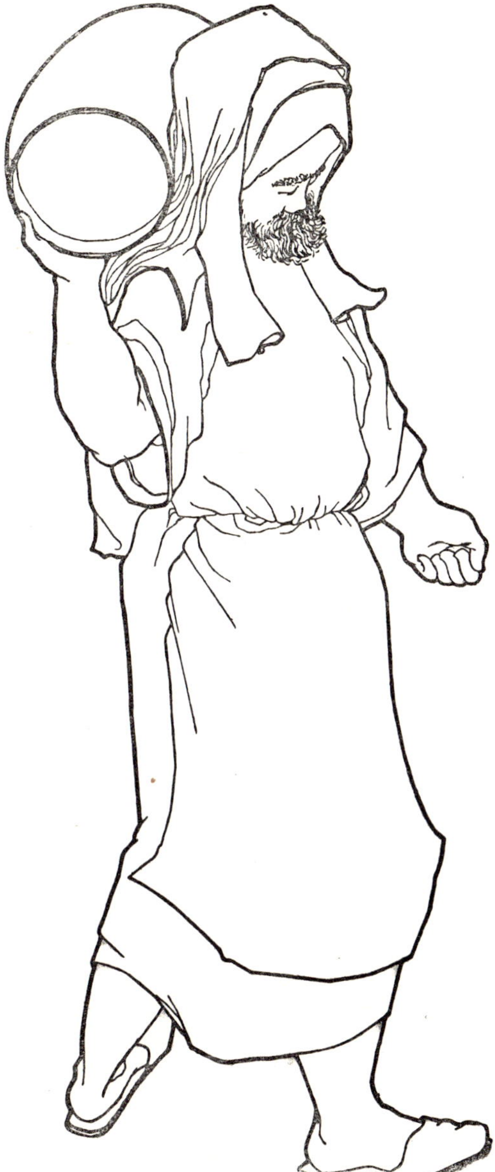

aguadeiro

31. O CAMPONÊS QUE APRENDEU A GOSTAR DE CAFÉ

ACI 14. Coligido por Elischeva Schoenfeld, em Afula, em 1956, de Mordehai "Marko" Litsi, nascido na Turquia.

Sôbre o café como tema nos contos populares da Arábia, veja-se E. Littmann, *Arabische Märchen*..., p. 448. s. v. "Koffee". Os Motivos presentes nessa estória são P14.19, "Rei sai disfarçado à noite para observar seus súditos". (Cf. N.º 32 e 35, neste livro, ACI 1185 e ACI 1919), K1812.4, "Rei incógnito recebe hospitalidade de pescador", Q111.2, "Riquezas como recompensa (por hospitalidade)", e L113, "Herói de trabalho pouco promissor". Tais motivos são comuns a muitos contos populares do Mediterrâneo oriental, mas não é freqüente o torneio em que o camponês elogia café depois de queixar-se dos altos impostos do rei.

Muitos anos atrás, o sultão resolveu andar pelo país, disfarçado, em companhia de seu vizir, para ver com os próprios olhos como realmente vivia seu povo. No primeiro dia chegaram a uma pequena cabana de camponês. Era meio-dia e estavam com sêde. Bateram à porta e pediram um copo d'água. O camponês convidou-os a entrar e partilhar de sua refeição. Aceitaram a hospitalidade e sentaram-se no chão. Entrementes, o camponês foi ao jardim e trouxe uma romã. Espremeu o suco e com essa única fruta encheu um copo grande até em cima. O camponês entregou-o aos seus hóspedes que bebêram o suco de um só gole.

— Esta bebida é deliciosa! — exclamou o sultão. E pensou consigo mesmo: "Sou um rei e, entretanto, não tenho bebidas tão saborosas em minhas adegas".

No fim da refeição, o sultão e seu vizir agradeceram ao camponês sua bondade e continuaram a jornada.

Alguns meses se passaram e mais uma vez os dois viajantes chegaram à mesma cabana. Desta vez, também, o camponês foi ao jardim para trazer romãs. Espremeu a fruta, mas, ai!, o suco não encheu nem a quarta parte do copo. O camponês precisou de mais três frutas para enchê-lo. O sultão tomou o suco, mas o sabor era completamente diferente desta vez.

— O que aconteceu? — perguntou o sultão. — Você não tem mais daquelas deliciosas romãs que saboreamos em nossa primeira visita?

— Infelizmente não — respondeu o camponês. — As romãs já não são tão boas como eram e fiquei pobre. — Começou a amaldiçoar o sultão, que exigia impostos tão elevados que nada sobrava para os camponeses.

Ouvindo as queixas e maldições do camponês, o sultão escreveu algumas palavras num pedaço de papel e entregou-o a êle, dizendo: — Se você resolver ir à cidade, aqui está meu enderêço. Eu o ajudarei a encontrar trabalho. Vendo êste bilhete, qualquer pessoa poderá dizer-lhe onde moro.

O camponês pôs o bilhete no bôlso e agradeceu a seus hóspedes.

Passou-se algum tempo. Não havia trabalho para o camponês e a situação se estava tornando cada vez pior. Então, êle vendeu tudo o que possuía e partiu para a cidade a fim de procurar trabalho. De repente, lembrou-se do bilhete de seus dois hóspedes. Mostrou-o a um policial que encontrou no caminho, o qual ficou assombrado ao reconhecer a assinatura do próprio sultão. Naturalmente, não disse uma palavra ao campônio, mas enviou-o ao palácio do sultão. Quando lá chegou e tentou entrar pelo portão principal o guarda o impediu.

O sultão, vendo que algo anormal acontecia no portão, olhou através da vidraça e viu o camponês. Imediatamente ordenou ao guarda que o deixasse entrar. Só então o campônio constatou que seu hóspede não fôra outro senão o próprio sultão.

Quando o camponês apareceu diante dêle, o sultão o saudou, dizendo-lhe: — Se está procurando trabalho, estou pronto a tomá-lo como jardineiro. E se você fôr um bom trabalhador, aumentarei seu salário.

O camponês ficou mais do que satisfeito em aceitar a oferta. Antes de começar a trabalhar, o rei convidou-o a tomar uma xícara de café. O campônio não estava habituado com essa bebida e queimou os lábios.

Um ano se passou, e o camponês já havia aprendido a ler e a escrever. Um dia, o rei chamou-o e disse: — Você tem trabalhado bem. Estou disposto a nomeá-lo fiscal de impostos no pôrto. Seu serviço será anotar tôda a mercadoria que entrar ou sair do país. Tôdas as noites deverá trazer-me um relatório por escrito.

O camponês começou a trabalhar no pôrto e fazia seu dever honestamente.

Certo dia um navio carregado de café chegou ao pôrto, mas o fiscal de impostos não o deixou atracar. O mesmo acontecia tôdas as vêzes que chegava um navio trazendo café. Logo o preço do café subiu. Os comerciantes de café ficaram tão alarmados que foram ao sultão e lhe disseram que o nôvo fiscal de impostos mandava embora todos os carregamentos de café.

O sultão chamou o camponês e deu-lhe uma xícara de café, a mais querida bebida dos turcos. Disse-lhe: — Não beba todo de uma só vez, mas de gole em gole.

Lentamente o camponês bebeu o café e apreciou seu fragrante sabor. Finalmente compreendeu que o café era uma bebida deliciosíssima.

Desde então ficava sempre muito feliz quando um carregamento de café chegava ao pôrto.

32. QUANDO ERGO O BIGODE DO LADO ESQUERDO

ACI 1185. Registrado por Zvulun Kort, como o ouviu em sua juventude no Afeganistão.

Uma versão do Tipo 951A*: *Três Ladrões Roubam o Tesouro*. Confronte os Motivos P14.19, "Rei sai disfarçado à noite para observar seus súditos" (igualmente nos N.º 31 e 35 dêste livro), e K1812.2, "Rei incógnito junta-se a ladrões". Referências a êste motivo nos contos populares orientais encontram-se em N. M. Penzer (ed.), *The Ocean of Story*, II, 183, n. 1; e VII, 215. M. Bloomfield discute êste motivo, entre outros, em seu artigo "The Art of Stealing in Hindu Fiction", *American Journal of Philology*, XLIV (1923), 193-229. Um texto da Ásia Central aparece em M. I. Shewerdin, Vol. II, N.º 142, e uma variante entre os judeus *sfaradim* surge em M. Grunwald, N.º 29. A relação fraterna entre um príncipe e foras-da-lei é um dos temas centrais do *Henrique IV*, de Shakespeare; Lorde Raglan analisa seu significado folclorístico em *The Hero* (3.ª ed.; Nova Iorque: Evergreen Books, 1956), pp. 206-216.

Xá Abas era um rei que amava a justiça e a retidão. Noite após noite, costumava deixar o palácio e perambular, disfarçado, pelos arredores da cidade para observar a vida da gente pobre.

Uma noite foi para os arrabaldes e viu uma tênue luz à distância. Caminhou naquela direção e chegou a uma humilde cabana. Entrou e viu três pessoas sentadas ao redor de uma fogueira fumegante, fumando narguilé. Cumprimentou: — Boa noite! — e perguntou: — Um hóspede é bem-vindo?

— Um hóspede é um presente de Deus. Por favor, sente-se conosco — foi a resposta. Conversaram sôbre isto e aquilo e o rei perguntou: — Qual é o seu ramo? O que fazem para ganhar a vida?

O primeiro respondeu: — Conheço a linguagem dos animais.
— O segundo respondeu: — Se vejo um homem uma vez, mesmo no escuro, sempre o reconheço. — O terceiro respondeu:
— Tenho uma chave que abre qualquer fechadura ou porta.
— E como você ganha a vida? — perguntaram ao rei.
— Levantando o bigode do lado direito, construo o mundo, e erguendo-o do lado esquerdo, destruo o mundo.
— Que planos vocês têm no momento? — inquiriu o rei.
— Esta noite vamos assaltar o Tesouro do Estado e roubar os valores — foi a resposta. Os quatro homens puseram-se a caminho. Logo depois encontraram um cachorro. Começou a latir e outro cão se juntou a êle. Perguntaram ao primeiro homem: — Por que os cães estavam latindo?

Respondeu: — O primeiro cão disse: "Vêm vindo ladrões". E o companheiro respondeu: "Não se preocupe, o chefe está com êles".

Continuaram seu caminho na escuridão, guiados pelo segundo homem, até que chegaram ao Tesouro. O terceiro homem abriu a porta lateral; feito isto, entraram e apoderaram-se de alguns valores, inclusive diamantes, pérolas e outras jóias. Depois saíram e fecharam a porta como se nada tivesse sucedido. Ninguém percebeu seus movimentos. Dividiram o espólio e cada qual seguiu seu caminho. O rei, naturalmente, voltou ao seu palácio.

Cedo pela manhã o rei sentou-se em seu trono com um capuz vermelho na cabeça, sinal de que estava irado. Convocou todos os seus ministros. Vendo o capuz encarnado na cabeça do rei, um profundo temor assaltou-lhes os corações. O rei aproximou-se do ministro do Tesouro e ordenou-lhe que trouxesse uma determinada pérola preciosa do Tesouro. O ministro apressou-se em atendê-lo. Entrou no Tesouro e, oh! que calamidade!, a pérola não estava lá.

Procurou daqui e dali e verificou que estavam faltando muitos valores. Examinou as portas e constatou que permaneciam intatas. Com passos vacilantes voltou ao rei, caiu de joelhos e declarou: — Meu amo e rei! A pérola não se acha lá e não sei quem a levou embora.

O rei estava enfurecido e gritou: — Se você é o ministro do Tesouro, como não sabe do que se passa? Vou conceder-lhe três dias e se não encontrar as jóias faltantes será decapitado.

O ministro do Tesouro fêz indagações por tôda a cidade mas não descobriu a pista. No terceiro dia o rei mandou a polícia à cabana de seus três amigos e êles foram trazidos à sua presença. Caíram por terra e inclinaram a cabeça envergonhados. A polícia os ergueu. Xá Abas fingiu estar zangado com êles e começou a questioná-los: — O que vocês fazem? Como ganham a vida?

Não houve resposta. — Vocês são culpados de assaltar o Tesouro do rei. Eu os condeno à morte! — O rei ergueu o lado esquerdo do bigode e ordenou ao carrasco chefe: — Desembainhe sua espada!

Nesse momento, o segundo cúmplice abriu a bôca e disse: — Longa vida ao rei! Agora é hora de erguer o lado direito do bigode. Sou o homem que quando vê uma pessoa, mesmo no escuro, sempre a reconhece.

O rei compreendeu a alusão, sorriu e revogou o decreto: — Ponha novamente sua espada na bainha. — E em sinal de consideração pela coragem dêles, nomeou os três amigos seus guarda-costas.

33. AMOR FRATERNO

ACI 1963. Coligido por Iaacov Avitsuk, fazendeiro, junto a Meir Ezra, nascido no Curdistão persa.

Tipo 950: *Rhampsinitus,* conto famoso escrito por Heródoto no século V a. C. e transmitido por tradição oral da Índia até a Islândia. Cêrca de duzentos textos foram coligidos na Irlanda. Êste tipo é muito conhecido dos contadores de estórias do Cáucaso, do Turquestão e da Berbéria. Quando Stith Thompson analisou *Rhampsinitus* em 1946 (*The Folktale,* pp. 171-172), comentava que no Nôvo Mundo fôra registrado sòmente entre os ilhéus do Cabo Verde em Massachusetts. Contudo, em sua revisão de 1961 do Índice de Tipos, pôde localizar trinta e um textos na América do Sul, Central e do Norte, em tradições francesas, espanholas e negras.

Aparecem versões judaicas da Europa Oriental em I. L. Cahan, *Idische Folksmaises* (1931), N.º 20 e 31 (reeditado em Cahan [1940], N.º 31 e 42), discutidas por Beatrice S. Weinreich em "Four Variants of the Yiddish Master Thief Tale", *The Field of Yiddish,* ed. Weinreich (Nova Iorque, 1954), pp. 192-213. Versões literárias da Arábia vêm citadas em V. Chauvin, VIII, 185-186.

Havia dois irmãos que viviam com sua mãe. O mais velho não tinha espôsa; o mais nôvo era casado e tinha três filhos. Os dois irmãos estavam sem trabalho e então decidiram roubar o Tesouro do rei. Conseguiram roubar uma bôlsa cheia de ouro, embora quarenta e cinco soldados estivessem de guarda.
No dia seguinte o rei descobriu que os ladrões haviam roubado parte do seu tesouro, sem serem apanhados ou incomodados por seus guardas. O rei mandou mensageiros a um ancião que era muito sábio, convidando-o ao palácio. Quando o velho chegou, o rei lhe disse: — Aconselhe-me, por favor, como agarrar os ladrões.
O ancião ouviu as palavras do rei e respondeu: — Traremos ao palácio um barril de alcatrão que espalharemos em todo o assoalho do Tesouro. — Assim fizeram. Depois puseram feixes de palha no assoalho e atearam fogo. A fumaça foi para fora através de um buraco na parede e assim souberam como os ladrões haviam entrado no Tesouro. — Contudo — disse o conselheiro ao rei — quem eram os ladrões não sei.
O dia terminou e na escuridão da noite ambos os irmãos dirigiram-se novamente ao Tesouro. O mais velho entrou primeiro e caiu no alcatrão. Sussurrou ao irmão: — Olhe, estou afundando no alcatrão. Está quase até meus ombros. Pegue sua espada e decepe minha cabeça! Depois leve-a com você. Assim, sua espôsa e filhos poderão sobreviver. Do contrário me identificarão e matarão todos vocês.
O irmão mais nôvo cortou a cabeça do outro e voltou para casa. No dia seguinte, os guardas descobriram um corpo de homem no alcatrão e assim souberam que êle era o ladrão. Quando porém tentaram identificar o corpo, não puderam fazê-lo porque estava sem cabeça.
O rei novamente deu ordem para chamar seu velho conselheiro e disse-lhe: — Todos os seus conselhos deram bom resultado. De fato o ladrão veio outra vez e afundou-se no alcatrão. Não podemos entretanto identificá-lo porque está sem cabeça. Por favor, diga-me como identificar o corpo. Se você acertar novamente, receberá uma grande recompensa.
O conselheiro respondeu: — Meu amo e rei! Temos no pátio um pássaro que libertamos sempre que morre um rei. Êle então pousa na cabeça do futuro rei. Sugiro que se solte agora o pássaro. Deixe-o voar por onde quiser. O telhado em que pousar será a casa do ladrão. — O rei aceitou o conselho e mandou que soltassem a ave. Esta voou diretamente para a casa do irmão mais nôvo, o ladrão.
Mas, mesmo antes do conselheiro dar seu parecer ao rei, o irmão mais nôvo tinha comprado um arco e flechas. E um dia, quando viu um belo pássaro sôbre o telhado de sua casa, atirou e matou-o. Correu para a ave, trouxe-a para casa e

avisou sua mãe: — Guarde o pássaro num lugar onde ninguém jamais possa encontrá-lo.

Naquele dia uma mulher foi ter com o rei. — Dê-me dinheiro, por favor — disse dirigindo-se a êle — e eu lhe revelarei quem é o ladrão.

O rei concordou. Havia muito tempo que a mulher suspeitava do irmão mais nôvo, porque era caçador e portanto também poderia ser ladrão. Foi visitá-lo, entrou em casa dêle durante sua ausência e aproximou-se da mãe. — Tem alguma carne de ave? Meu filho está muito doente e sòmente a carne de ave poderá salvá-lo.

A mãe do caçador ficou penalizada e concordou em dar um pedaço da ave à visitante. Naquele momento, entretanto, o filho voltou da caça. Quando viu a mulher com um pedaço de carne na mão, chamou-a de volta. — Dar-lhe-ei mais carne, pois minha caçada foi muito boa hoje.

A mulher voltou mas, quando entrou na casa, êle agarrou-a e cortou-lhe a língua fora. A mulher gritou e berrou com dores cruciantes e quando foi embora tinha as mãos tintas de sangue. Fêz um sinal com sangue na porta da casa do caçador e dirigiu-se ao palácio do rei. Lá chegando, começou a gaguejar e isso foi suficiente para que o rei mandasse mensageiros procurar a casa do ladrão manchada de sangue.

Nesse ínterim, o ladrão tinha manchado tôdas as outras casas com sangue e os criados do rei encontraram portas manchadas de sangue em tôdas as casas. Não havia possibilidade alguma de distinguir a porta do ladrão de qualquer outra.

O rei chamou novamente o velho conselheiro. Êste aconselhou o rei a lavar o cadáver e colocá-lo na encruzilhada: — Podemos ter a certeza de que as pessoas da família irão lamentar e chorar sôbre o corpo.

E de fato assim foi feito. O que, entretanto, fêz o irmão mais nôvo? Disse à sua mãe: — Vá à praça do mercado e compre lá alguns copos. Depois, passe com êles perto do cadáver. Eu irei a cavalo, a empurrarei e quebrarei seus copos. Então você chorará mas ninguém suspeitará de que você estará chorando por causa do corpo do ladrão.

A mãe comprou os copos e, quando passava pela encruzilhada, um cavaleiro a empurrou e quebrou todos os seus copos. Ela chorou amargamente. Imediatamente os guardas do rei a agarraram e conduziram-na à presença do rei. Êste acusou-a: — Você chorou sôbre o corpo de seu filho!

A mulher protestou: — Estais errado, meu amo e meu rei, gastei muito dinheiro com os copos e aqui estão todos quebrados por um cruel cavaleiro. Como posso deixar de chorar?

Os guardas confirmaram a estória da mulher. O rei deu-lhe dinheiro para comprar outros copos e libertou-a.

Alguns dias se passaram e um mau cheiro do cadáver exposto invadiu a cidade. Os habitantes não podiam suportar tal cheiro e pediram ao rei que sepultasse o corpo, visto que nenhum dos parentes do ladrão aparecera para chorá-lo.

O rei deu ordem para enterrar o cadáver e o ladrão não foi encontrado até hoje.

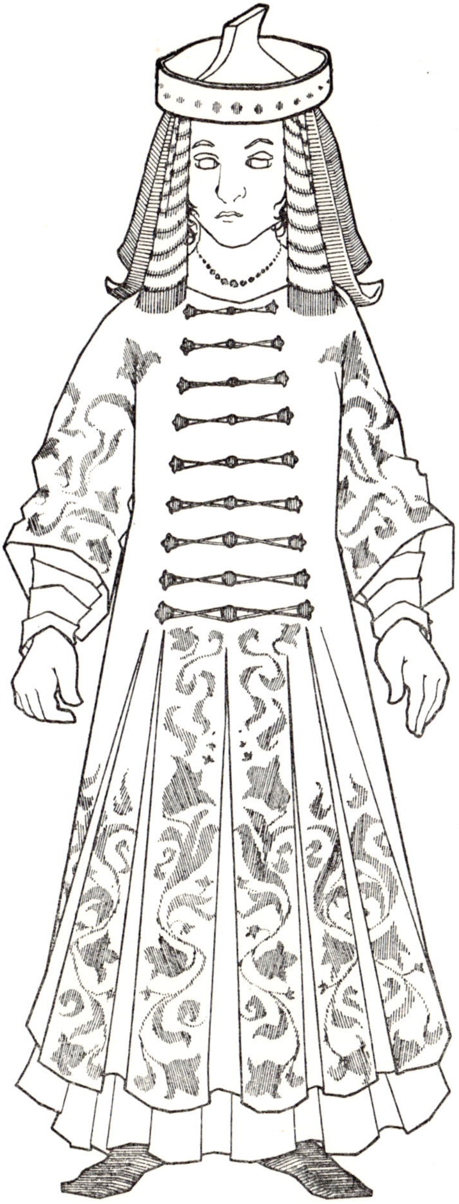

judia da ásia menor

34. AQUÊLE QUE DÁ GRAÇAS AO REI E AQUÊLE QUE DÁ GRAÇAS AO TODO-PODEROSO

ACI 458. Registrado por Zvulun Kort, como o ouviu do finado Rabi Joseph Gurgji, grão-rabino dos judeus do Afeganistão em Jerusalém.

Tipo 841: *Um Mendigo Confia em Deus, o Outro no Rei*. Algumas versões ACI dêste tipo provieram do Iêmen, do Afeganistão, de Bucara, da Rússia e do Iraque; para outra variante, veja-se N.º 67 (neste livro), "O Alfaiate com a Sorte Trancada" (ACI 8) e a nota introdutória a êsse conto. Alguns textos arábicos da Palestina aparecem em Abu Naaman, N.º 27, e J. E. Hanauer, pp. 162-164.

Dois mendigos costumavam perambular pelas ruas todos os dias pedindo esmolas. No seu caminho passavam pelo palácio do rei que sempre lhes fazia caridade. Um dos mendigos sempre louvava o rei por sua bondade e generosidade. O outro costumava agradecer a Deus por ser generoso com o rei e assim dar-lhe a possibilidade de ajudar seus súditos. Isto era doloroso para o rei que uma vez disse ao pedinte: — Eu é que sou generoso com você e você agradece a outro.

O mendigo respondeu: — Se Deus não fôsse benigno, não teríeis a possibilidade de dar.

Um dia, o rei ordenou ao seu padeiro que assasse dois filões de pão exatamente iguais e colocasse pedras preciosas em apenas um dêles, como um presente do rei. Depois mandou que o filão com as jóias fôsse dado ao mendigo que louvava o rei e o filão comum ao outro pedinte.

O padeiro tomou cuidado para não misturar os dois pães. Entregou o que continha o tesouro ao mendigo que louvava ao rei e o comum ao que louvava a Deus.

Quando os dois mendigos deixaram o palácio, o que louvava o rei observou que seu pão estava pesado e parecia mal assado. Pediu ao amigo para trocar o pão com êle. O amigo, querendo prestar um favor, concordou e separaram-se, cada qual tomando seu caminho.

O mendigo que louvava a Deus começou a comer e naturalmente encontrou o tesouro dentro do pão. Deu graças a Deus por não ter que ir diàriamente ao palácio e estender a mão para receber esmolas.

O rei ficou muito admirado porque êste mendigo não mais voltou e perguntou ao padeiro: — Você não se enganou quando entregou os pães aos dois mendigos?

O padeiro respondeu: — Procedi exatamente como ordenastes, meu rei!

O rei perguntou ao mendigo: — Que fêz com o pão que lhe foi dado outro dia?

O mendigo respondeu: — O pão estava duro e parecia não estar bem assado; por isso troquei-o com o mendigo meu companheiro.

Então o rei compreendeu que as riquezas só vêm de Deus. Sòmente Êle pode transformar um homem rico num homem pobre e um homem pobre num homem rico. A decisão e a vontade do homem, mesmo que êle seja rei, pode não ser realizada.

35. UMA CARTA AO TODO-PODEROSO

ACI 1919. Coligido por Meir Amrusi, junto a seu pai, nascido na Tunísia.

Para uma outra versão judaica dêste conto, em que Rothschild substitui o rei, vejam-se A. Druyanov, Vol. III, N.º 2088, e N. Gross, pp. 283-284. Usualmente, o Motivo J2461.1, "Observação literal de instruções sôbre ação", tem uma conseqüência humorística. Cf. Tipos 1692, *O Ladrão Estúpido,* e 1693, *O Louco Literal.* Contudo, por causa da situação econômica do herói, aqui se perde o efeito humorístico, e o conto termina com o Motivo Q45, "Hospitalidade recompensada". Para uma discussão da prática atual de crentes enviarem cartas ao céu ou a santos, veja-se Walter Heim, *Breif zum Himmel* (Basiléia, 1961).

O Motivo P14.19, "Rei sai disfarçado à noite para observar seus súditos", também aparece nos N.º 31 e 32 dêste livro (ACI 14 e 1185).

Eram uma vez dois irmãos. Um era rico e o outro, pobre. O irmão pobre era sustentado pelo rico, que era o mais velho. Tôdas as quintas-feiras à noite costumava ir à casa do irmão rico para receber alguma coisa que mal dava para a semana.

Um dia o irmão rico teve de viajar para uma cidade distante. Sua viagem levaria um mês para ir e um mês para voltar. O irmão pobre, que era um pobre desgraçado, foi como de costume à casa do irmão. A primeira semana, sua cunhada ajudou-o como sempre. Na segunda semana e na terceira mandou-o embora, aconselhando-o: — Peça ao Todo-poderoso.
Logo que o irmão pobre ouviu o conselho, foi imediatamente escrever uma carta. Eis o que escreveu:
"Em honra do Santíssimo, bendito seja. Sabeis que a Páscoa se aproxima e que preciso de muito dinheiro porque tenho várias despesas? Rogo-vos que me mandeis, pela volta do correio, dinheiro suficiente para a Páscoa. Com agradecimentos."
O homem pôs a carta num envelope e subscritou-o: "Ao Santíssimo, Bendito seja no Céu". Esperou pelo vento. Finalmente o vento soprou a carta, levando-a exatamente para o palácio do rei numa cidade distante.
O rei encontrou a carta dentro de seu castelo, apanhou-a e abriu-a. Viu que estava escrita em hebraico e, como não entendia o idioma, chamou o rabino e mostrou-lhe a carta. O rabino traduziu-a para o rei.
— O Todo-poderoso enviou-me esta carta — disse o rei; — por isso, devo mandar a êsse homem tudo o que necessita. Imediatamente deu ordem a um de seus criados para carregar dois camelos com suprimentos escolhidos: dois cordeiros, uma bôlsa de ouro e uma carga de prata. — Siga os camelos — instruiu o rei — e veja onde êles o levam.
O criado fêz o que o rei lhe ordenou. Seguiu os camelos até que finalmente chegaram à casa do homem pobre. Quando êste viu os dois camelos à sua porta, ficou radiante, acreditando que o Santíssimo, bendito seja, lhe tivesse mandado tudo aquilo. Imediatamente começou a consertar a casa e a pintá-la. Mas ainda assim sobrava-lhe dinheiro.
No devido tempo o irmão rico voltou de sua viagem e perguntou à espôsa: — Destes a meu irmão a pensão tôdas as semanas, como de costume?
— Apenas na primeira semana — foi a resposta.
— E o resto do tempo?
— Disse-lhe que pedisse ao Todo-poderoso o restante.
O homem rico ficou muito aborrecido com essas notícias. Que pode um homem fazer com uma espôsa tão má?
Comeu alguma coisa e depois apressadamente dirigiu-se à casa do irmão. Finalmente chegou lá e, oh!, não a reconheceu. No lugar de uma cabana, estava uma bela casa. O homem rico bateu à porta; seu irmão abriu-a e relatou-lhe tôda a estória.

O irmão rico ficou muito contente e o irmão mais nôvo convidou-o para celebrar a Páscoa em sua casa. E assim ficou combinado que fariam juntos o ritual do *seder*.

Na noite do *seder* a espôsa do homem rico viu uma taça de ouro na mesa, com o nome do rei gravado. No dia seguinte escreveu uma carta ao rei acusando seu cunhado de roubo. O rei recebeu a carta e imediatamente dirigiu-se à cidade vestido com roupas comuns e foi ter à casa do irmão mais nôvo.

Êste ficou encantado com seu hóspede e tratou-o bem. Não reconhecendo o rei, o anfitrião disse: — Você parece um homem honesto; por isso, gostaria de ser seu amigo. Para recordar esta visita e como sinal de amizade, quero dar-lhe uma taça que recebi de presente do Todo-poderoso.

O rei ficou satisfeitíssimo com a recepção e a generosidade de seu anfitrião e respondeu: — Muito obrigado. Leve-a ao joalheiro e eu lhe pagarei o seu valor.

Como a taça era cravejada de pedras preciosas, o rei pagou mil libras por ela.

Mais tarde o rei deu ordem aos seus criados para trazerem o irmão rico e a espôsa à sua presença. Então perguntou ao homem rico: — Você tem filhos com esta espôsa?

— Tenho — respondeu o homem.

O rei ordenou que matassem a espôsa má e invejosa do homem rico.

E o irmão? Êste não mais precisou de auxílio e viveu abastado e feliz. Oxalá assim fôsse com todos nós!

# JUDEUS ARGUTOS

36. UM JUIZ DE CAVALOS, DIAMANTES E HOMENS

ACI 327. Coligido por Nehama Zion, dona de casa, junto a seu avô nascido na Hungria.

Êste conto gira em tôrno do Motivo geral J1661.1, "Dedução a partir de observação". O Motivo específico J1661.1.2, "Dedução: rei é bastardo", aparece no Tipo 655: *Os Irmãos Sábios,* juntamente com outras deduções astutas. Um texto judaico da Europa Oriental é encontrado em Gross, pp. 229-232. O Tipo 655 aparece através da Europa e na Índia, na Indonésia, na África e nas regiões arábicas. Versões literárias judaicas encontram-se em M. Gaster, *The Exempla of the Rabbis,* N.º 51, 83, 372, e Gaster (ed.), *Ma'aseh Book,* N.º 155. Três textos do Usbequistão são impressos por M. I. Shewerdin, Vol. I, N.º 23, e Vol. II, N.º 127, 151; um do Cáucaso é dado em S. Britajev-K. Kasbekov, N.º 19; e um do Cazaquistã é visto em W. Sidelnikov, N.º 41.

Numa das cidades da Diáspora, vivia um judeu que era perito em cavalos, jóias e homens e que ganhava a vida com essa habilidade.

Aconteceu que o rei, na capital próxima, a quem fôra apresentado um grande colar de diamantes, quis dá-lo de presente à sua espôsa, a rainha. O rei mandou buscar o judeu, que compareceu ao palácio do rei, examinou o colar e depois deu sua opinião: — Os diamantes são falsos e não têm valor algum, nem mesmo a milésima parte do preço que é pedido.

O rei ficou satisfeito por ter economizado dinheiro e deu ao judeu uma moedinha de valor insignificante. O judeu agradeceu ao rei e voltou para casa.

Pouco tempo depois, o rei quis acrescentar um belo cavalo à sua cavalariça. Escolheu um soberbo animal entre os que lhe foram mostrados. Antes de montá-lo, lembrou-se do judeu que era perito em cavalos, e chamou-o.

O judeu veio, examinou o animal e declarou: — Meu rei! Não deveis montar êste cavalo. É bravio e quem o montar será morto.

O rei riu das palavras do judeu e tinha em mente montar o cavalo. Entretanto, seus conselheiros sugeriram que um dos cavaleiros do rei experimentasse antes o animal. A princípio, o cavaleiro cavalgou bem; depois, oh!, os espectadores empalideceram. Viram o cavalo começar a empinar-se. Desenfreou-se e o cavaleiro, embora muito traquejado, perdeu o equilíbrio. O cavalo bravio atirou-o ao solo onde ficou sem um alento de vida.

Como prova de agradecimento por ter salvo sua vida, o rei deu ao judeu uma pequena moeda. O judeu agradeceu ao rei e voltou para casa.

Algum tempo se passou e o judeu foi novamente chamado pelo rei. Desta feita o soberano perguntou-lhe: — Diga-me: quem sou eu?

— Quem sois vós? Sois um simples camponês e nada mais — respondeu o judeu.

— O quê? — perguntou o rei zangado, pois havia esperado elogios. — Como ousa falar assim a um rei? Mandarei prendê-lo por sua insolência! — dizendo isto, ordenou aos guardas que algemassem o judeu.

Aquela noite, o rei dirigiu-se à sua mãe, a rainha, e perguntou-lhe excitado: — Mãe, diga-me: quem sou eu?

— O que quer dizer, quem é você? Você é um rei e filho de um rei. Seu avô e seu tetravô eram reis — foi a resposta.

O rei porém não se satisfez e gritou exasperado: — Diga-me a verdade. Quem foi meu pai?

Quando o viu tão alterado, um grande temor apoderou-se de seu coração e ela revelou a verdade. — Você é filho de um camponês.

— O que está insinuando? — perguntou o rei perplexo.

— Sente-se e lhe contarei. Muitos anos atrás, tantos quantos você tem, dei à luz meu primeiro filho. Dois dias depois seu pai, o rei, morreu e no dia seguinte a criança também. Amargurei-me profundamente, mas, antes que se soubesse da morte de meu filho, mandei um dos meus servos de confiança a uma camponesa que dera à luz um filho no mesmo dia que eu. Pedi ao criado que roubasse o filho da camponesa. Fui uma mãe extremosa, como você sabe. Mas você não passa de um filho de camponês.

Quando a rainha-mãe terminou de falar, o rei dirigiu-se apressadamente à prisão. Entrou na cela do judeu e declarou: — Vim para libertá-lo, mas, antes de fazê-lo, responda-me a uma pergunta: Por que disse que eu era um camponês?

— É muito simples — respondeu o judeu. — Quando vos poupei o dinheiro que queríeis gastar no colar de diamantes, me mandastes embora com um níquel. Fiquei calado. Salvei vossa vida e o que é mais precioso para um homem do que sua própria vida? Mas vós me mandastes embora com uma simples moeda. Fiquei calado, mas em meu coração sabia que não éreis um rei. Um rei não se comporta assim. Quem então se comporta dessa maneira? Um simples camponês.

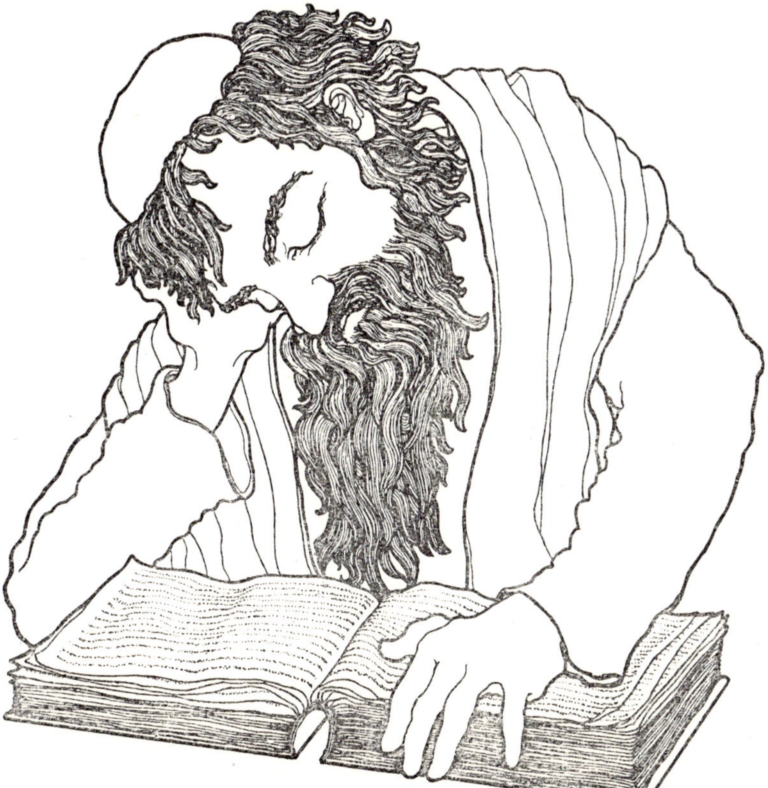

meditação

37. A RESPOSTA CERTA À PERGUNTA CERTA

ACI 252. Coligido por Z. M. Haimovitch, de Elija Aharonian, nascido na Pérsia, e agora residente na Casa Malben para Velhos em Neve Haim.
Sôbre o nome da mãe de Abraão, veja-se L. Ginzberg, *The Legends of the Jews*, I, 186, e V, 208. O Motivo H561.6, "Rei e camponês competem em perguntas e respostas enigmáticas", está presente e denota que esta estória é um vestígio do Tipo 921, *O Rei e o Filho do Camponês,* um conto popular difundido no mundo inteiro.

Certa vez num rigoroso inverno, quando o rei estava com alegre disposição depois de tomar umas bebidas, disse ao seu ministro que era seu braço direito: — Vamos ver um pouco a vida de nosso povo no frio e na neve que assolou nosso país.

Respondeu o ministro: — Estou certo de que não encontraremos uma só alma nas ruas da cidade, agora com esta intensa geada.

Saíram e a ninguém encontraram nas ruas. Desceram da carruagem. De repente sentiram que alguém se aproximava. O rei indagou: — Quem vem lá?

— Sou um judeu — respondeu o caminhante. Suas escassas vestes estavam em frangalhos.

— Não está com frio? — inquiriu o rei. — Sinto frio com todos êstes agasalhos, que dirá você com essas poucas roupas rasgadas?

O judeu retorquiu: — O vento entra por um lado de minhas roupas rasgadas e sai pelo outro, enquanto que entra em vossas belas vestes por um lado e não encontra por onde sair.

O rei riu e disse ao judeu: — Venha para perto de nós e aqueça-se com nosso calor. — Tirou a bôlsa e dividiu o dinheiro em duas porções iguais dizendo ao judeu: — Se você responder certo à minha pergunta, receberá metade.

O judeu aceitou: — Perguntai-me, Majestade, por favor.

O rei o argüiu: — Qual era o nome da mãe do Patriarca Abraão, o Amigo de Deus?

— Amatlai, filha de Karnebo — respondeu o judeu num abrir e fechar de olhos.

— Leve metade do dinheiro — ordenou o rei.

— Agora com a vossa bondosa permissão, Majestade, far-vos-ei uma pergunta. Se Vossa Majestade souber a resposta, dar-vos-ei o vosso dinheiro de volta, do contrário, gostaria de pedir o restante do dinheiro.

— Feito — concordou o rei.

— Minha mãe morreu apenas há quatro meses; qual era seu nome?

O rei riu e disse: — Leve a outra metade do dinheiro!

O judeu levou todo o dinheiro e o rei com seu ministro foram para o palácio, felizes e bem-humorados.

38. UMA COMPETIÇÃO NA LINGUAGEM DOS SINAIS

ACI 505. Coligido por S. Gabai, de Schlomo Haim, nascido no Iraque.

Êste conto é uma combinação do Tipo 922, *O Pastor Substituindo o Sacerdote Responde a Perguntas do Rei,* episódio I ("A Situação"), e do Tipo 924A, *Discussão entre Sacerdote e Judeu Feita por Símbolos.* Para uma interpretação diferente dos sinais numa versão judaica dêste conto, veja-se M. Gaster, *The Exempla of the Rabbis,* N.º 443, pp. 177, 269. Para uma outra versão, veja-se A. Druyanov, Vol. II, N.º 2028. Para uma bibliografia das versões arábicas dêste tipo de conto, vejam-se V. Chauvin, Vol. VIII, p. 125, N.º 112, e E. S. Stevens, N.º 18, p. 89. O Tipo 924A é discutido em R. Köhler e J. Bolte, *Kleinere Schriften,* Vol. II, pp. 479-494, N.º 64, "Rosenblüts Disputaziones Freiheits mit einem Juden". Atravessou o oceano para a Argentina na tradição espanhola e é contado correntemente nos Estados Unidos por judeus americanos.

Era uma vez um sacerdote mau que odiava os judeus. Certo dia chamou o chefe dos rabinos e lhe disse: — Quero ter uma competição com um judeu, na linguagem de sinais. Dou-lhe trinta dias para se preparar e se ninguém aparecer para tomar parte na disputa, ordenarei que todos os judeus sejam mortos.

Que poderia fazer o rabino? Levou a má notícia ao seu povo e ordenou-lhes que jejuassem e rezassem na sinagoga. Uma, duas, três semanas se escoaram, e não havia ninguém com coragem para aceitar o desafio do sacerdote e a grande responsabilidade. Já estavam na quarta semana e ainda não havia ninguém para representar os judeus na competição.

Então, chegou um vendedor de aves que tinha estado fora, trazendo frangos das aldeias vizinhas para a cidade. Não tomara conhecimento do que se estava passando lá, mas ao chegar notou que o mercado estava fechado e em casa encontrou sua espôsa e filhos jejuando, rezando e chorando.

— O que há? — perguntou o vendedor de aves. Sua mulher respondeu: — O sacerdote mau ordenou que um judeu sustentasse uma discussão com êle, na linguagem dos sinais. Se não houver ninguém capaz de fazê-lo, todos nós seremos mortos.

— É só isso? — admirou-se o vendedor de aves. — Vá ao rabino e diga-lhe que estou pronto a participar.

— Que está dizendo? Como você pode entender o sacerdote? Grandes homens, mais sábios, não quiseram tomar a tarefa sôbre seus ombros! — gritou a mulher.

— Por que se preocupa? De qualquer forma seremos mortos.

— E saíram juntos para ir ter com o rabino.

— Rabino — começou o homem — estou pronto a enfrentar o sacerdote!

O rabino o abençoou. — Que Deus o ajude e o faça vencedor.

Então comunicaram ao sacerdote que um judeu, enviado pelo rabino, manteria com êle um debate na linguagem dos sinais.

— Você deve entender os meus sinais e respondê-los da mesma maneira — explicou o sacerdote ao judeu, perante uma grande assembléia. Então apontou o dedo para êle. Em resposta, o judeu apontou dois dedos. Então o sacerdote tomou um pedaço de queijo branco de seu bôlso. Em resposta, o judeu tirou um ôvo. Então o sacerdote tomou sementes de cereal e espalhou-as no assoalho. Em resposta, o judeu libertou uma galinha do jacá e deixou-a comer as sementes.

— Muito bem — exclamou o sacerdote assombrado. — Você respondeu a minhas perguntas corretamente. — E deu ao vendedor de aves muitos presentes e ordenou a seus servos que o banhassem e lhe dessem finas roupas para vestir.

— Agora sei que os judeus são homens argutos, visto que o mais humilde dentre êles foi capaz de entender-me — admitiu o sacerdote.

A cidade estava em grande agitação e o povo aguardava de respiração suspensa o resultado da controvérsia. Quando viram o vendedor de aves saindo da casa do sacerdote com belas vestes e com uma expressão feliz no rosto, compreenderam que tudo estava em ordem, louvado seja Deus.

— Como foi? O que lhe perguntou o sacerdote? — Todo mundo queria saber. O rabino chamou o vendedor de aves à sua casa e pediu-lhe que relatasse o que acontecera.

E isto foi o que o vendedor de aves relatou: — O sacerdote apontou um dedo para meus olhos, significando que arrancaria meu ôlho. Eu apontei-lhe dois dedos para expressar que lhe arrancaria ambos os olhos. Então êle tirou um pedaço de queijo para mostrar que eu estava faminto enquanto êle tinha queijo. Então tirei um ôvo para mostrar que não necessitava de suas esmolas. Depois êle espalhou alguns grãos de trigo no chão. Então, fiz minha galinha comer, sabendo que ela estava com fome e pensando que era uma pena desperdiçar o grão.

Ao mesmo tempo, os amigos do sacerdote o interrogavam: — O que perguntou ao judeu? O que respondeu êle?

O sacerdote relatou: — Primeiramente apontei um dedo, significando que só há um rei. Êle apontou dois dedos, significando que há dois reis, o rei do céu e o da terra. Em seguida, tirei um pedaço de queijo, significando: Êste queijo é de uma cabra branca ou preta? Em resposta, êle tirou um ôvo, significando: Êste ôvo é de uma galinha branca ou parda? Finalmente, espalhei alguns grãos no chão, significando que os judeus estão espalhados por todo o mundo. Diante disso, êle libertou sua galinha que comeu todos os grãos, significando que o Messias virá e reunirá todos os judeus dos quatro cantos do mundo.

39. A CARIDADE SALVARÁ DA MORTE

ACI 250. Coligido por Mila Ohel, estudante da Universidade Hebraica, de Menahem Kamus, nascido na Líbia.

O funeral descrito nesta estória é praticado atualmente em Israel. Para a origem da frase que é proferida, ver *Prov.*, 10, 2, e 11, 4. O Tipo 1699, *Divergência por causa de Ignorância de Língua Estrangeira,* envolve singularmente pessoas de culturas e línguas diferentes. O Motivo A661.0.1.2, "São Pedro como porteiro do Céu", aplica-se aqui a um porteiro muçulmano. Para um conto palestiniano em que São Pedro atua como porteiro do Céu, veja-se H. Schmidt-P. Kahle, II, 137. Outros motivos presentes neste conto são A661.0.1, "Portão do céu", K2371.1, "Entrada no céu por embuste", K890, "Crédulo induzido por lôgro a matar-se" e J2496.2, "Divergência por causa de falta de conhecimento de outra língua diferente da sua própria".

Sempre que se realizava um funeral judaico, um certo muçulmano ouvia pronunciarem as palavras *Tsedaka tatsil mimavet* (Caridade salvará da morte! Caridade salvará da morte!). Entretanto, não sabia o que significava a palavra *tsedaka* e pensava que diziam *taka,* o que vem a ser "portal" em árabe.

O muçulmano não conseguia compreender por que os judeus bradavam a respeito de um portal durante os funerais. Êle tinha um amigo que era judeu. Foi procurá-lo e disse: — Quero perguntar-lhe uma coisa. Se você me disser prestar-lhe-ei muitos favores; senão, desprezá-lo-ei de hoje em diante.

— Prossiga — disse o judeu.

O maometano perguntou: — Por que é que entre seu povo dizem durante um funeral: *Taka, Taka?*

O judeu compreendeu a que se referia o muçulmano e respondeu: — Senhor, êsse é um grande segrêdo religioso, e eu não posso revelá-lo. Se o fizer, meus confrades judeus me matarão.

O muçulmano disse-lhe: — Meu irmão, juro em nome de Alá e seu profeta que nem um único homem, nem judeu nem muçulmano, saberá que você revelou o segrêdo.

O muçulmano rogou e rogou e o judeu não pôde livrar-se dêle; finalmente disse: — Bem, vou desvendar o segrêdo, senhor. Como provàvelmente o senhor sabe, o Jardim do Éden está reservado sòmente para os muçulmanos e não há lá entrada para os judeus ou os cristãos, pois a chave se encontra nas mãos dos muçulmanos. Que podemos fazer? Nós, judeus, também queremos entrar no Jardim do Éden. Ora, há um segrêdo conhecido sòmente por nós! Acima do portão de entrada há um pequeno portal através do qual uma alma pode abrir seu caminho e assim entrar no Jardim. Por conseguinte, quando morre um judeu, o povo que acompanha seu caixão grita para lembrá-lo da *taka,* do portal acima do portão, que permanece trancado e aferrolhado para que ninguém possa empurrá-lo e entrar.

Quando o muçulmano ficou ciente a respeito de *Taka,* o portal, alegrou-se, porém misturada à sua alegria estava a raiva contra os judeus que tão astutamente enganavam o guarda do Paraíso muçulmano.

Cada dia que se passava, mais irado ficava, até que decidiu vingar-se dos malditos judeus e fechar o portal, a única entrada que êles tinham para o Jardim do Éden.

Pensou consigo mesmo: — Se eu me matar, irei para o Jardim do Éden e, sabendo do segrêdo, levarei pedras, areia e água e fecharei o portal que está acima do portão e assim os judeus não mais poderão entrar. — Daí, pegou um punhal e golpeou-se até morrer.

Houve um grande funeral e êle foi enterrado. E até hoje está ocupado em obstruir o portal acima do portão do Paraíso. Quem sabe quando terminará sua tarefa?

40. ACERTANDO CONTAS COM UM GRACEJADOR

ACI 332. Coligido por Iehudá Kariu, de Schlomo Benvenisti, nascido na Turquia.
O versículo bíblico referido pelo armênio é *Gênese,* 49, 14. De acôrdo com o *Midrasch,* a tribo de Zebulão usava navios para comércio e assim sustentava a tribo de Issahar, que se devotava ao estudo da Torá. Ver L. Ginzberg, *The Legends of the Jews,* VII, 245, 512.

Na cidade de Istambul, um mascate armênio costumava apregoar objetos de vidro. Era seu hábito amarrar seu burro carregado, fora da loja de Zebulun, o judeu. Sempre o mesmo gracejo estava na bôca do mascate no momento em que punha os olhos em Zebulun. — Seu irmão está pedindo para falar com você. — E apontava o dedo para o asno carregado de vidros.
Para Zebulun era penoso ouvir aquilo, pois seu irmão Issahar era um homem esclarecido e culto. O armênio costumava acompanhar seu gracejo com algumas palavras de "consolação". — O que é que há? Por que está zangado? Não está escrito em suas Sagradas Escrituras: "Issahar, um bonito burro!"?
O turco vizinho de Zebulun sempre lhe perguntava: — Por que, de uma vez por tôdas, não dá o trôco ao armênio?

— O tempo dirá — era a resposta habitual de Zebulun, e dentro de seu coração preparava um plano de vingança.

Certa manhã Zebulun levantou-se cedo e encheu os bolsos de mutucas. Perscrutou a estrada, procurando o mascate. Lá vinha êle andando atrás de seu burro, agora mais carregado do que nunca. A língua do mascate já matracava a piada habitual: — Zebulun, Zebulun, seu irmão está pedindo para lhe falar. — E seu dedo apontava para o asno.

— Sim, sim — respondeu Zebulun. — Tenho a intenção de sussurrar algo no ouvido de meu irmão.

O mascate pressentiu que um duplo prazer o esperava dessa vez e exclamou: — Fale, fale, Zebulun. Seu irmão o está ouvindo!

Zebulun aproximou-se do animal, inclinou-se sôbre sua orelha e encheu-a de mutucas. Não demorou muito. O asno pulou e saltou como um campeador. Os vidros caíram de suas costas ao chão e espatifaram-se tinindo numa chuva de cacos grandes e pequenos.

O mascate armênio processou Zebulun, responsabilizando-o pela perda de tôda a sua mercadoria e dinheiro.

Zebulun voltou-se para o juiz e disse: — Meritíssimo, desde cedo pela manhã êste homem se posta diante de minha loja e aponta para seu burro dizendo que êle é meu irmão. Meritíssimo, temos uma irmãzinha na flor da idade. Seu casamento se está aproximando. Quando sussurrei a data do casamento ao meu irmão e recomendei-lhe para não chegar atrasado, o pobre animal ficou tão satisfeito que começou a dançar de alegria.

Voltando-se para o armênio com um sorriso, o juiz turco declarou: — O judeu está absolvido. Não se pode culpar um homem por convidar seu irmão para o casamento de sua irmã. Agora, você sabe o que pode acontecer a quem faz chacota de seus concidadãos.

41. A ASTÚCIA DOS FILHOS DE ISRAEL

ACI 249. Coligido por Mila Ohel, em 1952, de Menahem Kamus, nascido na Líbia.

Êste conto faz lembrar estórias nos Estados Unidos de embustes ianques (cf. R. M. Dorson, *Jonathan Draws the Long Bow* [Cambridge, Mass., 1946], pp. 78-94). Pertence ao Motivo geral K500, "Escape da morte ou de perigo por embuste".

Esta é a estória de um bufarinheiro que conseguiu vender tôda a sua mercadoria na aldeia, e no terceiro dia da semana estava em seu caminho de volta para casa, feliz e despreocupado. De repente, um assaltante armado surgiu à sua frente e disse:
— Passe-me tudo o que tem e salve sua alma.
— Por minha vida! — disse o judeu rindo. — Nada tenho comigo, meu senhor, apenas um burro. Leve-o!
Retorquiu o ladrão: — Incrédulo, não preciso de burro. Dê-me um cigarro e vá em paz.
O judeu desculpou-se: — Por minha vida, meu senhor, não fumo. Se fumasse, dar-lhe-ia todos os cigarros que tivesse.
— Vilão! — bradou o ladrão — nada quero de você; apenas diga-me uma coisa, seu amaldiçoado. Qual é o significado de "A astúcia dos filhos de Israel"? — O judeu atemorizou-se. Que

poderia dizer ao ladrão? Como podia explicar-lhe êste versículo da Torá?
— Meu senhor — começou — peça-me o que quiser mas não isso. É algo sagrado entre nós, da nossa Torá, e nem mesmo sei como explicá-lo.
O ladrão propôs: — Ou você explica e segue seu caminho em paz, ou encontrará sua sepultura como um cão!
O judeu viu que o assaltante o mataria se não lhe dissesse alguma coisa. Pensou e pensou e afinal encontrou uma saída.
— Meu senhor, contar-lhe-ei mas prometa-me e jure que não revelará a ninguém!
O judeu sacou um carretel de linha do casaco, puxou a ponta do fio e deu-a ao ladrão com estas palavras: — Meu senhor, para que possa saber qual é o segrêdo, deve segurar o fio e esperar aqui até sentir um puxão. Depois vá pelo fio até chegar a um certo lugar e lá descobrirá o segrêdo.
O ladrão segurou a ponta do fio e ficou atento. O judeu montou no burro e partiu ràpidamente, desenrolando a linha enquanto avançava. Quando terminou um carretel, pegou o segundo e atou as pontas de ambos. Quando terminou de desenrolar o segundo, pegou o terceiro e amarrou a ponta do fio numa árvore. Depois foi depressa para a cidade e logo chegou em casa.
Dessa maneira o ladrão aprendeu o significado de "A astúcia dos filhos de Israel". E naturalmente foi fiel à sua promessa e não contou a ninguém.

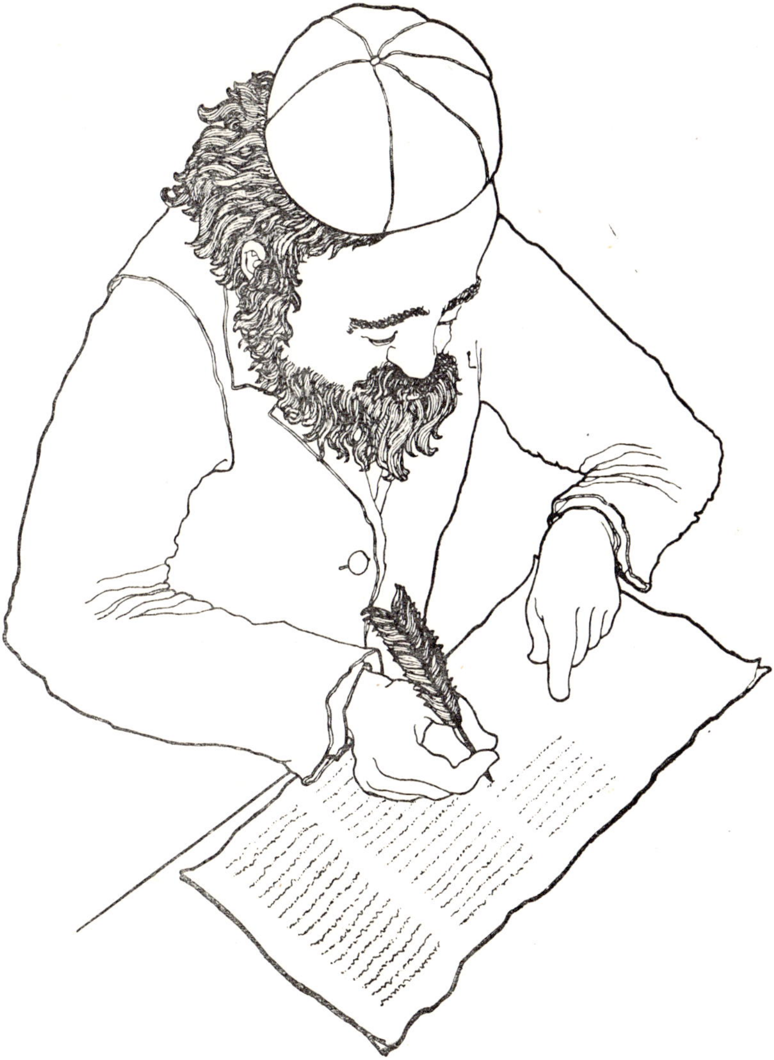

escriba

42. A ESTÓRIA DE UM JUDEU QUE CONTROLOU O VENTO

ACI 142. Coligido por Zvi Mosche Haimovitch, diretor da Casa Malben para Velhos em Neve Haim, de Elija David, residente dessa casa, que nasceu em Basra, Iraque.

Para uma outra versão dêsse conto, na qual é controlada a fumaça da cidade, veja-se A. Druyanov, Vol. II, N.º 1995. Os Motivos gerais H500, "Teste de inteligência ou de habilidade". H900, "Tarefas realizadas com inteligência", e H1020, "Tarefas contrárias às leis naturais", são populares nos contos de teste judaicos.

Era uma vez um rei que tinha três vizires: um judeu, um muçulmano e um cristão. O rei venerava o vizir judeu acima de todos por causa de sua grande sabedoria; êle sempre conseguia encontrar uma saída para qualquer dificuldade.

Os outros dois vizires, o cristão e o muçulmano, sempre procuravam meios de diminuir o judeu aos olhos do rei. O soberano, entretanto, era esclarecido e não dava atenção às suas intrigas. Costumava dizer: — O judeu é mais sábio do que vocês!

— Somos estúpidos aos vossos olhos? — perguntavam.

— Não, vocês não são estúpidos, mas um judeu é mais sábio. A veracidade destas palavras será provada por um judeu.

Certo dia, o rei ordenou aos seus servos: — Fiquem na praça do mercado e acusem o primeiro muçulmano que passar: "Você roubou do rei o vento e o ar que circunda a terra". Os criados do rei fizeram o que lhes fôra mandado. Ficaram na praça do mercado até que viram um muçulmano. Imediatamente o seguraram, o acusaram e o levaram à presença do rei. Êste culpou o muçulmano, acusando-o de ter roubado o vento e o ar. O muçulmano pediu misericórdia ao rei, jurando que não era culpado do que lhe imputavam.

O rei lhe disse: — Se quiser ser perdoado, faça o que lhe ordeno. Eu lhe entregarei o vento. Faça o que quiser com êle e dentro de quatro meses preste-me contas do que fêz.

Quatro meses se passaram e o muçulmano apareceu diante do rei. Nada tinha a não ser um pedido. — Perdoe-me, meu rei! Não sabia o que fazer com o vento. Na verdade — suplicou — estou soprando em minhas mãos e nem um sinal de vento resta.

O soberano mandou embora o muçulmano e ordenou a seus servos que agarrassem o primeiro cristão na praça do mercado e que o acusassem da mesma infração. Os servos fizeram o que lhes foi ordenado. Foram à praça do mercado e esperaram até que viram um cristão. Imediatamente o agarraram, o acusaram e o levaram à presença do rei. O rei acusou o cristão de ter roubado o vento e o ar. O cristão caiu aos pés do rei e pediu misericórdia. O rei o despediu, intimando-o a fazer uso do vento e prestar-lhe contas no fim de quatro meses.

Quatro meses se passaram e o cristão foi tremendo ao palácio do rei, com lágrimas nos olhos. Pediu misericórdia, dizendo que não sabia o que fazer com o vento. O rei o perdoou e mandou-o embora. Em seguida, disse aos servos: — Vão ao mercado, agarrem o primeiro judeu em que deitarem os olhos e acusem-no da mesma infração.

Assim fizeram os servos do rei. Ficaram na praça do mercado e esperaram até que viram um judeu. Era um homem pobre e mal vestido, na verdade. Sem perda de tempo, deitaram-lhe as mãos. Êle não pareceu preocupado em absoluto ao ouvir do que o acusavam e quando compareceu diante do rei, disse: — Naturalmente que posso controlar o vento e fazer uso dêle, necessito porém de três coisas. Preciso de uma autorização por escrito. Preciso de uma importância em dinheiro para preparativos e roupas, pois de que conceito gozarei aos olhos do mundo estando mal vestido? Finalmente, necessito de uma equipe de trabalhadores e funcionários para realizar o projeto.

Imediatamente o rei ordenou aos funcionários que preparassem o certificado e concordou com tôdas as condições do judeu.

Num abrir e fechar de olhos, o judeu abriu um grande escritório com funcionários e trabalhadores. Depois mandou que todos os proprietários de casas e lojistas comparecessem ao seu escritório. Quando apareceram, ordenou-lhes que fechassem tôdas as janelas de seus apartamentos e lojas.
— Como podemos respirar? — perguntaram perplexos.
O judeu respondeu: — O vento e o ar são meus, por ordem do rei. Aqui está o certificado assinado por êle. Se quiserem respirar, devem pagar um impôsto. — Assim o judeu arrecadou uma grande soma em dinheiro. Também proibiu os joalheiros de usarem foles e proprietários de barcos a vela de usarem o vento sem pagar.

O judeu pôs o dinheiro arrecadado em cofres com cópias dos recibos que dava contra pagamentos. Escriturários faziam a escrituração e relatórios de tôdas as despesas e lucros do judeu com a exploração do vento.

Escoaram-se quatro meses e o judeu dirigiu-se ao palácio com seus lucros. O rei, paramentado com belas roupas, chamou seus vizires, os juízes, bem como o muçulmano e o cristão que não tinham cumprido suas missões.

O rei perguntou ao cristão: — Por que não executou minhas ordens?

O cristão respondeu: — Não pude controlar o vento. — O muçulmano deu a mesma resposta.

O rei chamou o judeu e o argüiu: — Que fêz você com o vento que lhe dei?

O judeu descreveu com detalhes o que tinha feito nos quatro meses de que dispusera e entregou ao rei a grande soma de dinheiro que aumentou o tesouro real, pelo uso do vento.

O soberano ficou maravilhado com a esperteza do judeu e disse aos seus ministros, os juízes: — Vocês vêem que a inteligência de um judeu é maior do que a de vocês; eis por que reverencio um judeu!

O rei nomeou seu vizir judeu conselheiro-chefe e o judeu pobre, seu conselheiro financeiro. Desde aquêle dia ninguém mais ousou falar contra os judeus em todo o reino.

43. O REINO DOS PREGUIÇOSOS

ACI 423. Coligido por Azarid Alkalai, estudante superior, junto a sua mãe, que nasceu na Bulgária.

O nome Oved[1] não tem nenhum significado para os búlgaros ouvindo-o em espanhol, língua em que é narrada a estória. Mas é um nome comum na Bíblia, e em hebraico tem o significado de lavrador. Na tradição judaica, Noé é o herói cultural que ensina o povo como cuidar da terra. Encontram-se outras referências a essas lendas em L. Ginzberg, *The Legends of the Jews,* I, 167, e V, 190. Os Motivos A541, "Herói cultural ensina artes e ofícios", A1441.4, "Origem da semeadura e do plantio", e W111, "Preguiça", fornecem temas contrastantes. Dov Noy discute os "Contos Populares Judaicos sôbre Agricultura" (hebraico) em *Machnayim,* N.º 53 (1961).

Numa terra longínqua, havia um reino de indolentes. O dia inteiro o povo cavava o solo à procura de ouro, na esperança de enriquecer. Durante anos e anos, continuavam cavando, mas nada achavam. Eram tristonhos e seu rei tornou-se zangado e mal-humorado. Mesmo assim desdenhavam o trabalho honesto.

(1) V. Glossário.

Certo dia aconteceu passar por lá um jovem. Era alegre e bem-humorado. Andava com ar descuidado e seus lábios entoavam uma alegre canção. Quando os cavadores o viram, pediram-lhe que parasse de assobiar. — Nosso rei é muito zangado e mal-humorado. Pode até matá-lo — preveniram-no. O rapaz riu: — Pois seja, conduzam-me a êle.
Os cavadores pararam o trabalho e levaram o jovem ao palácio do rei. No caminho perguntaram-lhe: — Como é o seu nome?
— Oved — respondeu o môço.
— E por que você assobia?
— Porque estou alegre e satisfeito.
— E por que você está alegre e satisfeito?
— Porque tenho muito ouro.
Ouvindo isso, rejubilaram-se e contaram ao rei a respeito do ouro. O rei perguntou a Oved: — É verdade que você possui um tesouro de ouro?
— Sim! — foi a resposta; — tenho sete sacos cheios de ouro.
O rei ficou muito animado e imediatamente convocou seu povo e ordenou-lhe que trouxesse os sacos. Mas Oved explicou: — Levará tempo para pegar o ouro, meu rei. Está guardado em uma caverna, vigiada por um dragão de sete cabeças. Sòmente eu posso tirá-lo dali. Dai-me todo o vosso povo por um ano e durante êsse tempo livraremos o ouro do monstro.
O rei não teve alternativa. Pôs cavalos, bois e homens à disposição de Oved e determinou a seu povo que seguisse as instruções do rapaz.
Oved ordenou a seus homens que trouxessem arados e que arassem a rica e fértil terra dos campos. Depois de arar, semearam e na época da colheita colhêram sete carrêtas cheias do melhor trigo.
Durante todo êsse tempo o rei prevenia Oved de que se êle não lhe trouxesse os sacos de ouro no fim do ano, seria decapitado. Diante disso, Oved sorria e explicava: — Necessitamos de trigo para entupir a bôca do monstro — e continuava alegre e cantando canções joviais.
Durante sete dias Oved perambulou com suas sete carrêtas até que chegou a uma grande cidade que não tinha vegetação. Quando os comerciantes viram as carrêtas de trigo maduro, pagaram uma grande soma de dinheiro por elas: sete sacos cheios de ouro. Depois de mais sete dias, Oved mais uma vez apresentou-se diante do rei que lhe perguntou: — Conseguiu vencer o monstro?
Oved respondeu com um sorriso: — Vendi o trigo a um povo cujo solo é estéril e em troca deram-me sete sacos de ouro.
Quando o rei ouviu a estória de Oved, disse-lhe entusiasmado: — Aquêle que trabalha a terra provê o pão. Na verdade,

podemos tirar de nossa boa terra ainda mais do que sete sacos de ouro por ano. — E pediu a Oved que ficasse em seu reino e governasse seus súditos.

Oved, entretanto, recusou dizendo: — Há muitos homens neste mundo que não conhecem o segrêdo do trabalho. Pode-se arrancar ouro da terra, trabalhando-a, semeando trigo dourado e transformando-o em pó. É meu dever revelar êste segrêdo aos outros também.

Feliz e alegre, Oved partiu para suas peregrinações.

44. A GRANDE MENTIRA

ACI 342. Coligido por Naim Daniel, lavrador, de Esra Tsalá, nascido no Iraque.

Um texto relacionado com os Tipos 1920C, *O Amo e o Camponês: o Grande Boi*, 1920F, *Quem Diz "É Mentira" Deve Pagar uma Multa*, e 852, *O Herói Força a Princesa a Dizer "É Mentira"*. Cf. Motivos X905.1, "Amo induz a dizer "Você mente", e H509.5, "Teste: contar mentira inteligente". O Tipo 1920, *Competição de Mentira*, está representado no N.º 24 (neste livro), "A Incrível Estória do Filho do Mercador" (ACI 7). No presente conto à competição dos mentirosos é dada uma base histórica séria.

Aparece uma versão turca em W. Eberhard-P. N. Boratav, N.º 363, e exemplos judeus *sfaradim* podem ser vistos em A. D. L. Palacin, N.º 19 e 124. Êste tipo de conto, que surge no Livro de Achikar, é analisado por Jan de Vries em "Die Märchen von Klügen Rätsellosern, eine vergleichende Untersuchung" (Folklore Fellows Communications, N.º 73 [Helsinque, 1928]), pp. 375-376.

Muitos e muitos anos atrás, vivia um rei que amava muito os judeus de seu país. Em tempos de tribulação, o rei costumava voltar-se para o rabino para que o aconselhasse e o ajudasse e o rabino resolvia os problemas de boa vontade e a contento do rei.

Os ministros invejavam o rabino e decidiram manchar seu nome para que o rei não mais o honrasse. Dia após dia, relatavam ao rei estórias escabrosas a respeito do rabino; o rei, entretanto, recusava-se a acreditá-los. Continuavam a persuadir o rei: — Deveis livrar nosso estado dos judeus. Êles desprezam o rei e desobedecem às suas ordens.

Um dia, o rei informou seus ministros: — Quem quer que venha a mim e trame uma estória que seja pura ficção e não contenha uma só palavra verdadeira, receberá de meu tesouro um prêmio de mil libras.

Os ministros tornaram conhecido entre o povo o desafio do rei e todos, inclusive os ministros, decidiram engendrar uma estória incrível. O rei ouviu todos os contos, mas em todos havia um grão de verdade. Os contadores de estórias, e os ministros no meio dêles, abaixavam a cabeça, envergonhados. Nenhum dêles conseguiu ganhar o prêmio.

O tempo passou, e um dia um humilde judeu chegou ao rabino e disse-lhe que queria concorrer ao prêmio do rei. O rabino aconselhou-o a dirigir-se ao rei. Antes, entretanto, o judeu foi ao mercado e comprou um grande jarro de barro. Só então foi ao palácio. O rei foi informado de que um humilde judeu chegara e queria contar-lhe uma estória. O rei deu ordens para que o deixassem entrar; assim, o judeu entrou e contou-lhe a seguinte estória:

— Meu rei! Vosso pai e meu pai, bendita seja a memória dêles, eram sócios num negócio de conserva de pepinos. Certo dia vosso pai declarou guerra contra um país que desprezava sua lei. Durante a guerra que se seguiu, vosso pai solicitou a meu pai que lhe emprestasse um jarro de barro cheio de libras de ouro. Meu pai, que era amigo dêle e também seu sócio, atendeu a seu pedido e emprestou-lhe um grande jarro cheio de dinheiro. — O judeu mostrou o jarro ao rei e continuou:
— Meu pai deixou êste jarro num buraco com um bilhete dentro, aconselhando-nos, caso viéssemos a perder nossa posição: "Dirijam-se ao rei, ou ao seu herdeiro, e peçam-lhe que nos pague o que nos é devido desde os velhos tempos até agora". Meu rei! Agora nossa situação é muito má e nem mesmo temos dinheiro para comprar pão. Por essa razão fui forçado a vir à vossa presença e pedir-lhe que pague a dívida.

Quando o rei ouviu a estória dos lábios do judeu, ficou muito confuso e não sabia como responder-lhe. Se a estória fôsse verdadeira, teria de encher o jarro com moedas de ouro, o que representaria mais que cinco mil libras. Porém se fôsse apenas uma lorota e uma grande mentira, teria de dar apenas mil libras.

O soberano solicitou um prazo de quinze minutos para consultar seus ministros. Naturalmente, êstes o aconselharam a dizer ao judeu que sua estória era uma mentira e pagar-lhe as mil libras. O rei disse ao judeu que não havia uma só palavra de verdade em sua estória. Assim, o humilde judeu ganhou o prêmio que lhe foi pago devidamente no tesouro.

Quando o judeu foi embora, o rei zangou-se com seus ministros e disse-lhes para não mais se queixarem dos judeus, pois êles eram os mais astutos cidadãos. E a partir daquela data foi proibido proferir uma só palavra contra o rabino.

De volta do palácio, o humilde judeu foi à casa do rabino e contou-lhe a estória. O rabino ficou satisfeitíssimo e deu-lhe mais mil libras de presente. Dêsse modo, um humilde judeu salvou seus irmãos de mãos malfeitoras.

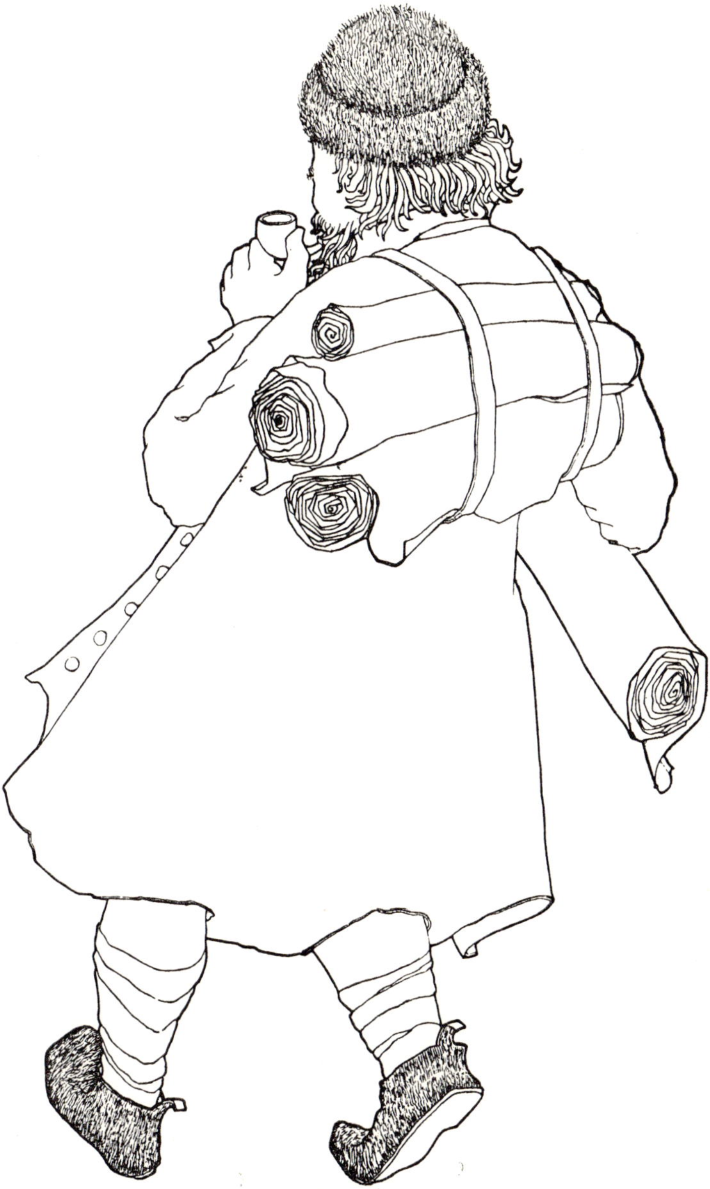

bufarinheiro

45. A ESTÓRIA DO BAKALAWA

ACI 13. Coligido por Elischeva Schoenfeld, em Afula, em 1956, de Isaac Al-Bahri, nascido na Turquia.

Tipo 1626: *Sonho com Pão*. O Motivo K444, "Sonho com pão: o sonho mais maravilhoso", é muito popular na literatura folclórica do Mediterrâneo, e o vencedor por astúcia pertence ao mesmo povo (raça, religião) que o contador da estória e os ouvintes. Outras versões ACI dêste tipo de conto provêm do Afeganistão, da Turquia, do Marrocos e do Iraque. Êste conto é registrado por tôda a Europa, no Japão, na Índia, e nas tradições francesas, inglêsas, espanholas e portuguêsas na América. Textos da Ásia Central aparecem em M. I. Shewerdin, Vol. II, N.º 141, e W. Sidelnikov, N.º 18, 40. Um exemplo do Cáucaso vem registrado em A. H. Bjazirov, N.º 42.

Um cristão, um judeu e um muçulmano foram a Istambul tentar a sorte. Passou-se algum tempo e queriam dormir. Fazia muito frio e cada um dêles queria dormir no meio, por ser mais quente entre os outros dois.

Disse o judeu: — Está escrito na Sagrada Torá que devo dormir no meio.

O cristão e o muçulmano ficaram pasmados.

— Vejam — continuou o judeu. — Você, Suleiman, celebra o dia do descanso na sexta-feira. Você, Jorge, celebra o seu no domingo, mas o meu é no meio, no sábado. Como meu dia de festa é no meio, meu lugar de dormir deve também ser no meio.

Os outros dois concordaram diante disso e o judeu agasalhou-se para dormir no meio dos dois.

Quando chegaram a Istambul, encontraram uma moeda de ouro na rua e começaram a discutir o que fariam com ela. O judeu ficou calado. O cristão e o muçulmano decidiram, depois de longa disputa e de muito falar, que com o dinheiro poderiam comprar um *bakalawa,* um bôlo doce turco, e quem sonhasse o sonho mais bonito comê-lo-ia pela manhã.

Durante a noite, o judeu acordou e sentiu muita fome. Provou o bôlo. Tentou acordar seus amigos, mas estavam profundamente adormecidos e não o ouviram. O judeu foi dormir por uma hora; depois novamente acordou e comeu outro pedaço do bôlo. Tentou mais uma vez acordar seus companheiros, mas também desta vez não conseguiu. Então continuou a mordiscar o bôlo a noite tôda até que não sobrou uma só migalha.

Pela manhã os três amigos foram a um café no mercado. Muita gente estava reunida lá: muçulmanos, cristãos e judeus. Suleiman contou-lhes o que acontecera — como tinham encontrado uma moeda de ouro na rua e como a tinham gasto num *bakalawa.* Queriam agora que o povo julgasse quem havia sonhado o mais belo sonho.

O cristão foi o primeiro a contar seu sonho. — Sonhei que o próprio Jesus veio a mim e carregou-me em suas asas ao Jardim do Éden. Quando lá chegamos, mostrou-me todos os santos ao redor, conversando uns com os outros.

Chegou a vez de Suleiman. — Sonhei que Maomé em pessoa apareceu diante de mim e levou-me a dar uma olhada no Jardim do Éden. Há algum sonho mais belo do que êsse? — perguntou ao povo.

Quando chegou a vez do judeu, êle disse: — Meu sonho foi diferente do de vocês. Infelizmente, não tive a ventura de visitar o Jardim do Éden como ambos fizeram. Porém Moisés, nosso Legislador, veio a mim e disse: "Suleiman está com seu mestre Maomé, em Meca. Jorge está com seu mestre Jesus em Nazaré. Quem poderá saber se hão de voltar ou não?" E então êle me aconselhou a comer o *bakalawa.*

— Você o comeu? — perguntaram ansiosos.

— Naturalmente — foi a resposta. — Vocês acham que eu desobedeço ao conselho de nosso Legislador?

MARIDOS E ESPÔSAS

ACI 144. Coligido por Zvi Mosche Haimovitch, de Serl Rochfeld, nascido na Polônia.

Tipo 1588 **: *Trapaceiro Pêgo por Cair em Suas Próprias Palavras.* Os Motivos gerais J21, "Conselhos provam serem sábios por experiência", e J154, "Palavras sábias de pai moribundo", comparecem ambos neste conto e especificam uma série de advertências. No entanto, estas não incluem a advertência: "Não se misture com gente ruiva". Crenças em má sorte associada a mulheres ruivas figuram em *Popular Beliefs and Superstitions from North Carolina,* ed. W. D. Hand ("Frank C. Brown Collection of North Carolina Folklore", Vol. 6 [Durham, N. C., 1961]), N.º 3795, 3796.

O Motivo J21 é central ao Tipo 910: *Preceitos Adquiridos ou Dados Provam Serem Corretos.* Cf. versões literárias judaicas registradas por M. Gaster, *The Exempla of the Rabbis,* N.º 367, 402; Gaster (ed.), *Ma'aseh Book,* N.º 198; M. I. Bin Gorion, *Der Born Judas,* III, 100. Cf. M. I. Shewerdin, Vol. II, N.º 100, 105 (da Ásia Central); e A. D. L. Palacin, N.º 121 (judeu *sfaradi*).

Quando chegou a hora do Rabi Zische partir dêste mundo, chamou seu filho e lhe disse: — Ouça, meu filho; minha hora chegou. Só tenho um pedido a fazer, antes de devolver ao

Todo-Poderoso seu depósito, minha alma. Quero adverti-lo para não se imiscuir com gente má. Mantenha-se longe dêles, principalmente dos ruivos, a prole de Labão Haarami, pois certamente êles procurarão enganá-lo. Se, Deus não o permita, isto acontecer, procure imediatamente outro ruivo e peça seu conselho, pois sòmente êle poderá salvá-lo da encrenca.

Dizendo isso, o Rabi Zische devolveu sua alma a Deus. Como sua espôsa já morrera há vários anos, seu filho ficou órfão. Depois de algum tempo, algumas pessoas boas foram visitá-lo e quiseram ajustar seu casamento com a filha do rico Reb Fischel. A môça gozava de boa reputação na cidade e diziam que era honesta, bonita e perfeita em todos os sentidos. Mas ai! Era ruiva como seu pai.

O órfão, estudante da *ieschivá*, obrigado a jantar à mesa das pessoas abastadas, recusou-se a desposar a jovem, por causa do aviso de seu pai. Contudo, o que o cérebro não pode fazer, o tempo fará. Sua situação piorava dia a dia, e como não lhe restasse outra alternativa, cedeu afinal e concordou com o casamento. Impôs apenas uma condição: que Reb Fischel lhe desse pensão por dez anos além do dote. Reb Fischel não hesitou e prometeu até mais.

Ainda não haviam passado dez dias após o enlace quando o rico Reb Fischel informou ao genro que não mais lhe daria pensão.

— O que prometi cumpri — disse êle. — Como o sentido da palavra "dias" na Torá é também "anos", o número de anos que lhe prometi já passou.

Mais uma vez o genro encontrou-se em grande dificuldade e ninguém sabia como aconselhá-lo. Então lembrou das palavras de seu pai, por conseguinte dirigiu-se à beira da estrada e, parando o primeiro ruivo que passava, derramou diante dêle tôda a amargura do seu coração.

O *gingy* ouviu calado e disse sem rancor: — Vá imediatamente ao seu sogro que o enganou e diga-lhe que você decidiu divorciar-se de sua filha. Quando êle lhe perguntar por quê, diga-lhe que, de acôrdo com a lei judaica, é permitido divorciar-se de uma mulher que não der à luz dentro de dez anos e, segundo a opinião dêle, dias são como anos.

Reb Fischel ficou pálido quando ouviu a decisão do genro. Começou por suplicar-lhe que não lhe causasse tal vergonha e prometeu abandonar sua decisão. Finalmente, o genro concordou em continuar com o matrimônio mas sob a condição de que uma considerável soma de dinheiro fôsse depositada no banco em seu nome, bem como uma garantia que assegurasse as promessas de seu sogro.

Desde aquela data o jovem casal viveu uma vida de paz e confôrto.

47. A ESPÔSA INTELIGENTE

ACI 506. Coligido por S. Gabai, de Simá Hagoli, nascido no Iraque.

O Motivo L162, "Heroína modesta casa-se com príncipe (rei)", usualmente requer uma demonstração de argúcia por parte da heroína antes do próprio casamento. Êste motivo aparece nos Tipos 870-879, *A Heroína Casa-se com o Príncipe*. Entretanto, no presente conto, o ato astuto vem depois do casamento. Estão presentes igualmente os Motivos F1041.1.4, "Morte por saudade", e D1624, "Imagem sangrando". Para versões turcas, veja-se W. Eberhard-P. N. Boratav, N.º 305, "Die Wachspuppe".

Era uma vez um rei que estava disposto a se casar, sob a condição de que sua espôsa rompesse relações com os pais depois do casamento e nunca mais os visse. Muitas môças bonitas estavam ansiosas para se casar com o rei e de vez em quando êle escolhia entre elas a que mais lhe convinha.

Uma, duas e três semanas se passavam, enquanto o rei estava ocupado com recepções e audiências. Sua espôsa ficava sempre só em casa e não tinha ninguém com quem conversar. Depois de vários meses de sofrimento, a espôsa morria. O rei costumava chorar a morte da espôsa e depois de pouco tempo proclamava que haveria nôvo concurso para uma noiva.

Isto prosseguiu por muito tempo. Rainha sucedia a rainha, e nenhuma era capaz de resistir por mais de alguns meses. Finalmente surgiu uma môça encantadora e inteligente que desejava desposar o rei. Seus pais eram contra, especialmente sua mãe.

— Minha única filha e querida. É muito difícil para mim atirá-la ao fogo — disse-lhe. — O rei é um matador de mulheres, por causa de seu tratamento severo. Primeiro êle enterra a espôsa no castelo e depois na sepultura. Se você desposá-lo, enterrar-me-á junto com você.

— Não tenha mêdo, mamãe — consolou-a a filha. — O rei não enterrará nem a você nem a mim. Arranjarei tudo se você tiver paciência.

Afinal, a mãe cedeu. Sua filha foi a única que agradou aos olhos do rei e ela ganhou o concurso. No devido tempo, casou-se com êle e separou-se de seus pais. Depois de dois dias, porém, entediou-se, visto que o rei estava sempre preocupado com seus deveres. Realmente, era-lhe difícil acostumar-se com a casa silenciosa sem uma alma com quem conversar.

Que fêz ela? Tomou a pele de uma cabra, soprou-a, vestiu-a com roupas, desenhou um rosto e pôs um chapéu na cabeça. Parecia realmente um homem. Depois colocou o boneco recheado numa cadeira e começou a relatar-lhe tudo o que pesava em seu coração e o que a incomodava.

Um mês se passou, dois meses se escoaram e a mulher não mudou seu hábito. Quando seu marido vinha para casa, conversava com êle alegremente e, enquanto estava fora, costumava brincar com seu boneco.

O rei não sabia como sua espôsa conseguia agüentar tanto tempo. Três meses se passaram, quatro meses se foram e o rei decidiu examinar o caso. Que fêz êle? Abriu um orifício na parede do quarto dela e, oh!, o que viu êle? Sua espôsa sentada com um estranho, conversando. — Infiel! — exclamou em seu coração. — Estêve me enganando o tempo todo.

Decidiu vingar-se e infligir a ela e a seu amante sofrimentos severos e terríveis. Portou-se como se nada soubesse do caso, mas deu ordem ao guarda para ficar atento a qualquer pessoa que tentasse sair do palácio. À noite, o guarda informou ao rei que nenhuma pessoa desacompanhada saíra do palácio. Então, após o jantar, o rei sugeriu à espôsa: — Venha, vamos dar uma olhada pela casa e inspecionar seus aposentos. — Finalmente, chegaram à câmara onde o rei havia observado a espôsa conversando com um homem. De repente, o rei parou e sacou um punhal. — Onde escondeu seu amante? — perguntou.

A rainha mostrou-lhe o boneco escondido no armário. O rei o perfurou com seu punhal e o sangue jorrou.
— O que é isto? — indagou o rei. — Se é um boneco, de onde vem o sangue?
— É minha tristeza e pesar, ó rei. Contei ao meu boneco tudo o que havia em meu coração. De outra forma, eu teria morrido de sofrimento.

Finalmente, o rei compreendeu que êle próprio causara a morte de suas espôsas anteriores e que sua espôsa atual era a mais inteligente de tôdas. Decidiu revogar seu decreto e permitiu que sua espôsa visitasse os pais. Podem imaginar o regozijo da mãe e da filha.

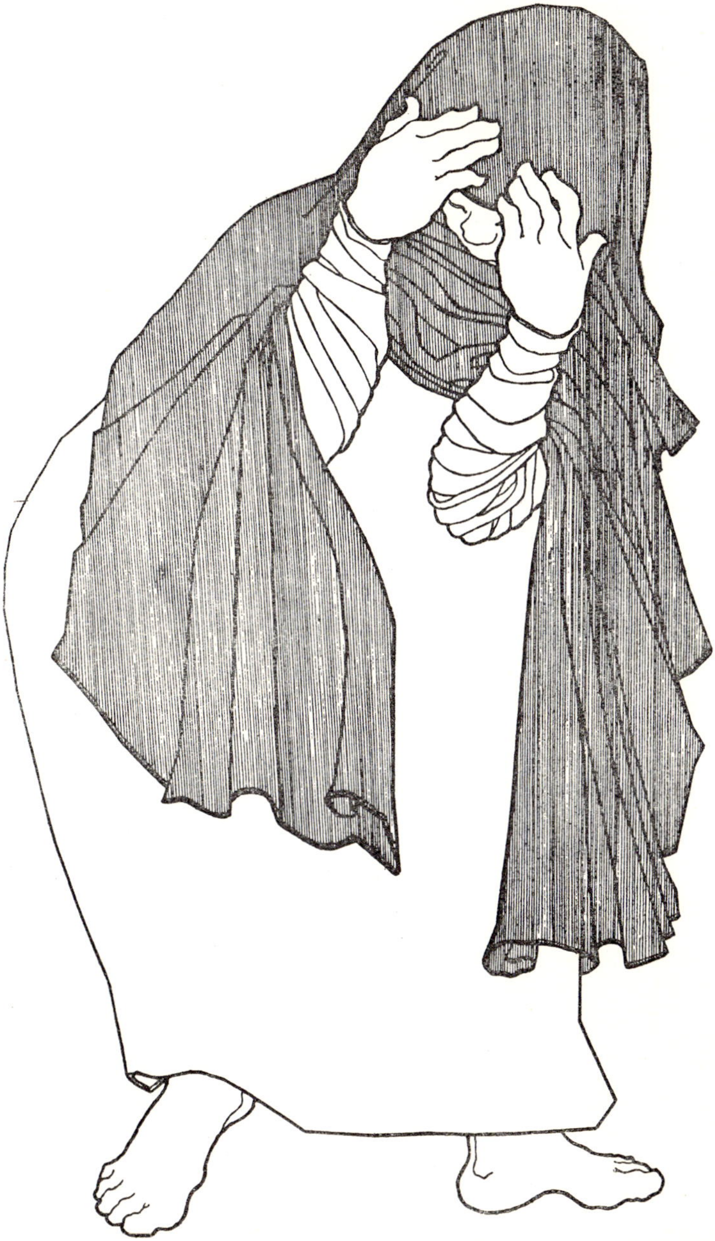

velha carpideira

48. A MÔÇA ENGANADA E A PEDRA DO SOFRIMENTO

ACI 155. Registrado por Sara Baschri, estudante iemenita de escola superior, em Kfar Saba, em 1957, de Leah Nakhschon, nascida perto de Sada, a sudoeste do Iêmen.
Tipo 894: *O Mestre-escola Ghoulish e a Pedra da Piedade*. W. Eberhard-P. N. Boratav arrolam trinta e oito variantes turcas, N.º 185, "Der Gedulstein II". Êste conto é muito popular na literatura folclórica do Oriente. A transformação da pedra de paciência em um animal, como neste conto, é pouco freqüente. Na maioria das versões, a pedra estoura quando perde a paciência. Cf. Motivo K1911, "A falsa noiva (noiva substituída)". Outros Motivos presentes são K2251.1, "Môça escrava traiçoeira", e H13.2.2, "Reconhecimento por ouvir conversa com pedra". O Tipo 894 é registrado na Índia, na Pérsia, no Egito e na Europa Oriental e Meridional. Aparece uma versão do Usbequistão em M. I. Shewerdin, Vol. II, N.º 74.

Uma rica e respeitada família possuía uma filha única a quem consideravam a menina de seus olhos. Certa noite, a môça teve um sonho terrível. Um velho de longa barba branca até os joelhos apareceu diante dela e proclamou: — Durante sete anos, você sentirá fome e por mais que coma continuará faminta. Sete anos de sêde se seguirão e por mais que você beba continuará sedenta. Depois você passará sete anos mais cuidando de um homem morto numa casa trancada. Só após vinte e um anos de sofrimento a felicidade chegará para você e a acompanhará até o fim de seus dias.

A menina amedrontada contou o sonho aos pais que ficaram aterrorizados. Após alguns dias, ela começou a sentir-se esfaimada. Seus pais gastaram todo o dinheiro que possuíam em alimentos e foram vendendo suas propriedades até que ficaram pobres. Mesmo assim não podiam satisfazer a fome da filha. A mãe amorosa perambulou com a filha de cidade em cidade e de aldeia em aldeia, pedindo comida.

Sete longos anos de fome, miséria e exaustão se passaram e a mãe continuava peregrinando com a filha. Começaram então os anos de sêde. A filha estava sempre sedenta. Sua sêde tornava-se cada vez maior e nada podia saciá-la, nem mesmo os rios e regatos. Assim, as duas andaram de cidade a aldeia, de aldeia a cidade, da montanha ao vale e do vale à montanha. Em tôda a parte a filha bebia água e, no entanto, sua sêde não se aplacava.

Sete longos anos de fome, miséria e exaustão se passaram e dia a mãe e a filha chegaram a um lugar isolado no deserto. Viram lá uma casa de vários andares que parecia um palácio real. A casa estava aberta e a menina pediu à mãe que esperasse enquanto ela entrava. Assim que entrou na casa, as portas se trancaram atrás dela e encontrou-se num quarto onde um homem morto jazia na cama.

Compreendeu que haviam terminado os sete anos de sêde e começado os anos de cuidados exaustivos com o homem morto. Ajoelhou-se, banhou-o e perfumou-o. Depois lavou e limpou as roupas dêle e arejou o quarto. Dia após dia, ela carregava o fardo dêste trabalho. E todo o tempo o corpo, como um cadáver, não se movia de seu lugar.

A mãe, sabendo do destino de sua filha, foi morar na cidade mais próxima para acompanhar o que fazia.

Os anos de sofrimento tinham quase terminado. A môça estava esgotada com o trabalho pesado, à beira da estafa. Então, um dia viu uma bela môça na estrada, em frente da casa. Chamou-a, atirou-lhe uma corda e puxou-a para dentro. A partir daí a mocinha começou a ajudá-la no trabalho.

Certo dia, quando a filha estava no quarto contíguo, ouviu vozes. A mocinha falava ao homem doente que acordara de seu sono parecido com a morte. O homem perguntou: — Foi você quem cuidou de mim todo êsse longo tempo?

— Sim! — foi a resposta categórica.

O homem prosseguiu: — Você sofreu bastante por mim. De agora em diante seu fardo ser-lhe-á tirado. Você será a rainha desta casa, minha amada companheira.

— Durante dias e noites não fechei os olhos — disse a môça.
— Que bom que a longa tortura exaustiva chegou ao fim!
— Você suportou tôda esta angústia sòzinha? — perguntou o homem.
— Realmente, eu tinha uma ajudante — respondeu a mocinha — mas ela era má.

A filha compreendeu que, depois de suportar seu miserável destino por vinte e um anos, tinha sido enganada pela bela jovem.

O dia dos esponsais aproximava-se. Durante todo o tempo a pobre filha trabalhava àrduamente, às ordens da mocinha. Certo dia, o homem resolveu ir à cidade próxima fazer compras para a casa e para o casamento. Então perguntou também à filha, que tanto sofrera, o que ela gostaria que êle lhe trouxesse. Informou-a também de que não mais precisaria trabalhar depois de seu casamento.

A filha pediu: — Traga-me, meu senhor, a pedra do sofrimento.

O patrão nunca ouvira falar dessa pedra preciosa, mas prometeu trazer-lha, e depois de muito buscar, finalmente a encontrou. O mercador lhe contou que quem revela todos os sofrimentos do passado a essa pedra a faz reviver; e em seguida ela devora o contador da estória.

O homem ficou muito espantado de que a môça lhe tivesse pedido a tal pedra. Depois de a ter dado a ela, escondeu-se atrás da porta e ouviu tôda a sua estória que assim começava: Ai de mim! pedra do sofrimento. Anos de fome passaram sôbre mim, depois anos de sêde me assolaram, depois anos de cuidados...

A estória era longa e a pedra se tornava cada vez maior. Repentinamente, a porta se abriu e o homem agarrou a pedra antes que ela revivesse. Com voz trêmula, o homem indagou: — Por que você não me contou que ela era apenas a criada que ajudou você por uns dias e que você era a que sofreu? Que bom que a verdade me foi revelada afinal. A você e sòmente a você pertencem tôdas as alegrias de felicidade e deleite.

Ao magnífico enlace que se realizou, a mãe e muitos convidados estiveram presentes. E a mocinha má? Ela desapareceu e o casal não mais a viu durante todo o tempo de sua vida venturosa.

49. COM A VONTADE DE DEUS TUDO É POSSÍVEL

ACI 335. Coligido por Simá Gabai, professor de escola primária, junto a seu pai, nascido em Bagdá, Iraque.

Tipo 930: *A Profecia,* episódios I-III. Das versões dêste tipo de conto em ACI, algumas contêm sòmente Motivo K511, "Carta de Urias mudada, falsificada ordem de execução", e algumas sòmente o Motivo K1612, "Mensagem de morte fatal ao remetente" (Gang nach dem Eisenhammer). Veja-se Dov Noy, "The First Thousand Folktales in the Israeli Folktales Archives", *Fabula,* IV (1961), 107. Versões literárias árabes dêste tipo de conto são citadas em V. Chauvin, VIII, 145-147, e exemplos turcos podem ser encontrados em W. Eberhard-P. N. Boratav, N.º 125, "Der Uriasbrief". Textos africanos são registrados em C. Velten, *Märchen und Erzählung der Suahili* (Berlim, 1898), p. 198.

As versões européias dêste conto surgem comumente combinadas com o Tipo 461, *Três Cabelos da Barba do Diabo,* como no conto n.º 29 dos Irmãos Grimm, "O Diabo com Três Cabelos de Ouro". Antti Aarne escreveu uma monografia sôbre êste tipo de conto, "Der reiche Mann und sein Schwiegersohn" (Folklore Fellow Communications, N.º 23 [1915]), pp. 1-109. Veja-se também K. Krohn, "Ubersicht über einige Resultate der Märchenforschung" (Folklore Fellows Communications, N.º 96 [1931]), pp. 57-62. Stith Thompson, em *The Folktale,* p. 139, sumaria a história literária dêste conto a partir do estudo de V. Tille, "Das Märchen vom Schicksal Kind", *Zeitschrift des*

Vereins für Volkskunde, XXIX (1919), 22-40. Tille considera a Índia o lar literário mais antigo do conto. O Tipo 930 atingiu a América do Norte através das tradições francesas, espanholas e negras.
Ver igualmente W. Sidelnikov, N.º 51 (do Cazaquistã); H. S. Bgazhda, *Filho do Cervo...,* N.º 21 (da Abkhazia); A. D. K. Palacin, N.º 111 (dos judeus *sfaradim*); M. I. Bin Gorion, *Der Born Judas,* I, 219 (versão literária judaica).

Um dia, o rei e seu ministro saíram para dar uma volta, disfarçados de civis. Perambularam pelos campos e, de súbito, viram ao longe numa alta colina um velho de longas barbas que envergava uma capa. O homem escrevia notas e depois as atirava fora. O rei soube incontinenti que se tratava de um santo dervixe. — Venha, vamos ver o que está fazendo — sugeriu ao seu ministro.
Ambos se aproximaram do dervixe e o rei perguntou: — Que são tôdas essas notas que você está escrevendo? Por que as atira fora?
— Meu rei — respondeu o dervixe — eu fico aqui sentado, escrevo notas e as jogo fora. Na primeira nota perguntei quem éreis vós e vosso acompanhante e instantâneamente soube que éreis o rei e êste o vosso ministro. Com a segunda nota soube que vos nasceu uma filha na semana passada e que ao mesmo tempo nasceu o filho de uma pobre mulher que mora na cidade próxima. Vossa filha se destina a êste menino e êle será vosso genro, meu rei.
— Nasceu um noivo para minha filha? — caçoou o rei e pediu o enderêço da família para saber se as palavras do dervixe eram verdadeiras. O rei foi informado do local e partiu com seu ministro para encontrá-lo. Finalmente, chegaram a uma casa muito modesta com uma porta de fôlha, quebrada. Do interior vinha uma voz abafada, chorando. Uma pobre mulher abriu a porta.
— *Schalom,* boa mulher — disseram. — Estamos com sêde, cansados, pois fizemos uma longa jornada a pé. Gostaríamos de descansar um pouco. Quer nos dar um pouco d'água, por favor?
Entrementes, deram uma olhada na casa e viram uma criança deitada na palha.
— Quanto tempo tem o bebê, boa mulher? — perguntou o rei.
— Uma semana, senhor, e nada tenho além de suas faixas, para envolvê-lo, por isso o ponho na palha. — A mulher serviu água aos seus hóspedes numa lata e contou-lhes suas privações,

desculpando-se por nada mais ter que lhes oferecer. O rei e seu ministro ficaram perplexos. Seria possível que o marido da filha do rei saísse desta casa e que fôsse um bastardo? — Isto não acontecerá! — exclamou o rei ao seu ministro. — Esta criança não será o destino de minha filha! — Daí ambos tentaram persuadir a mãe a vender-lhe seu bebê.

— Como posso vender meu próprio filho? Minha vida? Sofri tanto por êle — lamentava-se a mulher. Entretanto, os hóspedes insistiram que, com a grande soma de dinheiro que lhe ofereciam, ela poderia viver mais feliz do que com uma criança, sem ter dinheiro para alimentá-la. Ambos com certeza morreriam de fome. Porém, se vendesse o filho, teria provàvelmente mais filhos no futuro. Naturalmente, prometeram que o filho teria uma vida boa e feliz.

Finalmente, a mulher concordou. Os hóspedes entregaram-lhe o dinheiro e partiram com a criança nos braços. No caminho viram um moinho. O rei ordenou ao ministro: — Pegue a criança e atire-a na roda em movimento. — O ministro cumpriu a ordem do rei, mas o bebê ficou pendurado num prego pela faixa e não caiu na roda do moinho.

O moinho parou de trabalhar e o moleiro veio ver o que havia ocorrido. Viu a criança e conseguiu tirá-lo do prego sã e salva. — Vou criá-la e será um arrimo para minha velhice — disse o moleiro consigo mesmo. — É um presente do Todo-poderoso.

Muitos anos se passaram. Um dia, o rei e seu ministro lembraram-se da criança e da profecia do dervixe. — O que acha da criança? — o rei perguntou ao ministro com uma risada triunfante.

— Talvez ainda esteja viva, meu rei. Com a vontade de Deus tudo é possível. Não se pode fugir do destino.

— Que absurdo! Veja o que está dizendo! Não foi você com suas próprias mãos que jogou o bebê na roda do moinho? — perguntou o rei.

Decidiram visitar o moinho. Foram ao local e, oh!, lá, ao lado do moleiro, estava sentado um jovem. Perguntaram ao moleiro: — Quem é êste menino?

— Meu filho — respondeu o moleiro. Conversaram com êle, fizeram-lhe perguntas até que revelou tôda a verdade. — Certo dia, o moinho parou de funcionar. Fui ver o que tinha acontecido e vi um bebê pendurado pela faixa num prego da roda do moinho. Adotei-o como filho, pois sou velho e não tenho filhos meus.

Ambos começaram a persuadir o velho moleiro a vender-lhes o menino por uma grande soma de dinheiro. Finalmente, concordou e foi buscar o rapaz. O rei disse ao ministro: — Desta

vez matá-lo-ei com minhas próprias mãos. Não lhe confiarei a missão.
Os três chegaram a um atalho deserto por onde ninguém passava. O rei sacou a espada e começou a golpear o jovem. Continuou a golpeá-lo até cortar-lhe tôda a carne. — Basta! Basta! — gritou o ministro. — Não deixastes um só osso em seu corpo.
Deixaram o rapaz estendido à beira do caminho e apressaram-se de volta ao palácio.
Um médico famoso estava morando naquela cidade. Por acaso foi chamado aquela noite para uma visita urgente a domicílio. Montou seu cavalo e partiu. Quando chegou a uma encruzilhada, seu cavalo estacou e recusou-se a prosseguir. O médico começou a chicoteá-lo, mas sem resultado. O cavalo não queria arredar pé. O médico pensou consigo mesmo:
— O que poderá ser? Deixarei que o cavalo siga por onde quiser. — O animal tomou o atalho estreito e, oh!, o médico viu prostrado o corpo de um jovem.
O doutor apeou e examinou o jovem, procurando sinais de vida. Depois de examinar o corpo inteiro, encontrou finalmente um nervo pulsando no coração. Animou-se e começou a tratar o nervo que pulsava, esquecendo-se completamente do paciente que saíra para visitar. O tratamento levou muito tempo, mas por fim conseguiu reanimar o rapaz. Então o deitou numa prancha e o levou ao hospital.
O tempo passou e o jovem se restabeleceu. Tornou-se ajudante do médico e viveu com êle como seu filho adotivo. Os dias passaram; anos decorreram. Certo dia o rei e seu ministro lembraram-se da criança e da profecia do dervixe. Com uma risada triunfante, o rei perguntou ao ministro:
— O que acha da criança? Ainda ousa dizer-me que está viva?
O ministro respondeu: — Meu rei! Com a vontade de Deus tudo é possível. Não se pode fugir do destino.
Decidiram ir ao mesmo caminho onde haviam deixado o jovem. Antes de ter decorrido muito tempo chegaram a uma cidade e andaram de um lado para outro, interessando-se por tudo. Num certo ponto viram uma multidão reunida e perguntaram:
— O que está acontecendo?
O povo respondeu: — Um médico excelente mora aqui e vem gente de longe, de todos os lados, para consultá-lo.
O rei e seu ministro afastaram a fila e entraram. E o que viram? Um jovem estava distribuindo números aos pacientes que esperavam, um jovem com as feições do filho do moleiro. Não podiam crer em seus olhos. Viram pontos em sua face e no corpo e constataram que era êle mesmo. Entraram para ver o médico e começaram a conversar e a fazer-lhes perguntas. Ficou bem claro que o jovem era o mesmo infortunado rapaz que

o ministro atirara à roda do moinho e que o rei havia retalhado. O rei e o ministro convenceram o médico a vender-lhes o rapaz por uma grande soma. O soberano então mandou o jovem a um de seus ministros e deu-lhe uma carta lacrada que continha a seguinte ordem escrita pela mão do rei: "Quando êste rapaz chegar, mande matá-lo imediatamente".

O jovem tomou a carta, montou seu cavalo e partiu. Quando chegou a seu destino, encontrou os portões da cidade fechados. Que deveria fazer? Tão infeliz, cansado, faminto e sedento! Amarrou o cavalo, pôs a carta debaixo da cabeça e deitou-se para dormir perto das muralhas da cidade fechada.

Naquela mesma noite, a filha do rei teve um sono agitado e ficou andando pelo quarto sem encontrar repouso. Estava olhando pela sacada e seus olhos pousaram no homem que dormia junto às muralhas da cidade. A lua iluminava-lhe o rosto. Como era belo! "Que está fazendo lá o rapaz? Por que dorme ao relento?", pensou consigo mesma. Repentinamente, observou a carta sob sua cabeça. Chamou suas criadas. — Há alguma entre vocês que esteja disposta a descer por uma corda, aproximar-se do rapaz adormecido, trazer-me a carta que está sob sua cabeça e recolocá-la sem acordá-lo? Se uma de vocês puder fazer isto, libertá-la-ei imediatamente.

Uma serva gritou: — Eu descerei! — E resvalou pela corda, pegou a carta que estava debaixo da cabeça do jovem e trouxe-a à princesa.

A filha do rei leu a carta e ficou muito espantada com seu pai. Que louco! Um rapaz tão bonito! Imagine, querer matá-lo! Imediatamente tomou a carta e colocou outra em seu lugar, com as seguintes palavras: "Quando êste rapaz chegar, leve-o imediatamente à minha filha!" Assinou a carta com o sêlo do rei, lacrou-a com o lacre do rei e pediu à serva que a colocasse sob a cabeça do jovem.

Cedo na manhã seguinte, quando se abriram as portas da cidade, o rapaz foi recebido com alegria. Os habitantes da cidade organizaram um magnífico casamento, digno de um rei.

Durante os três anos que se seguiram, o rei estava na guerra e não visitou a cidade. Nesse ínterim, nasceram três filhos da filha do rei e do rapaz.

Finalmente a guerra terminou e foi ganha. Certo dia chegou uma carta com a notícia de que o rei, seus ministros e seu exército estavam para voltar à cidade para celebrar a vitória. A filha do rei decidiu preparar uma esplêndida recepção. Primeiramente houve uma procissão e à frente, naturalmente, estavam seu marido e os netos do rei. Quando o rei e seus seguidores aproximavam-se da cidade, o rei pediu ao ministro que olhasse com o óculo de longo alcance para ver se os cidadãos tinham saído para lhe dar as boas-vindas. O ministro olhou e exclamou: — Vejo uma grande multidão, mas não é dos nossos! — Depois de alguns instantes, o ministro olhou novamente e exclamou: — Que multidão! — Conforme a procissão chegava mais perto, êle viu três crianças cavalgando na frente, uma de um ano, outra de dois e outra de três anos de idade.

"Quem são essas crianças? Por que elas estão à frente da procissão?", pensaram o rei e seus ministros. Quando os dois grupos estavam face a face, o rei ouviu sua filha dizer ao marido: — Tome a mão de seu sogro e beije-a. — Depois voltou-se para as crianças e disse: — Êste é seu avô, meus filhos.

O vizir, que era o representante do rei em sua ausência, contou a estória da carta que receberam.

— Que carta? O que está querendo dizer? — surpreendeu-se o rei e correu a interrogar sua filha.

Ela relatou tudo o que acontecera e o que tinha feito. O rei disse ao seu ministro: — Agora vejo e compreendo que tudo o que fiz foi inútil. Nada alterou o destino de minha filha ou a profecia do dervixe. Com a vontade de Deus tudo é possível. Não se pode fugir do destino.

O rei abraçou sua filha e nomeou o genro seu herdeiro.

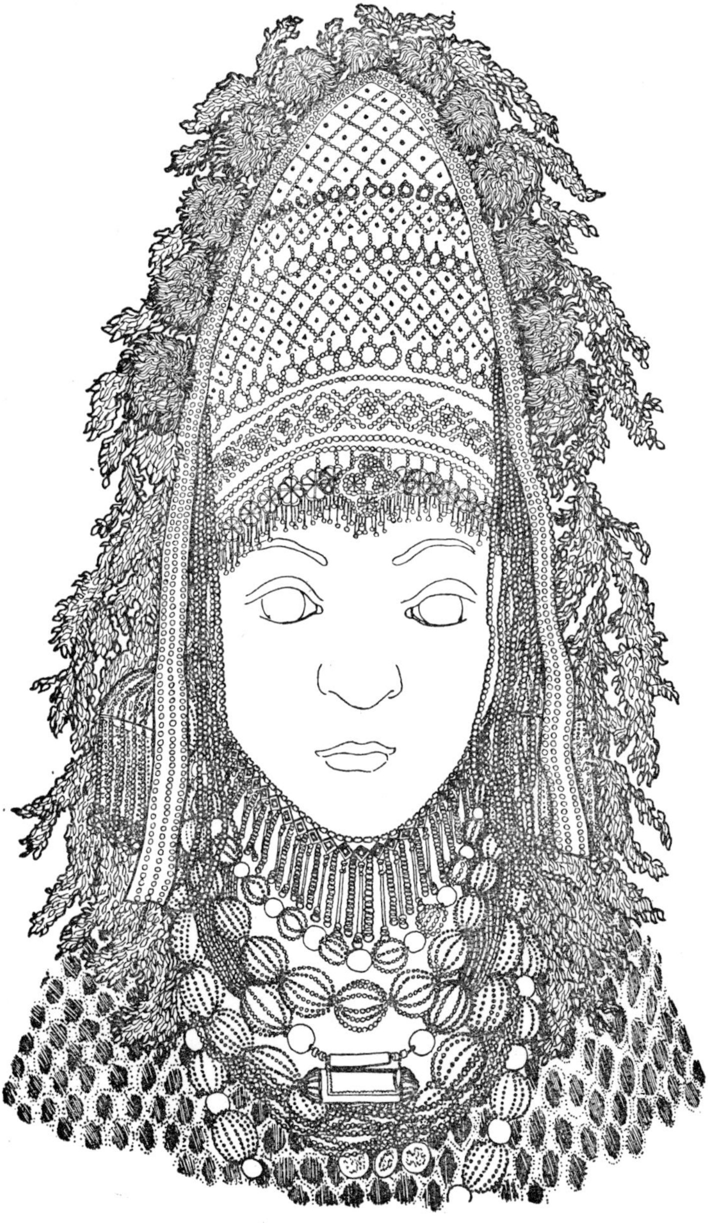

noiva iemenita

50. A CAIXA DE OSSOS

ACI 422. Coligido em 1958 por Ozer Pipe, membro da colônia coletiva Gat, de David Fischbein, de cinqüenta anos de idade, de Sokolov, Polônia, que veio para Israel de São Paulo, Brasil, onde viveu por sete anos depois da Segunda Guerra Mundial.

O texto combina o Tipo 506, *A Princesa Resgatada,* episódios I, "O Homem Morto Agradecido", e V, "A Divisão em Metades", e o Tipo 507C, *A Donzela Serpente.* Quanto a analogias da Palestina árabe desta combinação, veja-se H. Schmidt--P. Kahle, I, 85-99, e para uma versão árabe do Baixo Eufrates, veja-se C. G. Campbell, *Tales from the Arab Tribes,* p. 11. Versões judaicas são dadas em A. S. Rappoport, *The Folklore of the Jews,* pp. 132-136; M. Gaster, *Studies and Texts,* II, 1071-1075. Uma extensa bibliografia de versões hebraicas e européias pode ser encontrada em M. Gaster, *The Exempla of the Rabbis,* N.º 334, 439, 440; e cf. J. Bolte-G. Polívka, III, 494. Duas monografias foram dedicadas a êste complexo de contos: G. H. Gerould, *The Grateful Dead* (Londres, 1908); e S. Liljeblad, *Die Tobiasgeschichte und andere Märchen mit Toten Helfen* (Lund, 1927). O apócrifo *Livro de Tobit,* escrito entre os séculos IV e II a. C., era o primeiro tratamento literário hebraico de semelhante tipo de conto.

Vejam-se igualmente M. Grunwald, N.º 17 (texto judaico *sfaradi*), E. S. Druzhinina, *Contos Populares Curdos,* N.º 10 (curdo), e M. N. Kabirov-V. F. Shahmatov, N.º 26 (uigur).

Era uma vez um casal muito rico. Tinham um filho único que não era muito inteligente. Quando êle cresceu, a mãe pediu ao marido, que era comerciante, que procurasse um negócio para o rapaz.

— Bem — concordou o marido e mandou o filho a uma feira numa das cidades perto da capital. Chegando à feira, o filho viu alguém vendendo gaitas; as crianças se apinhavam ao redor do vendedor de gaitas, arrancando-as de suas mãos, tão ansiosas estavam para comprá-las. O filho disse em seu coração: "Comprarei uma caixa cheia de gaitas e na volta para casa farei uma fortuna". Então, comprou uma caixa de gaitas e voltou para casa. Quando abriu a caixa, o que encontrou? Tôdas as gaitas estavam quebradas.

Seu pai, o comerciante, disse à espôsa: — Eu sabia que isso aconteceria.

Agora deixemos o rico comerciante, sua espôsa e seu filho e vamos a outro lugar onde um judeu vivia numa herdade arrendada de um senhor gentio. Êste judeu perdeu uma grande soma em negócios e ainda tinha uma grande dívida a ajustar com o proprietário da terra. Que fêz o proprietário? Resolveu trancafiar o judeu num armazém e deixá-lo definhar até a morte, se continuasse recusando-se a pagar a dívida. O judeu morreu no cativeiro e então o dono da terra juntou seus ossos numa caixa e ordenou a um de seus servos que a vendesse na feira.

Entrementes, a espôsa do rico comerciante mais uma vez pediu ao marido para encaminhar o filho nos negócios. Outra vez, o pai não deu atenção à sua súplica. Mas o que não se faz pela paz na família? O pai concordou e o filho de nôvo foi enviado à feira. Andou de lá para cá e viu um camponês apregoando suas mercadorias em alta voz: — Uma caixa de ossos judeus para vender! Uma caixa de ossos judeus para vender!

Naturalmente, eram êsses os ossos do pobre judeu lavrador que havia morrido no cativeiro. O rapaz não pensou duas vêzes e comprou os ossos. Com o auxílio da sociedade funerária levou os ossos a um cemitério judaico e os enterrou lá. Depois voltou para casa, dizendo a seu pai: — Fiz uma boa ação. Comprei ossos judeus e os enterrei no cemitério judaico.

Aquela noite, num sonho, um homem apareceu ao rico comerciante e ordenou-lhe: — Se quiser que seu filho vença, faça como lhe digo. Lave as mãos quando acordar pela manhã e depois saia de casa. Sugira ao primeiro judeu que encontrar no caminho que se torne sócio de seu filho e que vá com êle à feira. Verá que próspera sociedade será essa.

De manhã, o pai levantou-se com o coração leve e disse consigo mesmo: "Sonhos são enganadores".

Entretanto, o mesmo homem apareceu-lhe mais uma vez na noite seguinte durante o sono e na terceira noite também. Na

outra manhã, o comerciante procedeu conforme o homem no sonho o aconselhara. Lavou as mãos e depois saiu de casa. E, oh!, viu um judeu de cajado na mão e saco nos ombros. Aproximou-se dêle: — Para onde vai?
— À feira.
— Por que deve ir a pé? — perguntou o comerciante. — Seja sócio de meu filho e terá uma carroça puxada por cavalos. Será melhor para ambos.

O feirante concordou. E assim foi feito. Os cavalos foram atrelados à carroça e os dois sócios dirigiram-se à feira com os outros mercadores. Foram seguindo até que se encontraram numa densa floresta. Então o filho do comerciante e seu sócio deixaram os outros e seguiram até encontrar uma vigorosa árvore. Lá pararam e o sócio desceu da carroça, dizendo ao filho do comerciante: — Espere aqui até eu voltar. — Depois se afastou na direção de uma casinha. Aproximou-se dela e, olhando através de uma fresta das paredes, viu ladrões ocupados lá dentro. Num dos cantos havia mãos, pernas e cabeças, bem como prata e pedras preciosas empilhadas.

Entrou em casa e disse: — Sou do mesmo ramo que vocês. Sejamos sócios. Os comerciantes, que estão a caminho daqui, têm consigo ricos tesouros de ouro. Se me mandarem seus homens de um em um, poderemos nos livrar de todos os comerciantes.

Um a um, os ladrões foram a êle e cada um por sua vez, o sócio decapitou-os. Depois voltou ao filho do comerciante dizendo: — Agora partamos!

Dirigiram-se à cova dos ladrões, encheram um jarro de ouro e pedras preciosas e seguiram seu caminho.

Nesse entretempo, aproximava-se o *schabat* e chegaram a uma hospedaria de propriedade de um judeu. Lá pediram ao estalajadeiro para acomodá-los aquela noite.

— Não tenho comida — o estalajadeiro informou-os.

— Tome três rublos e prepare tudo para o *schabat* — propuseram os sócios.

Assim ficaram com o judeu. Na sexta-feira à noite, quando se sentaram para a ceia, viram que o hospedeiro estava servindo comida a uma mão estendida através de uma porta entreaberta. E assim aconteceu em tôdas as refeições. Não é costume fazer perguntas no *schabat,* por isso ficaram calados; mas, no sábado à noite, perguntaram ao estalajadeiro: — Diga-nos, por favor, de quem era aquela mão estendida para receber comida nas horas das refeições?

O hospedeiro respondeu: — Mesmo que vocês encham minha casa de prata e de ouro, jamais revelarei êste segrêdo.

Êles porém não pararam de perguntar e tanto insistiram que o homem respondeu: — Trata-se de minha filha. Por três vêzes ela se casou e em cada noite de núpcias seu marido morreu.
O sócio interpôs: — Não tem importância; tenho um marido para sua filha.
— O que está dizendo? Êle por certo morrerá! — exclamou o estalajadeiro assustado.
— Não se preocupe. Nada lhe acontecerá — replicou o sócio e continuou repetindo sua proposta até que o estalajadeiro concordou com o casamento de sua filha com o filho do comerciante.
Fixaram uma data para as bodas e, quando esta se aproximou, o estalajadeiro disse à mulher: — Compre velas porque em breve haverá outra morte nesta casa. — A espôsa comprou velas e ambos começaram a lamentar a morte que estava para chegar.
Após a cerimônia do casamento, o sócio disse ao filho do comerciante: — Agora é hora de nos separarmos e de dividirmos tudo o que possuímos. — Então, começaram a dividir seus tesouros: — Um anel para você e um anel para mim, prata para você e prata para mim, ouro para você e ouro para mim. — Assim prosseguiram até que tudo ficou partilhado entre êles.
Então o sócio disse: — Agora vamos dividir sua noiva, metade para mim e metade para você.
— Como poderemos fazê-lo? — gritou o filho do comerciante.
— Como se pode dividir uma mulher em duas? Ou eu pago a você sua parte ou você fica com ela para você!
Mas o sócio não concordou. — Vamos cortá-la em duas partes — insistiu. Então amarrou a môça numa árvore, sacou uma faca reluzente e aprontou-se para dividi-la. Mas, antes que tivesse tempo de fazê-lo, uma grande cobra assustada saltou fora da bôca da môça e o sócio cortou-a em pedaços.
Pela manhã, os pais da noiva foram tomados de júbilo quando viram a filha sã e salva. No mesmo dia, o sócio aproximou-se do filho do comerciante e disse-lhe: — Vá para casa e viva uma vida de satisfação e felicidade. E diga a seu pai que seu sócio não é outro senão o judeu que lhe apareceu três vêzes em sonhos. E que êle é o mesmo judeu cujos ossos você comprou e enterrou no cemitério judaico. Assim retribuí a você sua boa ação.
O sócio terminou de falar e desapareceu.

51. A RAINHA QUE ERA FEITICEIRA

ACI 6. Coligido por Elischeva Schoenfeld, em Afula, em 1956, de Mordehai "Marko" Litsi, comerciante, nascido em Adrianopla, Turquia, e criado em Salonica, Grécia.

Êste texto pertence ao Tipo 449: *O Cachorro do Tzar (Sidi Numan)*. Oito variantes turcas do Tipo 449 figuram em W. Eberhard-P. N. Boratav, N.º 204, "Die Geschichte des Sinan Pascha (III)". Os Motivos D141, "Transformação: homem em cachorro", D154.1, "Transformação: homem em pomba", D132, "Transformação: homem em asno", e D766.1, "Desencantamento por banho (imersão) em água", são bem conhecidos nos contos populares judeus do Mediterrâneo. O negro como amante é reminiscência do escravo prêto das *Mil e Uma Noites*. Cf. W. Eberhard-P. N. Boratav, Index, s. v. "Neger", p. 471. Um conto semelhante, originário de Ossétia (área do Cáucaso), vem registrado em A. H. Bjazirov, N.º 10.

Muitos anos atrás, viveu um rei que era amado por todo o seu povo. Uma coisa o intrigava: tôdas as noites sua espôsa ficava doente, ao passo que durante o dia estava sempre boa. Naquele tempo era costume o rei pedir permissão à rainha para aproximar-se dela. Porém a rainha estava sempre doente à noite.

O rei desejava informar-se melhor a respeito da enfermidade da espôsa. Assim, uma noite cedo, êle foi furtivamente ao quarto dela e postou-se diante da porta. Viu-a sair do quarto sem fazer ruído, tomar seu cavalo branco no pátio e depois cavalgar para fora da cidade. O rei decidiu segui-la. Dentro em pouco, chegou a um campo aberto onde ela parou em frente de uma grande pedra e apeou-se do cavalo. Pronunciou uma palavra numa entonação de voz especial e, olhe!, a pedra rolou para o lado, revelando uma porta. A rainha passou por ela e desapareceu debaixo do solo. O rei a seguiu, tomando cuidado para não ser visto. Repentinamente, chegaram a um magnífico palácio. A rainha entrou no primeiro saguão e um negro aproximou-se dela. Ambos se abraçaram, beijaram-se e acariciaram-se. Depois a rainha voltou ao palácio. Naquele momento o rei saltou fora de seu esconderijo, desembainhou sua espada e decapitou o negro. Depois levou a cabeça do negro ao palácio, colocou-a num prato e pela manhã levou-a ao quarto da rainha.

Quando a rainha viu a cabeça do amante, picou o rei com um alfinête, dizendo: — Seja um cachorro de agora em diante! — Imediatamente o rei foi transformado num cachorro e a rainha ordenou a seus guardas que o atirassem na rua.

O dia inteiro o cão vagueou pelas ruas sem encontrar alimento. Transeuntes ficaram com pena dêle e lhe atiraram migalhas, mas o cão estava acostumado com alimento limpo servido num prato e assim começou a sentir fome e cansaço. À noite, achou-se diante do armazém de um comerciante de cereais. Naquele momento justamente, o filho do comerciante saiu à rua e, sentindo piedade do cão faminto, deu-lhe uma fatia de pão. O cão começou a mostrar sinais de afeição pelo menino e êste o levou para casa e cuidou dêle.

Certo dia o comerciante perguntou ao filho: — Onde está todo o dinheiro que você está ganhando na loja? Você está gastando em comida para o cachorro? Isso é uma grande tolice! Seria melhor você mandar embora o cachorro e gastar seu dinheiro em coisa mais útil.

Quando o cachorro ouviu as palavras do comerciante, começou a pular para cima e para baixo de uma prateleira. O comerciante pôs-se a imaginar o que êle queria. Uma caixa repleta de moedas foi o que viu na prateleira e constatou tratar-se do dinheiro de seu filho. Então o cachorro continuou vivendo na casa do comerciante de cereais.

O comerciante também tinha uma filha. Um dia, ela voltou da escola com um papel que relatava o desaparecimento do rei, cujo paradeiro era desconhecido. O comerciante e seus filhos há muito se maravilhavam com a inteligência fora do comum do cachorro e com seu gôsto pela limpeza. Repentinamente, a filha exclamou: — Eu sei! O cachorro não é outro senão o rei! Vamos levá-lo e devolvê-lo ao palácio. — Ela preparou um banho quente e esfregou o cachorro com sabão e aí, antes mesmo que ela tivesse terminado de lavá-lo, o próprio rei estava diante dela. Êle abraçou a menina e voltou para o palácio, levando no coração um grande ódio pela rainha.

A rainha já sabia dêsses acontecimentos. Tomou diversas qualidades de ervas e queimou-as, levantando assim uma espêssa fumaça que foi carregada pelo vento ao rosto do rei que voltava. No momento em que respirou tal fumaça, esqueceu o rancor e, com um coração feliz e despreocupado, aproximou-se da rainha.

Mas, ai!, de repente, viu a cabeça do negro no armário e gritou irado: — O negro ainda está aqui?

A rainha novamente picou o rosto do rei com um alfinête, dizendo: — Seja um pombo de agora em diante!

O rei transformou-se num pombo e voou para a casa de seu amigo, o comerciante, e seus filhos. Afortunadamente para êle, quando chegou, a filha estava lavando roupa. O pombo mergulhou na água quente com sabão e mais uma vez voltou à sua forma real e então a menina deu-lhe um alfinête dizendo: — Pique sua espôsa com êste alfinête e transforme-a em qualquer animal que deseje.

O rei agradeceu-lhe, tomou o alfinête e voltou ao palácio. Foi diretamente ao quarto da rainha, picou-a com o alfinête e disse: — Seja um burro de agora em diante! — E assim aconteceu. A rainha transformou-se numa mula e foi posta no estábulo pelos guardas.

Um dia, o rei chamou seu construtor-chefe e ordenou-lhe: — Construa-me outro palácio naquela colina do lado oposto ao meu palácio. Sei que é difícil carregar materiais de construção àquela altura, mas esta mula o auxiliará. Ela é muito forte e carregará todo o material que necessitar até o alto da colina.

Assim, a mula fazia todo o trabalho pesado. Depois de alguns meses, não mais podia suster-se de pé e finalmente caiu e morreu.

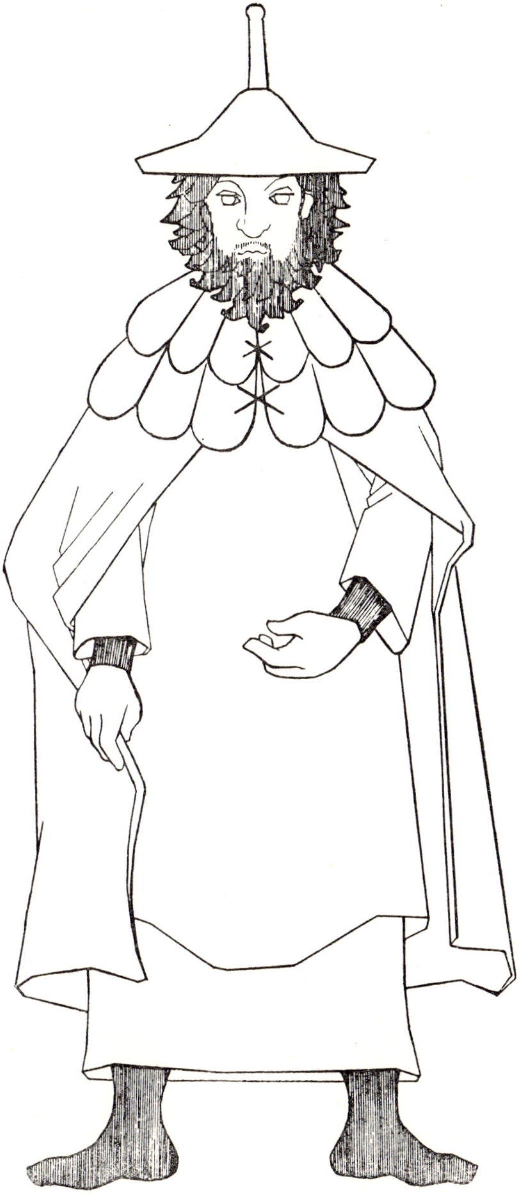

trovador da idade média

52. A ÚNICA FILHA DE NOÉ, O JUSTO

ACI 660. Coligido por Sara Ilani, professôra de jardim de infância, como o ouviu de mulher judia *sfaradi*.

O Motivo A1371.3, "Mulheres más transformadas de porcas e gansas", encontra em J. Balys, *Motif-Index of Lithuanian Narrative Folk-Lore,* N.º 411 (*As Três Noivas*: *a Môça, a Porca e a Égua*), um paralelo próximo. Outras versões, coletadas entre os árabes palestinianos, vêm registradas em J. E. Hanauer, *The Folk-Lore of the Holy Land,* pp. 16-17, e Abu Naaman, *A Caminho da Terra de Felicidade,* N.º 20 (hebraico). O motivo geral mais importante aqui é "Testes de pretendente" (H310-H359), por exemplo, H359.2, "Teste de pretendente: roçar terra". Compareçem igualmente nesta estória os Motivos B651.4, "Casamento com cachorro em forma humana", D332.1, "Transformação: asno (jumento) em pessoa", e D341.1, "Transformação: cadelas em mulheres".

Adão e Maomé substituem a Noé em outras versões ACI registradas desta lenda popular.

Noé, o Justo, tinha três filhos e uma única filha que era renomada por sua beleza, sabedoria e bondade. Em todo o mundo não havia outra igual. Pretendentes vinham dos quatro cantos da terra para pedir sua mão em casamento.

Certo dia, Noé estava de pé à soleira de sua tenda e viu um belo rapaz vindo do leste, montado em um cavalo branco. Desmontou e disse: — Noé, o Justo! Ouvi muito falar de tua bela filha, de sua sabedoria e bondade e peço sua mão em casamento.
O Justo respondeu: — Meu filho, já plantaste tua vinha?
O jovem ficou em silêncio e Noé continuou: — Não é costume no nosso lugar casar uma filha com um homem que ainda não plantou sua vinha. Planta a tua vinha e depois volta, que tornaremos a falar sôbre o caso.
O jovem saltou sôbre seu cavalo branco e cavalgou para leste. E guardou em seu coração as palavras do Justo.
Um dia, Noé estava de pé à soleira de sua tenda e viu um belo rapaz vindo do oeste, montado em um cavalo prêto. Desmontou e disse: — Noé, o Justo! Ouvi tanto falar em tua bela filha, em sua sabedoria e bondade que desejo torná-la minha espôsa.
O Justo perguntou: — Dize-me, meu filho. Já plantaste a tua vinha?
— Sim, ó Justo! — disse o homem. — Minha vinha já está plantada.
Noé inquiriu: — Dize-me, meu filho, já construíste tua casa para morar?
O rapaz ficou quieto e não respondeu. Noé continuou: — Não é costume em nosso lugar casar uma filha com um homem que ainda não tenha construído sua casa. Constrói a tua casa, depois volta que conversaremos sôbre isso novamente.
O môço saltou sôbre o cavalo prêto e cavalgou em direção oeste. E as palavras do Justo ficaram guardadas em seu coração.
Certo dia, Noé estava de pé à soleira de sua tenda e viu um belo mancebo vindo do sul, montado em um cavalo castanho. Desmontou e disse: — Ó Justo! Tenho ouvido falar tanto em tua bela filha, em sua sabedoria e bondade que gostaria de ser um muito humilde membro de tua família.
Noé perguntou-lhe: — Dize-me, meu filho. Já plantaste a tua vinha?
— Sim, ó Justo! Minha vinha está plantada.
Noé continuou a perguntar: — Meu filho, já construíste a tua casa?
— Sim — respondeu o rapaz — construí minha casa.
Noé ficou satisfeito com o môço e deu-lhe a filha em casamento. Grande foi a alegria que durou sete dias e sete noites. E no oitavo dia o rapaz acomodou a filha de Noé no seu cavalo castanho e cavalgou para sua casa no sul.
Certo dia, Noé estava de pé à soleira de sua tenda e viu chegando de leste o jovem no cavalo branco, que trazia as seguintes

boas-novas: — Minha vinha está plantada e minha casa está construída.

Noé lamentou não ter outra filha e não poder cumprir sua promessa. De repente, viu que a mula fora de sua tenda fôra transformada numa linda mulher. Compreendeu que o Todo-poderoso não queria que o Justo ficasse triste e a transformação era um sinal do céu. Então Noé deu ao rapaz a linda mulher. Grande foi o regozijo que durou sete dias e sete noites. E no oitavo dia o môço acomodou a noiva no cavalo branco e partiu para sua casa no leste.

Certo dia, Noé estava de pé à soleira de sua tenda e viu chegando do oeste o belo mancebo no cavalo prêto, que trazia as seguintes boas-novas: — Minha vinha está plantada e minha casa está construída.

Noé lamentou não ter uma filha para dar ao rapaz e não podia manter sua promessa. De súbito viu que a cadela fora de sua tenda fôra transformada numa linda mulher. Compreendeu que o Todo-poderoso não queria que o Justo ficasse triste e enviara um sinal do céu. Então Noé deu a linda mulher ao rapaz. Grande foi a alegria, que durou sete dias e sete noites e no oitavo dia o rapaz acomodou a espôsa em seu cavalo prêto e partiu para sua casa no oeste.

E desde aquêle tempo até os nossos dias, tem havido três espécies de mulheres. Há mulheres obtusas, preguiçosas e teimosas, como uma mula; para elas é bom o chicote. Há mulheres más, briguentas e gritalhonas como uma cadela; para elas uma vara vai bem. Porém, feliz é o homem que é abençoado com uma mulher sábia, silenciosa e trabalhadora. Esta é a verdadeira filha de Noé, o Justo.

HERÓIS E HEROÍNAS

53. QUEM CUROU A PRINCESA?

ACI 464. Coligido por Mosche Kaplan, como o ouviu de um rabi polonês.

Tipo 635A: *A Coisa Mais Rara do Mundo*. Quanto a outros contos judaicos em que aparece o mesmo Motivo H346, "Princesa dada a homem que pode curá-la", vejam-se M. Gaster, *The Exempla of the Rabbis,* N.º 330; Gaster (ed.), *Ma'aseh Book,* N.º 224; e A. D. L. Palacin, N.º 129. O Tipo 653A veio para o Nôvo Mundo nas tradições espanholas e negras. Quarenta exemplos turcos do Tipo 653, o conto afim de *Os Quatro Irmãos Espertos,* são citados em W. Eberhard-P. N. Boratav, N.º 291, "Das geheilte Mädchen". Vejam-se igualmente A. H. Bjazirov, N.º 14 (de Ossétia); E. S. Druzhinina, N.º 10 (do Curdistão); e M. I. Shewerdin, Vol. I, N.º 54 (do Usbequistão).

Três variantes curtas muito contadas pelos negros Gula são dadas por E. C. Parsons em *Folk-Lore of the Sea Islands, South Carolina* (Memoirs of the American Folklore Society, XVI [1923], N.º 66 ("Trackwell, Divewell, Breathewell"), pp. 75-76. Em sua introdução (p. xvii), Parsons analisa contos análogos dos africanos e o caráter dessa estória.

Há muitos anos atrás viviam três irmãos, cujo pai faleceu, deixando-os pràticamente na miséria. Êles não tinham meios de vida, portanto, decidiram sair pelo vasto mundo, cada qual por um caminho diferente, para se encontrarem outra vez após dez anos, cada qual trazendo consigo algo valioso adquirido durante suas viagens.

Os irmãos partiram, e cada um dirigiu-se para um canto diferente do mundo. O irmão mais velho foi para a América, e, após perambular por algum tempo, estabeleceu-se nos Estados Unidos. Havia um grande desenvolvimento na tecnologia e na indústria por essa época, portanto, após fazer isto, aquilo e aquilo outro, êsse irmão começou a construir aviões. Finalmente, conseguiu produzir um pequeno e veloz avião de três passageiros capaz de elevar-se até as nuvens a alta velocidade.

O segundo irmão foi para a Ásia. Sofreu muita miséria e infortúnios e então alcançou a Índia. Vagueou entre diversas tribos, familiarizando-se com os seus modos de vida e linguagens, mas nunca conseguiu ganhar-lhes a amizade. Ficou em companhia de magos e faquires, e foi assim que certa vez encontrou um faquir que possuía algo realmente raro: um espelho mágico que revelava o que estava acontecendo em países distantes. Como êsse irmão rogou e pediu ao faquir por êsse espelho! Quantos presentes ofereceu em troca! Então, finalmente, o faquir resolveu atender ao pedido dêsse irmão, e o espelho mágico passou às suas mãos.

O irmão mais nôvo foi para a África e vagueou por todo canto do Continente Negro até ficar completamente bronzeado. Onde quer que fôsse, conquistava a amizade das tribos selvagens e semi-selvagens. Aprendeu seus idiomas e sentia-se como um dêles. Certa vez chegou a um lugar isolado, habitado por uma tribo selvagem e conseguiu ganhar a confiança e a amizade do chefe. Um dia encontrou uma estranha macieira, como nunca vira antes. Os homens da tribo guardavam essa árvore de dia e de noite e não permitiam que ninguém, nem mesmo seus próprios camaradas, dela se aproximassem. O irmão mais nôvo começou a imaginar qual não seria o valor dessa árvore e por que estaria ela tão cuidadosamente guardada. Finalmente chegou a seus ouvidos que era uma árvore excepcional e a única da espécie em tôda a África. Qualquer pessoa que estivesse doente e provasse maçãs dessa árvore, curava-se imediatamente, e ficava imune a qualquer doença.

Êsse irmão começou a procurar um meio de arrancar uma dessas maçãs raras da árvore, mas tôdas as tramóias e estratagemas não alcançavam sucesso. Certa vez conseguiu arranjar uma corrente de contas coloridas, mostrando-a ao guarda-chefe, que começou a examinar o colar. O outro vigia também não conseguia desviar os olhos das contas, e enquanto êles as contemplavam, o terceiro irmão aproveitou a oportunidade e arrancou uma maçã da árvore, escondendo-a entre os seus pertences. Então êle se foi, deixando as contas com um dos guardas.

Quando já estava bem longe, viu que já não havia o menor perigo e lembrou-se de que estava chegando o dia do encontro com seus irmãos, e partiu então para o lugar marcado.

Os três irmãos cumprimentaram-se com calor e afeição, pois dez longos anos se haviam escoado desde a última vez em que se tinham visto. Um a um, relataram suas aventuras e mostraram seus tesouros: o veloz aeroplano, o espelho mágico e a maçã milagrosa. Cada um gabava-se de que sua propriedade era sem-par, e finalmente decidiram pôr à prova os três tesouros para ver qual dêles era o melhor.

O segundo irmão olhou através do espelho mágico e, na capital de um país distante, viu grande confusão no palácio do rei. Médicos corriam para cá e para lá, e todo mundo denotava muita tristeza. A única filha do rei estava muito doente e o pai se achava desesperado. Êle pedia aos médicos que fizessem o possível para salvá-la, mas era algo que escapava ao alcance dêles.

O irmão mais velho sugeriu, então, que se dirigissem em seu avião para o reino distante a fim de curar a filha do rei com a preciosa maçã. E assim os três irmãos logo se encontravam no ar, voando em socorro da princesa enfêrma. Após algumas horas, atingiram a capital. Assim que chegaram, foram ao palácio do rei e anunciaram: — Nós temos o poder de salvar a filha do rei.

O rei advertiu-os: — Se vocês não cumprirem a promessa, serão enforcados. Entretanto, se conseguirem curar a minha filha, eu a darei a um de vocês em casamento e o escolhido herdará o meu trono, enquanto seus irmãos lhe servirão de ministros.

O irmão mais nôvo dirigiu-se à princesa doente e deu-lhe a maçã para que a mordesse. Ela sentiu-se melhor imediatamente e, passada uma hora, começou até a falar. Imaginem a excitação do rei ao ouvir sua voz! Depois de poucas horas, ela se sentou na cama e pediu comida. À noite, levantou-se do leito e no dia seguinte estava sã e salva. O contentamento do rei e de seus ministros não teve limites. O rei proclamou que cumpriria a promessa feita aos três irmãos, e organizou uma magnífica recepção em sua honra. Então, dirigiu-se à filha e disse-lhe que escolhesse um marido entre os irmãos, segundo a vontade de seu coração. Mas cada irmão era tão bonito, forte e inteligente que ela não conseguia se decidir por nenhum. Então propôs que os irmãos resolvessem entre si. Êles começaram a discutir o caso em conjunto e cada um estava ávido para ganhar a linda filha do rei. O filho mais velho disse: — Se não

fôsse pelo meu avião, nunca teríamos alcançado a capital em tempo, e de que serviria então a maçã milagrosa se tivéssemos chegado tarde demais?
O segundo irmão alegou: — Sem o meu espelho mágico, nada saberíamos da princesa e de sua doença.
O irmão mais nôvo protestou: — Sem a minha maçã, a princesa jamais seria curada; nem o veloz aeroplano, nem o espelho mágico poderiam ajudá-la.
Os irmãos não puderam decidir quem devia ser o escolhido, e foram ao rei pedir-lhe que fizesse a escolha. O rei ouviu a estória dos três e tampouco foi capaz de firmar uma decisão, portanto, recorreu a seu conselheiro judeu, conhecido em todo o país pela grande sabedoria. O conselheiro ouviu a estória e, voltando-se para o irmão mais velho, disse: — Ficou faltando alguma coisa em seu avião após a viagem?
— Não — respondeu o irmão mais velho. O conselheiro fêz a mesma pergunta ao segundo irmão. Mas outra vez a resposta foi: — Não, meu espelho permanece intato.
Finalmente, o conselheiro fêz ao irmão mais nôvo a mesma pergunta.
— Sim, uma porção de maçã está faltando, o pedaço que a princesa comeu.
— Nesse caso, o grande prêmio é devido a você — declarou o conselheiro.
O rei, sua filha, a princesa, e os três irmãos concordaram com a decisão do conselheiro, achando-a justa. Um esplêndido casamento foi celebrado e houve alegria e felicidade no reino. O nôvo rei nomeou seus dois irmãos ministros de confiança, e êles escolheram noivas da família real.
Estórias das façanhas dos irmãos em diversos continentes, de suas maravilhosas propriedades, e da sabedoria do conselheiro judeu são contadas de geração em geração até os nossos dias.

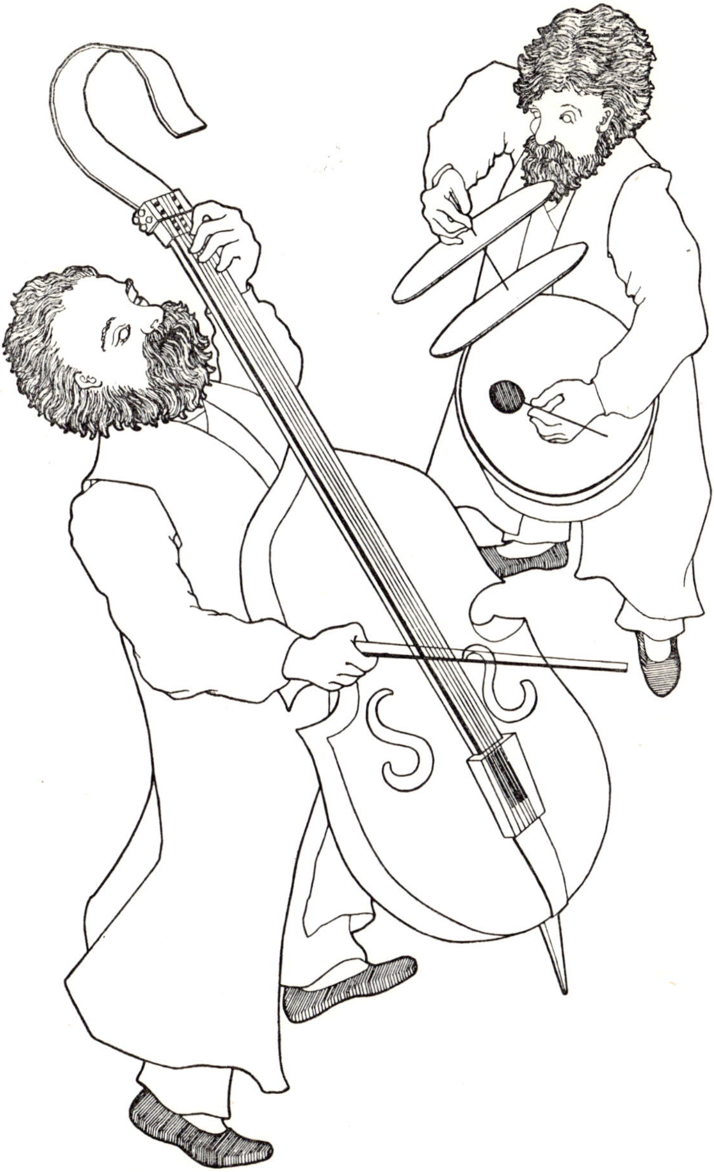

músicos

54. O CAÇADOR E A BELA FILHA DO REI

ACI 56. Coligido por Elischeva Schoenfeld, em Afula, em 1956, de Aaron Tsadok, negociante, nascido em Radna, Iêmen Central.

Tipo 513C, *O Filho do Caçador,* um pouco ampliado e alterado de seu arquétipo. Muitos motivos (por exemplo, o *sched,* um demônio com orelhas compridas) são locais e indicam uma forma local arábica do conto. Êste tipo de conto é registrado sòmente nas áreas culturais mediterrâneas e muçulmanas. Veja-se M. I. Shewerdin, Vol. II, N.º 75 (Ásia Central), e C. G. Campbell, *Told in the Market Place,* pp. 48-57.

Há muitos anos atrás, vivia um caçador e sua espôsa. Êles não tiveram filhos e isso os deixava muito tristes, pois já estavam ficando velhos. Certo dia, apareceu um adivinho e êles lhe falaram de sua desgraça. Êste lhes disse: — No devido tempo, nascerá uma criança para alegrá-los.

— Mas nós somos velhos — disse o caçador admirado. — Minha mulher já não pode dar à luz e eu não posso mais gerar um filho.

— Na verdade, vocês gerarão um filho — disse o adivinho. — Apenas uma coisa: nunca lhe contem qual o ofício de seu pai, ou muitos dissabores cairão sôbre êle. — O adivinho acabou de falar ao caçador e sua espôsa e desapareceu de vista.

No devido tempo, nasceu-lhes um filho. Os velhos ficaram muito felizes e criaram-no com amor. Nunca lhe revelaram qual era a profissão do pai.

O filho cresceu e após algum tempo seu pai morreu. Certo dia, êle perguntou à mãe: — Diga-me, mãe, o que fazia meu pai? Qual era o seu ofício?

— Seu pai era lenhador, meu filho — respondeu a mãe.

O filho levantou-se, colocou um machado nos ombros e foi para a floresta derrubar árvores. Logo descobriu que o trabalho não o atraía e que não tinha fôrça suficiente para realizá-lo. Um dia, sentou-se à beira do caminho e chorou lágrimas amargas. Um homem passou, viu-o soluçando e disse: — O que há, meu filho? Por que está soluçando?

O jovem respondeu: — Meu pai foi lenhador, no entanto êsse trabalho não me satisfaz, e nem sequer tenho fôrça para realizá-lo. Por isso estou chorando.

— Seu pai não era lenhador, era caçador — disse o passante — e é por isso que você não sente prazer em cortar árvores. Vá para casa e atormente sua mãe até que ela o amaldiçoe, então você verá que eu lhe disse a verdade.

O rapaz foi para casa e começou a atormentar sua mãe até que ela lhe disse: — Caçador, filho de caçador! Por que você me irrita? — E continuou a falar sem atentar às palavras que proferia. Assim o jovem veio a saber que seu pai era um caçador e que as palavras do homem da floresta eram verídicas. Depois disso, o menino pegou um arco e uma flecha e saiu para caçar.

Um dia, pegou um pássaro de ouro na floresta e pensou consigo: "Que pena matar um pássaro tão bonito; vou vendê-lo". Desconhecia o valor da ave, portanto foi ao mercado e ofereceu-a à venda numa loja. O dono da loja possuía bastante dinheiro para comprar o pássaro e o menino foi a uma segunda loja e depois a uma terceira. Ouvia sempre a mesma resposta:

— Não temos dinheiro suficiente. — Finalmente, resolveu levar o pássaro para casa. Por êsse tempo, rumôres sôbre o pássaro de ouro haviam corrido o reino e chegado também aos ouvidos do vizir do sultão, um judeu cego. Êle se apresentou ao sultão e disse: — Vossa Majestade, muitos tesouros estão em vossos cofres, mas há uma coisa que falta: um pássaro de ouro.

O sultão perguntou-lhe: — Onde posso achar tal pássaro? — O vizir respondeu: — Em sua cidade vive um caçador e êle possui semelhante pássaro.

O sultão ordenou ao caçador que viesse à sua presença e, quando êste chegou, o sultão lhe disse: — Ouvi dizer que você possui um pássaro de ouro. Traga-o para mim e eu lhe darei o devido; se não o fizer, você será decapitado. — O caçador pensou por um momento e então pediu o prazo de um dia a fim de readquirir a ave de um comprador. O sultão aquiesceu e, no dia seguinte, o caçador trouxe o pássaro ao palácio; o sultão pesou-o, pagando ao caçador o pêso em ouro.

Depois de alguns dias, o vizir mais uma vez se apresentou diante do sultão. — Vossa Majestade — começou êle — vós tendes tudo em vossos cofres, exceto o vaso de Deus. — Também dessa vez o sultão prestou muita atenção às palavras do vizir e perguntou-lhe: — Quem poderá achar tal vaso?

— Ninguém, exceto o caçador que trouxe o pássaro de ouro aqui — respondeu o vizir.

Pela segunda vez o sultão ordenou ao vizir que mandasse buscar o caçador. À sua chegada, o sultão lhe disse: — Ouvi dizer que você possui o vaso de Deus. Traga-mo e eu lhe pagarei o devido; caso contrário, você será decapitado. — O caçador pediu para pensar algum tempo e disse: — Dentro de três dias eu vos trarei uma resposta. — O sultão concordou, e o caçador foi para o deserto. Quando anoiteceu, fêz a cama ao pé de uma grande montanha, junto à entrada de uma caverna. À meia-noite, o caçador acordou e viu diante de si um *sched* de longas orelhas. Uma orelha lhe servia de colchão e a outra, de cobertor. Êle desafiou o caçador para um duelo a espada.

— Espere! Antes de iniciar a luta — disse o caçador — tenho algo a dizer-lhe. Portanto, escute-me! — Isso aguçou a curiosidade do *sched*. — O que tem você a me dizer? — perguntou êle.

— O sultão ordenou-me que lhe levasse o vaso de Deus ou serei decapitado — disse o caçador.

— Nesse caso, você tem uma tarefa difícil à sua frente e é melhor poupar seus esforços. O vaso de Deus está no sétimo reino, no palácio do rei dos *schedim*. Sòmente uma vez por semana, no sábado, cem soldados munidos de espadas retiram o vaso, carregando-o pelas ruas da cidade. Estou pronto a ajudá-lo, se você fizer tudo o que eu disser. Há duas alternativas. Se formos bem sucedidos, levaremos embora o vaso; caso contrário, ambos pereceremos.

O caçador respondeu: — Eu lhe obedecerei. — Então o diabo arrancou um cabelo da cabeça, deu-o ao caçador e partiu, dizendo: — Deixe êsse lugar ao amanhecer e ande até sentir-se tão cansado que não saiba se está no céu ou na terra. Então queime o meu cabelo, e virei ajudá-lo.

Ao amanhecer, o caçador levantou-se e iniciou sua jornada. Caminhou, caminhou, até que se sentiu tão cansado que não sabia se estava no céu ou na terra. Então tirou o cabelo, queimou-o e o *sched* apareceu à sua frente. O *sched* colocou-o nos ombros e voou para o céu. Voou, voou, até chegar à entrada do sétimo reino. Aí, depôs o caçador no chão e lhe disse: — Espere aqui até sábado. Então, entre na cidade, dê umas voltas e misture-se aos assistentes da procissão do vaso de Deus. Quando o vaso passar por você, peça para tocá-lo. Segure-o firmemente e eu virei em seu auxílio.

— Farei como você manda — prometeu o caçador. E sentou-se no limiar do sétimo reino, esperando pelo sábado.

Na manhã de sábado, o caçador entrou na cidade e misturou-se à multidão como se fôsse um dêles. Então, tomou lugar próximo ao rei. Já podia divisar ao longe o grande cortejo que se aproximava. Mas onde estava o vaso de Deus? Quando a procissão já estava bastante próxima, viu os cem soldados de espadas erguidas para que o vaso não cegasse os olhos dos espectadores: — Deixem-me tocar o vaso — pediu o caçador quando o séquito passava diante dêle. Um dos soldados afastou-se, e o caçador agarrou-se ao vaso com ambas as mãos. Nesse momento uma nuvem cobriu o sol. E quem era a nuvem? O próprio *sched!* Baixou à terra como um avião, pegou no vaso e voou com o caçador para as nuvens. Voaram para longe até não poderem ser mais avistados da terra, senão como uma pequena mancha no céu. Os soldados não conseguiram alcançar os ladrões. O caçador e o *sched* voaram até que chegaram à caverna, depois do que o caçador mandou avisar ao sultão de sua chegada com o vaso de Deus, pedindo-lhe que levasse à capital com todo o aparato devido. O sultão veio com a sua côrte tôda e onze mil soldados conduziram o vaso sôbre os ombros. Carregaram-no do deserto à cidade e de lá ao palácio do rei.

Nesse meio tempo, o *sched* despediu-se do caçador. — Tome êsse cabelo e queime-o quando precisar de mim — disse e desapareceu da vista do caçador.

O vizir cego não deixou o sultão em paz. — Vossa Majestade — disse êle certo dia. — Vós tendes tudo no vosso palácio, exceto uma coisa: a bela filha de Sinsin.

Mais uma vez, o sultão deu ouvidos às palavras do vizir e disse: — E quem a encontrará e a trará para mim?

— Ninguém, exceto o caçador que achou o pássaro de ouro e o vaso de Deus.

O sultão ordenou a um de seus guarda-costas que trouxesse o caçador, e quando êste chegou, o rei lhe disse: — Traga-me a bela filha de Sinsin ou você será decapitado.

O caçador não teve outro jeito senão obedecer ao sultão. Foi para casa e dividiu seu dinheiro em duas partes. Deu uma à mãe, caso não mais voltasse, e levou o resto consigo para o mercado, onde comprou camelos e farinha. Depois partiu à procura da bela filha de Sinsin. No caminho gigantescas formigas treparam pelos camelos e meteram-se dentro dos sacos de farinha. E quem eram essas formigas gigantes? Ninguém senão *schedim!* E comeram tôda a farinha. Depois dessa refeição, o rei das formigas, que era um *sched,* disse ao caçador:

— Amigo! Estávamos com muita fome e você nos ajudou a saciá-la. Como recompensa, vou lhe dar alguns fios do meu cabelo; queime-os numa hora de necessidade e perigo e viremos em sua ajuda. — E num piscar de olhos, sumiu.

O caçador prosseguiu seu caminho até sentir-se exausto e não saber se estava no céu ou na terra. Então tirou do bôlso um cabelo do seu primeiro amigo, o *sched* de orelhas compridas, e queimou-o. Imediatamente o *sched* apareceu diante dêle. — Qual o seu desejo, senhor?

— O sultão me mandou procurar a bela filha de Sinsin. Não sei como descobrir o seu país, e estou tão cansado que dificilmente minhas pernas continuarão me agüentando.

— Esta missão é bastante difícil, senhor — disse o *sched*. — Noventa e nove jovens já perderam a vida por causa dela. Eu o previno; talvez também seja morto.

— O sultão me decapitará se eu não descobri-la; preciso, pois, tentar a sorte; do contrário, morrerei de qualquer forma.

O *sched* de orelhas compridas ergueu o caçador sôbre os ombros, subiu aos céus e voou em direção ao país de Sinsin. Deixou o caçador sôbre o teto do palácio e desapareceu. O caçador olhou em volta. Havia noventa e nove homens pendurados em cordas. "Certamente, são os pretendentes que tentaram casar-se com a filha de Sinsin, sem êxito", pensou consigo.

O caçador desceu do teto e entrou no jardim do palácio. Lá no jardim deu com o Rei Sinsin.
— Boa noite, pai! — disse-lhe.
— Não sou seu pai — respondeu o rei.
— Boa noite, tio.
— Não sou seu tio! O que deseja? — perguntou o rei.
— Desejo a mão de sua filha em casamento, Majestade. — O caçador não contou que viera como enviado do sultão, pois temia que o Rei Sinsin o mandasse embora ou o matasse na hora.

O rei advertiu-o: — Não se mêta nesse negócio. Aqui estão noventa e nove homens que foram mortos por tal motivo. Você me é caro e eu não quero que seja o centésimo sacrificado.

O caçador respondeu: — Seja o que fôr, tentarei a minha sorte; se devo tomar o lugar do centésimo homem, ou se devo ser bem sucedido, o destino decidirá.

O Rei Sinsin suspirou e disse: — Você tem duas tarefas a cumprir essa noite! Primeiro, esvazie todos os reservatórios e recipientes do meu país. Depois, pegue cem sacos de arroz, milho e trigo misturados, e separe os diferentes grãos. Se você realizar as duas incumbências, eu lhe darei minha filha. Caso contrário, você será o centésimo homem a ser enforcado.

Despediram-se, pois já era noite e o rei retirou-se para os seus aposentos. O caçador tirou o segundo fio de cabelo de seu bôlso

e queimou-o. Num instante, o *sched* de orelhas compridas apareceu. — Qual é o seu desejo, senhor?
— Minha tarefa é esvaziar a água de todos os reservatórios e recipientes do reino.
Imediatamente o *sched* esvaziou a água de todos os reservatórios e recipientes. Nesse meio tempo, o caçador queimou também um dos cabelos do rei das formigas.
— Qual é o seu desejo? — perguntou o rei das formigas, surgindo à frente do caçador.
— Devo separar o arroz, o milho e o trigo misturados em cem sacos. É a tarefa que o Rei Sinsin me determinou.
No mesmo instante, o rei das formigas chamou suas formigas gigantes e em poucos minutos elas separaram os diferentes grãos.
Na manhã seguinte, houve um grande tumulto na cidade. — Não temos água! Nossas crianças têm sêde! Nossos campos estão secos! Nosso gado está morrendo de sêde! Dê-nos água! Água! — gritava o povo. O rei olhou pela janela e viu imensa multidão em seu pátio. Mandou chamar imediatamente o caçador: — Vejo que você foi bem sucedido. — Depois ambos se encaminharam para a despensa onde os sacos escolhidos estavam empilhados. — Você realizou muito bem êsse serviço também. Mas, antes que eu lhe entregue minha filha, você terá que devolver a água aos reservatórios e recipientes, pois do contrário meus súditos morrerão de sêde.
O caçador pediu que lhe trouxessem dois bois e os matassem diante dêle. Uma vez abatidos, tirou do bôlso o terceiro cabelo do *sched* de orelhas longas e queimou-o. Imediatamente o *sched* apareceu e num piscar de olhos reencheu com tôda a água os reservatórios e recipientes.
As bodas da bela filha do Rei Sinsin e do caçador foram festivamente comemoradas, e os recém-casados permaneceram no palácio por um mês. Durante todo êsse tempo, êle não tocou na filha do rei, pois ela estava prometida ao sultão de sua terra natal. Mas a filha do Rei Sinsin e o caçador se amavam ternamente. Ao terminar o mês, o caçador queimou outro cabelo do rei das formigas e quando êste apareceu, pediu-lhe:
— Leve a mim e à filha do rei Sinsin de volta ao meu país. — E com a filha do Rei Sinsin nas costas, o rei das formigas subiu aos céus e voou em direção ao país do sultão.
Antes de se separar, o casal pediu o conselho do rei das formigas: — Nós nos amamos, mas a filha do Rei Sinsin está destinada ao sultão. O que devemos fazer?
O *sched* respondeu: — A filha de Sinsin deve permanecer um mês no palácio do sultão. Se então continuar a amá-lo, deverá matar o sultão e casar-se com você. — O rei das formigas terminou de proferir tais palavras e desapareceu.

A bela filha de Sinsin informou ao sultão sôbre sua vinda ao país. Ela concordou em ir para o palácio sob a condição de que matassem um boi e um judeu cego ante seus olhos. O sultão procurou por todo o reino um judeu cego, mas não encontrou nenhum, a não ser seu vizir. Por fim decidiu sacrificá-lo a fim de atender ao pedido da bela filha do Rei Sinsin. Nesse meio tempo, o caçador estava esperando no deserto, perto da entrada da caverna. Trinta dias se passaram e a bela filha de Sinsin continuava a amar sòmente o caçador e não o sultão. Certo dia, ela misturou veneno no vinho do rei. Êle bebeu-o e morreu. Então, a bela filha de Sinsin chamou seu amado caçador a fim de desposá-lo. O sultão não tinha herdeiros, e os cidadãos voltaram-se para o caçador, convidando-o a suceder ao sultão.

Assim, o caçador tornou-se sultão. Êle reinou com justiça e bondade juntamente com a bela filha de Sinsin. Viveram felizes e em paz até o fim de seus dias.

55. O ALUNO QUE SUPEROU O MESTRE

ACI 322. Coligido por M. Ohel, de Menahem Mevorakh, nascido em Trípoli, Líbia.

Tipo 325, *O Mágico e seu Aluno*, e conto dos Irmãos Grimm, N.º 68, "O Trapaceiro e seu Amo", uma estória famosa no mundo inteiro, contendo o Motivo D615.2, "Luta de transformação". Também está presente o Motivo popular C611, "Quarto proibido". Trinta e seis textos turcos são encontrados em W. Eberhard-P. N. Boratav, N.º 169, "Das *Ali Cengiz-Spiel*". Na América do Norte conhecem-se exemplos franceses, espanhóis e negros.

Existem muitas versões dêsse conto em ACI. Para textos judaicos da Europa Oriental, vejam-se I. L. Cahan (1931), N.º 15, e Cahan (1950), N.º 26. C. G. Campbell coligiu uma variante árabe, em *From Town and Tribe*, pp. 81-89. Para a área caucasiana, vejam-se S. Britajev-K. Kasbekov, N.º 10 (Ossétia); H. S. Bgazhba, N.º 10 (Abkhazia); e E. S. Druzhinina, N.º 3 (Curdistão). Três exemplos da Ásia Central aparecem em M. I. Shewerdin, Vol. I, N.º 47, e Vol. II, N.º 68, 119.

Esta é a estória de um menino que vivia metido em tôda espécie de idéias e invenções. Possuía uma velha mãe, mas não era capaz de sustentá-la pois sempre estava perdido em

sonhos. Por isso, sua mãe não parava de chorar e êle a reprovava amargamente.
Um dia, pediu a sua mãe que fôsse ver o governador e lhe dissesse que o seu filho queria namorar a filha dêle. No início, ela negou-se a ir, mas o menino insistiu tanto que finalmente ela foi.
Ela chegou ao palácio, onde um guarda lhe deu uma pancada e expulsou-a. Ela afastou-se e voltou, afastou-se e voltou de nôvo. A filha do governador estava observando e, compadecendo-se da velha senhora, chamou a atenção de seu pai para o que estava acontecendo.
O governador chamou a mulher e, ao ouvir o que pretendia, mandou que o filho fôsse aprender um ofício. O menino foi trabalhar como ferreiro, porém em menos de uma hora já havia batido com o martelo na mão do ferreiro ao invés de fazê-lo na bigorna. O ferreiro o mandou embora, e êle foi trabalhar como remendão. Mas, em menos de duas horas, havia enfiado a sovela na mão do sapateiro, e fugiu.
O rapaz deixou a cidade e caminhou até chegar a um magnífico palácio. Entrou e não encontrou ninguém. Assim, começou a vagar por ali. Quando chegou ao pátio do palácio, encontrou um rebanho de ovelhas e cabras e uma grande manada de gado, cuidados por um diabo. O jovem aproximou-se, sendo bem recebido e convidado a permanecer no palácio.
O diabo gostou do jovem e ensinou-lhe sua feitiçaria e artes mágicas. Um dia, o diabo precisou ausentar-se do palácio por pouco tempo, e estendeu as chaves ao rapaz, dizendo: — Você pode fazer o que lhe agradar nos seis aposentos dêsse palácio, mas não se atreva a entrar no sétimo. — Dizendo isso, saiu.
Imediatamente, o jovem abriu o sétimo aposento e, oh!, o que viu lá dentro? Homens mortos suspensos em cordas. Sòmente um dêles ainda respirava. O jovem libertou-o, cortando a corda, e a vítima revelou-lhe que aquilo era ação do diabo. — Primeiro êle ensina a seus alunos as artes mágicas, e depois os enforca.
O jovem fugiu do palácio e voltou à cidade. Sabia que o poderoso diabo iria persegui-lo, e por isso usou seu conhecimento sôbre magia, transformando-se num esplêndido cavalo. Disse à sua mãe que o vendesse ao governador, conservando porém os arreios e os freios.
Nesse mesmo dia, o diabo reconheceu-o no palácio do governador e o jovem foi obrigado a fugir e, por meio de sua arte mágica, transformou-se em uma bela casa. O governador comprou a casa, mas em seis horas a casa ficou reduzida a pó. O jovem transformou-se em um belo mulo. Mas o diabo conseguiu comprar o mulo, junto com os freios e os arreios, da mãe do rapaz.

O diabo levou o mulo para a beira do rio e tentou afogá-lo, porém o mulo se transformou num peixe, pulando dentro do rio. O diabo pulou atrás, enquanto o peixe se transformava num gavião e voava para os céus. De nôvo o diabo o perseguiu, e o gavião transformou-se numa anel que caiu sob a axila da filha do governador. O que fêz ela? Pegou o anel e o guardou em sua caixa de jóias. O diabo foi procurar o governador e persuadiu-o a vender o anel. Entretanto, o anel transformou-se num pêssego e, quando foram buscá-lo, encontraram uma romã em seu lugar. O governador agarrou a romã em suas mãos, e esta caiu no chão, espalhando as sementes. Instantâneamente o diabo virou uma galinha e engoliu tôdas as sementes, menos uma que se transformou numa faca e matou a galinha. Então a faca se transformou num belo homem.

O governador ficou arrebatado e concedeu-lhe a mão de sua filha em casamento.

sábio da hungria

56. OS TRÊS IRMÃOS

ACI 22. Coligido por Elischeva Schoenfeld, de Mordehai "Marko" Litsi, nascido na Turquia.
Tipo 550: *Procura do Pássaro de Ouro*. Êste conto, extremamente popular, é registrado através de tôda a Europa em numerosas variantes, bem como na Turquia, na Índia, na Indonésia e na África. Na América, é encontrado nas tradições francesas, espanholas e negras. Quanto à dádiva de três cabelos nos contos populares arábicos, veja-se E. Littmann, *Arabische Märchen,* s.v. "Haare", p. 46. Os Motivos adicionais D786.1, "Desencantamento por meio de canção", e H12, "Reconhecimento por canção", indicam uma prova da habilidade do narrador em cantar. A canção é cantada duas vêzes na estória.
Êste tipo de conto está bem representado em ACI. Conhecem-se alguns elementos na Ásia Central; três textos do Usbequistão são publicados por M. I. Shewerdin, Vol. I, N.º 22, 29, 41, e um da área cultural uigur é dado em M. N. Kabirov-V. F. Shahmatov, N.º 23. Quatro versões são conhecidas no Cáucaso; vejam-se A. H. Bjazirov, N.º 11, 15; S. Britajev-K. Kasbekov, N.º 32; N. Kapieva, N.º 1. Uma variante judaica *sfaradi* é dada em M. Grunwald, N.º 4.

Há muitos anos atrás, vivia um rei com seus três filhos num magnífico palácio, cercado de jardins maravilhosos. Num dêsses jardins havia uma árvore que produzia maçãs de puro ouro. Tôdas as manhãs, o rei ia ao jardim contar suas maçãs, e cada dia notava a falta de uma, embora houvesse muitos guardas vigiando-as. O rei ordenou aos filhos que montassem guarda à árvore de maçãs de ouro a fim de pegarem o ladrão.

O primeiro a ficar vigiando foi o filho mais velho. À noite, sentou-se sob a árvore e permaneceu de guarda por longo tempo. Mas, no meio da noite, adormeceu. Ao acordar na manhã seguinte, estava faltando uma maça. O mesmo aconteceu ao segundo filho: também adormeceu.

O rei ficou furioso com os dois filhos e na terceira noite mandou o caçula montar guarda. Êste colocou uma espada entre as pernas de modo que, se adormecesse e a cabeça lhe pendesse sôbre o peito, a espada o espetaria, acordando-o. Assim, o rapaz conseguiu não adormecer à meia-noite. Às três da manhã, um grande pássaro maravilhoso veio e tentou roubar uma maça, mas o roubo foi impedido pelo filho mais nôvo. Na manhã seguinte, contou o fato ao pai.

O rei ordenou a seus três filhos que saíssem em busca do ladrão e encontrassem as maçãs de ouro roubadas. Os filhos embainharam suas espadas e se foram. Ao meio-dia, chegaram a uma encruzilhada, que dividia a estrada em três caminhos. Lá se sentaram e comeram suas refeições. Um cachorro faminto aproximou-se e com os olhos pediu um pouco de pão. Os irmãos mais velhos afugentaram-no, negando-lhe alimento. Então, o mais nôvo acenou-lhe e dividiu sua comida com o pobre animal.

Após se sentirem satisfeitos, os irmãos tomaram os diferentes caminhos. O mais velho voltou-se para a direita, o segundo seguiu em frente e o mais nôvo foi para a esquerda. O cachorro seguiu de perto o irmão mais nôvo que fôra tão bom para com êle. Depois de pouco tempo, repentinamente, começou a falar: — Se você continuar por êste caminho correrá grande perigo. Um pouco adiante há uma torneira e, perto dela, uma caneca. Você certamente vai querer beber neste calor. Pegue a caneca e tome quanto quiser, mas por nada neste mundo faça barulho ao repor a caneca no lugar.

O jovem olhou em volta, surprêso, para ver quem lhe dirigia a palavra. Êle não acreditava que um cachorro pudesse falar como um ser humano.

O cachorro disse: — Sou eu, o cachorro a seu lado, quem está falando. Vou deixá-lo agora. Tire três pêlos meus. Queime um dêles se você estiver em perigo, eu virei em seu auxílio.
— O jovem pegou os pêlos e guardou-os no bôlso, e o cachorro desapareceu.

Depois de algum tempo, o rapaz atingiu a torneira. Pegou a caneca e, após beber, tentou recolocá-la sem fazer ruído algum. Entretanto, a caneca fêz um ruído surdo. De repente, uma mulher alta e gorda surgiu. — O que está fazendo aqui? — gritou ela. — Por que veio perturbar-me? — O jovem ficou confuso com o aparecimento da mulher, mas explicou seu propósito calmamente. Contou-lhe sôbre seu pai, o rei, sôbre o roubo das maçãs de ouro e sôbre sua busca ao ladrão.

— Você precisará de um cavalo especial para achar o ladrão — disse a mulherona — e tal cavalo você só achará na próxima cidade. Mas se você fôr lá, nunca mais regressará.

O rapaz não pensou duas vêzes e partiu. Depois de ter caminhado algum tempo, cruzou com o cachorro novamente. O jovem contou-lhe o que havia dito a mulher e o cão instruiu-o:
— Há um estábulo na cidade; aproxime-se quietamente, abra a porta e solte o cavalo. Monte-o e galope o mais rápido possível. Não olhe para trás, só para a frente. Sòmente assim você escapará da morte. — O cachorro falou e desapareceu.

O jovem chegou à cidade. Encontrou o estábulo, abriu a porta e tirou o cavalo. Cuidadosamente fechou a porta, montou no cavalo e dirigiu-se a todo galope para fora dos limites da cidade. Não olhou para trás, embora ouvisse o povo da cidade gritando:
— Volte! Volte! Seja nosso rei!

O rapaz voltou para onde estava a mulher alta e gorda. Esta ficou surprêsa ao vê-lo são e salvo. Ela lhe disse que o mais difícil ainda estava por vir: pegar o ladrão. — É uma môça; ela está sentada numa árvore rodeada por estátuas de mármore. Eram jovens que almejavam seu amor e ela os converteu em estátuas. Só se você conquistar seu amor, ela não o converterá em estátua também.

— Eu gostaria de ir até lá — disse o jovem. — Tentarei a minha sorte. Talvez seja bem sucedido e pegue o ladrão, devolvendo assim as maçãs roubadas a meu pai.

O jovem montou seu cavalo e saiu à procura da árvore cercada de estátuas. Antes do anoitecer, encontrou um grande terreno com estátuas de mármore espalhadas aqui e ali. No centro, erguia-se uma árvore enorme com grandes galhos tocando o chão. Repentinamente o cavalo estacou. O jovem olhou para baixo e viu que as pernas do animal se haviam transformado em pedra. Embora não visse ninguém, voltou-se para a árvore e disse: — Por que você é tão malvada? Por que transforma pessoas vivas em estátuas? Não admira que nenhum homem queira seu amor.

De repente sentiu que a metade de seu corpo se havia transformado em pedra. Ficou apavorado. Então lembrou o que lhe havia dito a mulher gorda e alta, e começou a cantar uma canção de amor:

Desça, bela donzela,
Desça dessa árvore,
Desça, bela donzela,
E revele-se para mim.

O jovem olhou para si e para o cavalo e viu que eram outra vez de carne e osso. A formosa ladra desceu da árvore e caminhou até êle, levando as maçãs de ouro. O jovem tomou-a nos braços, montou seu cavalo e partiu.

Ao chegarem à encruzilhada, encontraram os outros irmãos. O irmão mais nôvo contou como havia achado a ladra, e mostrou-lhe as maçãs de ouro. Os outros o invejaram, e bem amarga foi essa inveja. Enquanto um dêles prosseguia com a môça, o outro agarrou o caçula, queimou-lhes os olhos com um ferro em brasa e o atirou dentro de uma fossa não muito longe do lugar de encontro.

O irmão mais nôvo lembrou-se dos três pêlos do cachorro. Tirou um dêles do bôlso e queimou-o. Imediatamente o cão apareceu à beira da fossa e deu com o seu amo em grande desventura. Um homem passou a pequena distância da fossa. O cão correu para êle, pedindo-lhe que o seguisse. O homem entendeu o que o cachorro queria e, aproximando-se da cova, viu o jovem lá embaixo. Conseguiu tirá-lo com uma corda, e o cachorro se foi.

O rapaz conseguira sair da fossa, mas para onde poderia ir? Como acharia o caminho de casa se estava cego? Queimou então o segundo pêlo e o cão apareceu novamente, guiando-o para baixo de uma árvore. — Você recobrará sua visão, se esfregar em seus olhos o sangue de um pássaro — disse-lhe o cão e desapareceu.

O jovem ficou muito triste. — Como posso pegar um pássaro se sòmente trevas me rodeiam? — De repente, ouviu um pássaro sôbre sua cabeça. — Não deixem o ninho enquanto não souberem voar. Há um homem embaixo esperando matar um de vocês; êle deseja esfregar seus olhos com seu sangue a fim de recuperar a visão.

Um dos pequenos pássaros pensou consigo: "Eu gostaria de ajudar êste pobre homem". E pulou do ninho caindo sôbre a testa do jovem. Êste agarrou o pássaro com as mãos, beijou seu bico e esfregou seus olhos com o sangue da ave; e, oh!, tornou a ver a luz.

O rapaz retornou ao palácio do pai, mas ninguém o reconheceu. Assim foi para a cidade, vestiu-se como um mercador e comprou roupas a fim de vendê-las no palácio do pai. Ao chegar ao pátio, viu a donzela numa das janelas. Começou a cantar a música que havia cantado ante a árvore rodeada de estátuas.

> Desça, bela donzela,
> Desça dessa árvore,
> Desça, bela donzela,
> E revele-se para mim.

A jovem ouviu a canção, correu para o môço e beijou-o. Então dirigiu-se ao rei e contou-lhe a verdade. — Êste é o seu filho que me encontrou ao procurar as maçãs de ouro.

O rei ouviu tôda a estória e abraçou e beijou seu querido filho. Depois ordenou a seus guardas que atirassem os dois filhos mais velhos na prisão pelo resto da vida.

57. QUEM É ABENÇOADO COM O PODER, RIQUEZAS E HONRA?

ACI 346. Coligido por S. Baschri, de seu irmão mais velho, Zakaria Baschri, de cêrca de cinqüenta anos de idade, nascido numa aldeia perto de Sada, Iêmen do Sudeste.

Esta é uma forma do Tipo 923B: *A Princesa que Foi Responsável por Sua Própria Fortuna*. Cf. versões literárias judaicas que aparecem em M. Gaster, *The Exempla of the Rabbis*, N.º 148, e Gaster (ed.), *Ma'aseh Book*, N.º 68; um texto oral judaico da Europa Oriental pode ser encontrado em I. L. Cahan (1931), N.º 13.

O Tipo 923B é muitas vêzes coligido no Oriente, especialmente na Índia. Nas regiões européias é muito popular sob a forma do Tipo 923, *Amor como Sal*, a estória do Rei Lear. É o conto n.º 179 dos Irmãos Grimm, "A Môça dos Gansos pela Primavera". Os Motivos adicionais no presente texto são B123.1, "Serpente sábia", N452, "Remédio secreto ouvido em conversa de animais (bruxas)", B161.2, "Fortuna aprendida de serpente", e B562.1, "Animal mostra tesouro a homem". A cobra que dá tesouro é muito popular no folclore oriental; ver W. Eberhard-P. N. Boratav, Index, s. v. "Schlange", pp. 487--488. Uma variante do Usbequistão do Tipo 923B é dada em M. I. Shewerdin, Vol. I, N.º 31, e uma curda em E. S. Druzhinina, N.º 23.

Ao calor do meio-dia, um belo e simpático príncipe notou duas cobras enroscadas uma na outra. De repente, uma delas arrastou-se até o príncipe e lhe disse com voz humana: — Salve-me das mãos do meu inimigo. Já não tenho fôrças.

O príncipe ficou admirado e disse à cobra suplicante que havia escapado de seu perseguidor: — Prometa que não me fará nenhum mal e que me deixará tão logo seu inimigo se vá.

— Eu juro — prometeu a cobra com uma voz suplicante.

Então a cobra entrou pela bôca do príncipe, penetrando em seu corpo. Quando a outra serpente se foi, desapontada, o príncipe chamou o réptil que havia engolido: — Agora saia do meu estômago.

Mas seu chamado foi inútil. A cobra recusou-se a sair, dizendo: — Ficarei aqui até a morte. Eu gosto dêste lugar e sinto-me bem aqui.

Depois dêsse dia, a carne do príncipe começou a definhar, e seu estômago ficou tão inchado que não conseguia mover os membros. Pouco a pouco foi ficando tão feio que seu próprio pai, o rei, perdeu o interêsse por êle, abandonando o filho à própria sorte. Ao perceber que se havia tornado uma carga no palácio, e que ninguém se incomodava com sua pessoa, o príncipe deixou a cidade e começou a errar de lugar em lugar, pedindo esmolas.

Certo dia chegou a um sítio onde um sultão habitava um palácio com três lindas filhas. Tôdas as manhãs o sultão chamava a filha mais velha e perguntava: — Quem é abençoado com o poder, riquezas e honra, minha filha?

— Você, pai — respondia a filha mais velha.

Depois o sultão chamava a segunda filha e lhe perguntava: — Quem é abençoado com o poder, riquezas e honra? — Ela respondia: — Você, pai.

Em seguida, indagava à filha mais nova: — Quem é abençoado com o poder, riquezas e honra?

Ela sempre respondia: — Só Deus, meu pai. — A cada resposta ela era espancada violentamente, mas nunca voltava atrás.

Dia a dia, o ódio do sultão pela filha mais nova aumentava, até que jurou: — Amanhã darei essa filha ao primeiro mendigo que passar pelo palácio.

Na manhã seguinte, olhando através da janela, êle viu um pedinte horroroso com um estômago inchado, vestido com roupas andrajosas e prostrado junto a uma das paredes do palácio. Chamou a filha mais nova e lhe perguntou: — Quem é abençoado com o poder, riquezas e honra, minha filha?

— Sòmente o Todo-poderoso, meu pai! — respondeu a filha como de costume.

Imediatamente êle mandou chamar o pedinte e, apontando para sua filha, ordenou: — Tome-a como espôsa!

— Não me faça de bôbo, senhor — implorou o esmoler confuso. — Eu estou numa situação desesperadora.
— Estou falando sério! — exclamou o sultão. — Tome-a e vá embora!
Enquanto o homem permanecia estupefato, a princesa tomou sua mão e disse: — Você me foi destinado, e esta é a minha sorte. — E juntos deixaram o palácio.
Por fim chegaram a um campo fora da cidade. Lá a princesa construiu uma cabana, fêz uma cama e ajudou o doente a deitar-se. No dia seguinte, ela foi para a floresta, cortou madeira, empilhou-a e fêz uma fogueira. Que delicioso aroma, cheiroso como o Jardim do Éden!
A princesa observou que era uma madeira especial, tão fragrante quanto o perfume mais fino. Ela derrubou mais árvores e, todos os dias, disfarçada, ia ao mercado da cidade próxima vender as toras. Quando os cidadãos descobriram as maravilhosas propriedades da madeira, começaram a comprar cada vez mais, e assim o casal não passava fome.
Um dia, a princesa deitou o doente sôbre uma pedra à sombra de uma árvore, enquanto ela cortava madeira. De repente, ouviu um ruído igual ao coaxar de um sapo. Olhando para o doente, adormecido, percebeu que o barulho lhe vinha do estômago. Sùbitamente ouviu outro som, a voz de uma cobra sussurrando, do lado de fora: — Você não se envergonha de ficar coaxando dentro do estômago de um homem?
A princesa aguçou seu ouvido, pois queria ouvir a resposta, que, de fato, veio da cobra dentro do estômago: — Sinto-me bem aqui e vivo confortàvelmente. Você é que é uma estúpida de ficar procurando comida o dia inteiro a fim de alimentar-se.
— Saia daí, covarde, mentirosa sem-vergonha, que paga o bem com o mal — respondeu com raiva a cobra que estava fora.
A cobra de dentro replicou: — Você não é melhor do que eu. Conheço seu segrêdo muito bem. Debaixo daquela pedra está escondido o tesouro que você roubou.
— Tenho muito mais do que isso — foi a resposta. — Mas você é uma traidora. O que você fêz ao bondoso príncipe que a salvou da morte? Se a môça fôsse esperta, pegaria fôlhas dessa árvore, moê-las-ia, fermentaria uma bebida e a expulsaria.
Depois de ouvir tudo isso, a princesa suspirou aliviada e agradecida. Imediatamente arrancou fôlhas da árvore, triturou-as e fermentou uma bebida. Depois deu-a ao príncipe que tomou o preparado sem uma palavra. De repente, êle sentiu uma tremenda dor de estômago. A cobra começou a sair de seu estômago, aos pedaços.
O príncipe sofreu dores horrorosas, e por fim desmaiou. A môça cuidou dêle atenciosamente e após algumas semanas o príncipe recuperou a saúde, tornando-se disposto e robusto. En-

tão a môça cavou sob a pedra, e, oh!, achou o tesouro da cobra. Nos meses seguintes, o casal iniciou a construção do seu palácio. Ambos mostraram grande zêlo e logo a construção estava terminada. Era um belo palácio e continha um saguão de recepção especial para pedintes e viajantes.

Quando tudo já estava em ordem, o casal mudou para o palácio. Um dia, depois que se passaram muitos anos, dois velhos apareceram no saguão de recepção entre os pedintes. O casal reconheceu nêles os seus pais; aconteceu que ambos os reis ficaram pobres, sendo expulsos por seus filhos impiedosos. Agora lá estavam, vestidos pobremente, após terem vagueado de um lugar para outro com alguns pedintes. O casal convidou os dois velhos a mudar de roupas, pedindo-lhes que contassem suas vidas. Quando terminaram, o jovem par revelou-lhes quem eram. Os pais reconheceram-nos e ouviram suas aventuras durante tôda a noite.

Houve grande contentamento no palácio, e antes que amanhecesse o pai da môça concluiu: — Você tinha razão, minha filha. O poder, riquezas e honra sòmente pertencem ao Todo-poderoso.

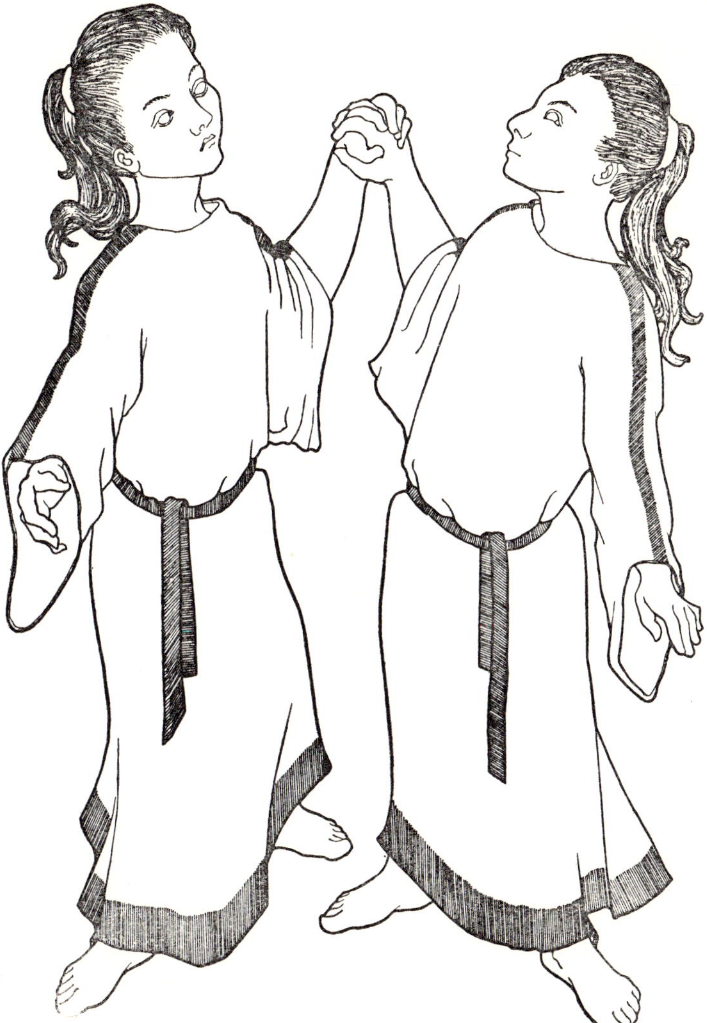

dança bíblica

58. AS DEZ SERPENTES

ACI 386. Registrado por Abraham Schani, junto a uma lavadeira nascida em Bucara.
Tipo 425: *A Procura do Marido Perdido*. São discerníveis os cinco episódios dêste conto internacional: I, "O Monstro como Marido"; II, "Desencantamento do Monstro"; III, "Perda do Marido"; IV, "Procura pelo Marido"; V, "Recuperação do Marido". Para versões judaicas *sfaradim*, vejam-se J. Meyuhas, *Contos Populares Orientais* (hebraico), N.º 5, e M. Grunwald, N.º 3, 6, 9, 47. Uma variante judaica da Europa Oriental é dada em I. L. Cahan (1938), N.º 20.

A mais recente monografia é da autoria de J. O. Swahn, *The Tale of Cupid and Psyche* (Lund, 1955), que traz uma bibliografia extensa e mapas de distribuição. Um total de 580 textos foram registrados sòmente em seis regiões: Suécia, Noruega, Irlanda, França, Alemanha e Itália. Sob o Tipo 425A, *O Monstro (Animal) como Recém-casado*, que é a forma de Cupido e Psiquê, são citados setenta e um textos gregos. Versões gregas recentes aparecem em R. M. Dawkins, *Modern Greek Folktales*, N.º 16. Na América do Norte o conto é comum nas tradições francesas e espanholas e entre os negros das Índias Ocidentais. O primeiro tratamento literário, que data do século II d. C., aparece em Apuleu, *O Asno de Ouro*.

Como se pode ver, êsse conto é popular na Ásia e foi registrado na Índia (S. Thompson e W. E. Roberts, *Types of Indic Oral Tales*, p. 62), Turquia (W. Eberhard-P. N. Boratav, N.º

93, 95, 96, 98, 99, 100-106), na Palestina árabe (C. G. Campbell [1954], pp. 105-108), no Iraque (E. S. Stevens, N.º 6, 11), na Ásia Central (M. I. Shewerdin, Vol. I, 42, 55, e Vol. II, N.º 86, 139), e no Cáucaso (A. H. Bjazirov, N.º 8, e E. S. Druzhinina, N.º 7).

Certa vez existia um pobre órfão muito aplicado e correto. Uma noite, em sonho, um velho apareceu diante dêle e pôs um diamante em sua mão, dizendo: — Com êste diamante você ficará rico, construirá uma casa e casar-se-á. Você terá sòmente uma filha, a quem deverá guardar cuidadosamente, pois terá que devolvê-la em troca do diamante. Se você não atender a êste aviso, ficará pobre outra vez. — O velho acabou de pronunciar tais palavras e desapareceu.

Na manhã seguinte, o menino acordou e encontrou um diamante enorme em sua mão. Vendeu-o, comprou mercadorias e começou a viajar de cidade em cidade, comerciando.

Anos se passaram, e o jovem se tornou um rico mercador, marido de uma bela mulher e pai de uma linda menina, sem igual em todo o reino.

Um dia, quando o mercador retornava à sua casa, uma serpente saiu de repente da floresta. O comerciante tentou fugir, mas suas pernas pareciam coladas ao chão; não conseguia sair do lugar. E a serpente aproximava-se mais e mais. De súbito, êle ouviu uma voz: — Venerável senhor! Se quer escapar da morte, dê-me sua filha em casamento. Do contrário, a serpente o morderá até morrer.

Lembrando-se de seu sonho e do aviso do velho, o mercador aquiesceu, após o quê a cobra sumiu e o mercador viu que já podia mover-se. Ao ir embora, ouviu a voz misteriosa outra vez: — Venerável senhor! Se tentar me enganar, morrerá.

O mercador foi para casa e, oh!, sua casa, o jardim e mesmo os seus criados haviam desaparecido. No seu lugar havia uma cabana miserável. Sua espôsa e filha apresentavam-se pobremente vestidas e notou que também as suas próprias roupas estavam em farrapos. Imediatamente se arrependeu do que prometera à voz misteriosa, e contou à sua família tudo o que lhe acontecera. Sua tristeza era tão grande que tinha vontade de morrer.

Quando sua bela e obediente filha viu o aborrecimento do pai, disse: — Eu cumprirei a sua promessa, pai. Quero viver uma vida de sofrimentos, contanto que vocês sejam poupados.

Semanas e meses se passaram e a família do mercador já se

havia acostumado à pobreza. Então, certa noite, ouviram umas batidas na porta da cabana, e ao abri-la o mercador deparou uma enorme e terrível serpente. Ela abriu a bôca e disse, com voz humana: — Sou o estranho a quem você prometeu sua filha.

O pai voltou-se angustiadamente para a filha, dizendo: — Prefiro morrer a entregá-la a êste terrível monstro.

Entretanto, a obediente filha sacrificou-se e casou com a serpente a fim de salvar a vida de seu pai. A cobra deu-lhe um anel como sinal de compromisso, e êles foram para o outro quarto, fechando a porta. De repente, a cobra sacudiu-se e deixou cair a pele e, oh!, um belo jovem surgiu em frente da filha. Êste lhe disse: — Se você quiser viver feliz comigo, não me faça perguntas e não conte a ninguém, nem mesmo a seus pais, o que acaba de ver. Tôdas as manhãs eu a deixarei, mas hei de voltar ao anoitecer.

Vocês já perceberam que a filha se apaixonou pelo belo rapaz à primeira vista e prometeu cumprir a sua ordem.

Na manhã seguinte, a filha acordou e viu que a serpente já não estava mais ali. Nesse meio tempo, seus pais, que não haviam pregado ôlho a noite tôda, estavam cheios de mêdo e ansiedade em relação à filha. Não acreditaram em seus olhos ao vê-la sair do quarto, sã e salva, e mais ainda, contente e feliz. Começaram a fazer-lhe milhões de perguntas, mas a filha, que sempre os havia respeitado tanto, negava-se a responder-lhes.

Algumas noites se passaram, e os pais começaram a censurar a filha por esconder a verdade dêles que tanto a amavam. Por fim ela fraquejou e contou o segrêdo. Naquela noite, a serpente apareceu mas não saiu da pele como sempre fazia. Disse apenas numa voz triste: — Como você quebrou sua promessa, terei que deixá-la. Não procure por mim em nenhum lugar, pois não me achará.

A filha não teve nem tempo de se desculpar; num piscar de olhos, a serpente havia sumido. A môça ficou muito triste. Fechou-se no quarto o dia inteiro, negando-se a ver qualquer pessoa.

Perto vivia uma família pobre. Aconteceu que, um dia, sua filha estava brincando na rua com uma boneca. Um cachorro passou, agarrou a boneca e saiu correndo. A criança seguiu-o. O cachorro foi para fora da cidade e a criança sempre no seu encalço. Havia sempre a mesma distância entre os dois.

De repente, uma rapôsa pulou do mato e atacou o cachorro. Êste assustou-se, deixou cair a boneca e fugiu. Quando a criança chegou ao local, encontrou a abertura de uma caverna, mas a boneca não estava lá. A criança percebeu que a boneca havia caído dentro do buraco, e arrastou-se para dentro. Nem a escuridão nem os arranhões fizeram-na desanimar e ela engatinhou até chegar a uma larga abertura. Desceu pela abertura e, lá, ante seus olhos, estava um magnífico palácio cercado por um lindo jardim. E justamente perto da abertura da caverna estava sua boneca. A criança não havia comido nada durante o dia todo e estava com muita fome; assim, entrou no palácio a fim de procurar alimento. Encontrou dois grandes quartos; no primeiro havia uma mesa posta para dez pessoas, e no segundo dez camas preparadas para a noite. Ao aproximar-se da mesa, a criança ouviu vozes do lado de fora e escondeu-se debaixo de uma das camas. De repente, dez enormes serpentes rastejaram para dentro do quarto.

A criança, aterrorizada, estava a ponto de gritar quando as serpentes se sacudiram e tiraram suas peles. Já não eram serpentes, mas belos jovens que atiraram as peles pela janela. Depois se ajoelharam e rezaram uma reza bastante estranha como nunca ela havia ouvido outra igual. Eis as palavras da oração:

"Rezamos para que uma linda donzela venha, queime as nossas peles e nos salve."

Após rezarem, comeram e foram deitar-se. Como a criança estava escondida sob uma das camas, percebeu que o homem deitado naquela cama havia tirado um lenço do bôlso, beijando-o. A menina, imediatamente, reconheceu aquêle lenço. Ela estava muito cansada e adormeceu em seguida. Ao amanhecer, quando acordou, as serpentes tinham desaparecido. Então, a menina deixou o palácio e dirigiu-se à cidade, olhando cuidadosamente em tôdas as direções a fim de não esquecer o caminho. Decidiu ir diretamente à casa da filha do mercador e contar-lhe sôbre o lenço que havia visto; e assim fêz. Imediatamente ambas correram ao palácio subterrâneo e se esconderam debaixo de uma das camas.

Tudo aconteceu exatamente como na noite anterior. Quando as serpentes se transformaram em homens, a filha do mercador reconheceu o seu querido espôso imediatamente. Esperou pacientemente pelo anoitecer, e quando os jovens adormeceram, ela saiu do esconderijo e queimou as peles.

Na manhã seguinte, os jovens despertaram e viram o que havia acontecido. Como pularam de alegria! A filha do mercador abraçou o marido, e esta foi a história que êle lhe contou: — Éramos dez príncipes. Nossa mãe morreu e nosso pai casou-se outra vez e teve mais um filho. Nossa madrasta enfeitiçou-nos a fim de garantir que seu filho fôsse o único sucessor ao trono. Agora que nossas peles foram queimadas, também o feitiço o foi, e o encanto foi quebrado.

Nessa mesma noite, o mercador sonhou com o mesmo velho que lhe havia dado o diamante. O velho libertou-o de sua promessa.

Um casamento maravilhoso foi organizado, no mesmo dia, e vieram pessoas de perto e de longe. Quando o velho rei faleceu, o jovem casal sucedeu-lhe no trono, e foram amados por todos porque viviam modestamente, praticando a caridade e governando com justiça até o fim de suas vidas.

HOMENS SÁBIOS

59. O LEÃO QUE ANDAVA NO JARDIM

ACI 37. Registrado por Elischeva Schoenfeld, em Afula, em 1956, de Obadia Pervi, do Iêmen.
Tipo 891B*: *A Luva do Rei*. Esta estória aparece com muita freqüência nas tradições populares da Arábia, reunidas por René Basset, em *Mille et un contes, récits et légendes arabes* (3 vols.), e V. Chauvin, em *Bibliographie des ouvrages arabes* (12 vols.). Ver igualmente *As Mil e Uma Noites*. Mas aqui existe um forte sabor judaico: a Bíblia reforma o rei. A parábola pode ser de origem judaica, como a metáfora "uma mulher — um jardim", baseada no versículo bíblico ("Um jardim fechado é minha irmã, minha espôsa", *Cântico dos Cânticos*, 4, 12), é comum na literatura agádica. Ver Jacob Nacht, *Símbolos de Mulheres* (Tel Aviv, 1959), p. 76 e segs. (hebraico). Igualmente comuns são os Motivos T320.4, "Espôsa salva-se de lascívia de rei, envergonhando-o", K2110.1, "Espôsa caluniada", T323, "Salva de amante indesejado por estratagema", e N455.6, "Marido é informado da fidelidade da espôsa", através de H580, "Uma declaração enigmática".
Versões literárias judaicas aparecem em M. I. Bin Gorion, *Der Born Judas,* I, 254-262.

Era uma vez um rei que gostava muito de mulheres, e nenhuma jovem atraente estava a salvo de seus abraços. Não

muito longe do palácio real, vivia um *haham* judeu que tinha
uma belíssima espôsa. Êle conhecia a fama do rei e costumava
passar o ferrôlho na porta todos os dias ao sair para a *ieschivá*.
Um dia, esqueceu-se de trancar a porta, oportunidade que o
rei já vinha esperando há muito tempo. Então, o rei entrou na
casa do sábio e ordenou à sua espôsa que se submetesse a êle.
Quase desmaiando, ela implorou ao rei que esperasse um instante, a fim de se arrumar mais ricamente, embelezando-se em sua
honra. O rei concordou com o pedido, após o quê ela lhe deu
o Livro da Torá para que lesse enquanto se arrumava. Lògicamente, ela não se trocou, mas fugiu para a casa do vizinho e
escondeu-se lá.

Enquanto isso, o rei lia o Livro da Torá. Leu por uma hora,
duas horas, três horas. A mulher não voltava e já era hora
do almôço. O rei levantou-se e pôs uma bôlsa com moedas de
ouro na cama da mulher, juntamente com o seu rosário. Depois, pegou o Livro da Torá e foi embora, pois queria evitar
um encontro com o marido.

Quando a esperta mulher soube pelo vizinho que o rei já se
fôra, voltou para casa e foi diretamente à cozinha a fim de
preparar o almôço para si e para o marido. Depois de uma
meia hora, o marido voltou e ambos foram ao quarto. O
haham encontrou a bôlsa de moedas e o rosário do rei sôbre a
cama da espôsa. Olhou para ela e para os objetos. — O rei estêve aqui com você? — murmurou êle. A espôsa manteve-se
em silêncio. Ela pensou: "O que quer que eu lhe diga, meu
marido não há de acreditar em mim". Dêsse dia em diante o
sábio não procurou mais sua espôsa e nem lhe dirigiu mais
a palavra.

A espôsa ficou muito doente, e não houve médico que a curasse. Quando seu fim parecia próximo, seus três irmãos, que viviam noutra cidade, foram chamados. Quando chegaram, a
mulher contou-lhes sôbre a visita do rei à sua casa, e como ela
se havia escondido na casa do vizinho. Contou-lhes também que
seu marido não confiava mais nela e nem mesmo lhe falava.

Imediatamente, os irmãos pediram ao cunhado que fôsse com
êles ao palácio do rei. Êle concordou, e assim os quatro foram
e falaram ante o rei e seus ministros.

— Vossa Majestade, o rei — começou um dos irmãos — alguns anos atrás nosso pai faleceu, abençoada seja sua memória.
Deixou-nos uma casa, uma vinha, campos e um jardim. Somos
três irmãos e, portanto, um ficou com a casa, o outro com a
vinha e o terceiro com os campos. Não sabíamos, porém, o
que fazer com o jardim. Então apareceu êste homem (aqui o
contador apontou para o *haham*) e ofereceu-se para cultivá-lo.
Nós concordamos e assinamos um contrato. Aí está escrito que
êle pode beneficiar-se do jardim, mas sob uma condição: que

cuide dêle. Ùltimamente, porém, êste homem não tem cumprido o contrato. Não tem cultivado a terra, não tem tirado os espinhos e as ervas daninhas e não tem cavado o solo. E o jardim está abandonado. Pedimos-lhe, portanto, que nos devolva o jardim.
— O que você tem a dizer? — perguntou o rei ao sábio.
— De fato — disse o *haham* — êstes homens estão certos em acusar-me de negligenciar o jardim. Mas nem sempre o negligenciei. Eu o cultivei fielmente até que percebi nêle as pegadas do leão do rei, que carregou com os frutos. Temo também que êle volte e me mate.
O rei entendeu o enigma, que lhe agradou muito. E respondeu ao sábio: — É de meu conhecimento que o meu leão anda pela cidade. Mas êle não o fará mais, pois cercarei seu covil de grossos e altos muros. Entretanto, mesmo enquanto vagueou pelo seu jardim, não tomou nenhum fruto ou flor de lá. As paredes eram muito altas e não pôde transpô-las. Levou sòmente um cacho de uvas e eu o devolverei a você. — O rei tirou o Livro da Torá de seu casaco e o restituiu ao *haham*.
O sábio compreendeu as palavras do rei. Voltou para casa e recomeçou a falar com a espôsa, dedicando-lhe tôda a atenção. Em pouco tempo, ela passou a recuperar a saúde, e ambos continuaram a viver felizes e contentes.

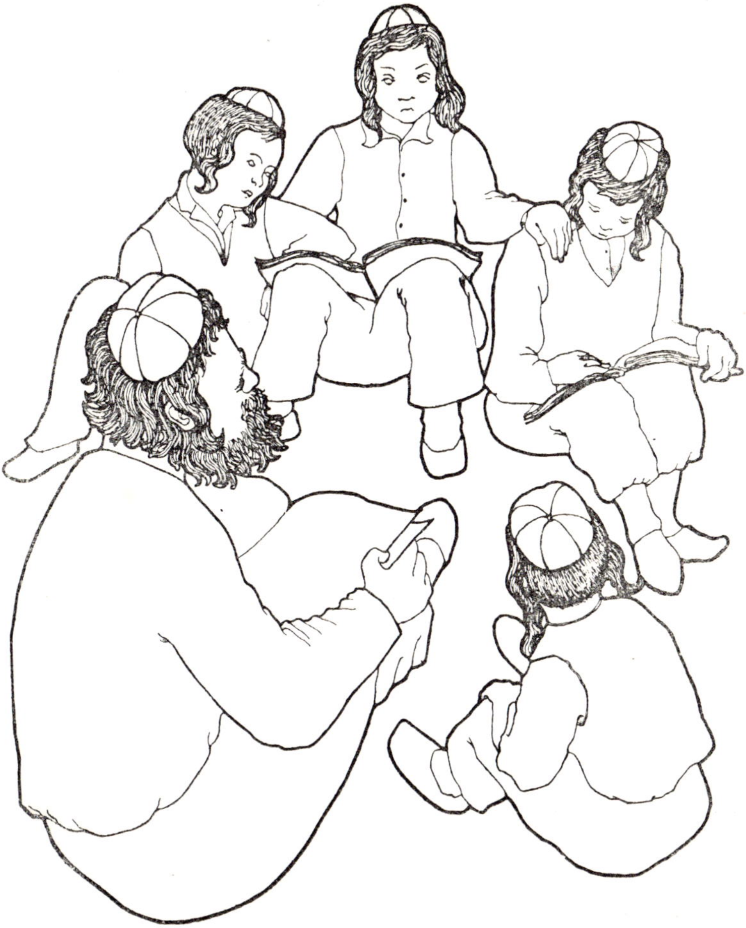

estudo

60. UM SERVO QUANDO REINA

ACI 280. Registrado por Zvi Mosche Haimovitch, de Joseph Schmuli, de cêrca de setenta anos de idade. O contador, nascido em Basra, Iraque, é hoje residente da Casa Malben para Velhos em Pardes Haná.

Os Motivos bem conhecidos H171.2, "Pássaro indica eleição de imperador", L113.1.7, "Servo como herói", L165, "Rapaz modesto torna-se rei", e J913, "Rei tem baixela de barro colocada à mesa entre a de ouro", são usados aqui dentro de uma estrutura de uma *maschal* sôbre rejeitar falso orgulho, cuja *nimschal* o contador não mais se lembra. O significado da citação bíblica (*Provérbios,* 30, 22), que fornece o título à estória, é totalmente diferente aqui do que aparece no contexto original. A humildade do rei pode ser entendida como um alusão à humildade do homem tal como é refletida em tais frases como a "gôta fétida" e o "lugar de pó, vermes e bichos" no "Ensinamento de Nossos Pais" (Philip Blackman (ed.), *Mischnaiot,* Vol. IV [Londres, 1954], cap. iii, p. 505).

Em certo reino, antigamente, havia um costume de escolher um rei de acôrdo com a vontade do céu. Um pássaro raro, conhecido como o Pássaro da Felicidade, era sôlto por ocasião da morte do rei, e na cabeça de quem pousasse, essa pessoa passava a ser o nôvo monarca. Certa vez, por ocasião da eleição de um nôvo rei, o pássaro pousou na cabeça de um servo. Êste servo ganhava o pão de cada dia tocando tambor e dançando em casamentos, vestido com uma capa de plumas e usando um cinturão feito de cascos de cordeiro.

Ao ser escolhido rei, o servo ordenou que construíssem uma pequena cabana perto do palácio real. Lá guardou o que possuía — sua capa de plumas, seu cinturão feito de cascos de cordeiro e seu tambor, além de um grande espelho.

Os ministros ficaram muito admirados e pediram ao rei que explicasse o seu estranho comportamento. — Vós deveis portar--vos com dignidade, mesmo quando estais só — disseram êles, recriminando-o.

O rei respondeu: — Eu era um servo antes de me tornar rei. Portanto, quero recordar a mim mesmo que eu era um servo. Sòmente assim não me imaginarei superior a vocês e a outros homens: sòmente assim não deixarei que o orgulho domine meu coração.

61. QUAL É A MELODIA MAIS DOCE?

ACI 1182. Narrado por Zvulun Kort do Afeganistão, agora residindo em Tel Aviv.

Para outras respostas ao enigma do superlativo, "Qual é o som mais suave?" (toque de sino, palavra de Deus e assim por diante), ver Motivo H635, "Enigma: Qual é o som mais suave?" O enigma às vêzes é parte do Tipo 875, *A Jovem Camponesa Astuta,* ou 922, *O Pastor Substituindo o Sacerdote Responde às Perguntas do Rei,* ambos os contos mundialmente conhecidos. Para outros enigmas do superlativo, ver N.º 68 (neste livro), "Os Dois Loucos" (ACI 309).

O Xá Abas da Pérsia era um homem muito sagaz que gostava de conversar por meio de parábolas. Entre seus ministros encontrava-se Merza Zaki, que entendia muito bem suas parábolas.

Certo dia, o Xá estava em conselho com seus ministros, discutindo os destinos dêste mundo. Então, perguntou a seus ministros· — Qual é a melodia mais doce?

Um respondeu: — A melodia da flauta.

— Não — respondeu outro ministro. — A melodia da harpa é a mais agradável ao ouvido.

O terceiro observou: — Nem uma, nem outra! O violino tem o melhor som.

Assim, surgiu uma calorosa discussão.
Merza Zaki permanecia em silêncio, sem nada dizer. Dias passaram-se. Então, Merza Zaki convidou o Xá e os regentes do Estado para um banquete em honra dêles. Músicos entretinham os dignos convidados com todos os tipos de instrumentos. Mas que estranho, na mesa não havia comida. Os convidados não viam nem alimentos nem bebidas. Devemos lembrar que, no Oriente, em um banquete, as mesas estão sempre cobertas de iguarias, e depois dos convidados comerem e beberem à saciedade, servem ainda mais comida e trazem para as mesas repletas carne e arroz em baixelas de cobre. Então, onde estava a comida? Seria embaraçoso indagar, e portanto os convidados continuaram ali sentados até meia-noite. Então Merza Zaki fêz um sinal ao chefe dos garçãos que trouxe, por fim, uma travessa de comida e bateu na tampa da travessa com uma enorme colher. Clinque! Clinque!

Todos os convidados suspiraram aliviados. De fato, já era tempo. Então o Xá Abas disse: — O clinque dos pratos aos ouvidos de um homem faminto: eis é a mais doce das melodias.

62. A OBRA DO ALFAIATE E A DE DEUS

ACI 639. Registrado por N. Schwarzstein em Jerusalém, como ouviu de I. Stil, nascido na Hungria.
Para uma outra versão, veja A. Druyanov, Vol. I, N.º 125.
Esta anedota contém o Motivo J1115.4, "Alfaiate astuto".

Um rabi encomendou um par de calças. Seu alfaiate prometeu: — Eu lhe entregarei a encomenda dentro de uma semana, na próxima sexta-feira.
O alfaiate, porém, não cumpriu sua promessa e trouxe as calças três dias depois.
O rabi experimentou-as e ficou satisfeito, pois não apresentavam nenhum defeito. Pagou ao alfaiate e perguntou: — Explique-me por que Deus levou sòmente seis dias para criar o mundo e você, para fazer um par de calças, demorou dez dias.
O alfaiate levantou a cabeça e respondeu sèriamente: — Meu Rabi! Olhe para minha obra! Não possui um defeito sequer. Agora, olhe para o mundo, a obra do Altíssimo, louvado seja.

63. ISTO TAMBÉM PASSARÁ

ACI 126. Coligido por Heda Jason, estudante da Universidade Hebraica, de D. Franko, comerciante, nascido na Turquia.
Na revista da Sociedade de Folclore Israelita, *Ieda-'Am,* N.º 9 (fevereiro, 1952), p. 14, o Rabi I. L. Avida (outrora Zlotnik) e o Dr. Iom-Tov Lewinski oferecem vários modelos de explanações da fórmula mágica hebraica "GZY" como sendo uma abreviatura de *"Gamzu ya' avor",* hebraico (Isto também passará). Citam êles várias versões impressas da estória. Durante a Segunda Guerra Mundial, uma companhia dos Estados Unidos vendeu anéis de amuleto "GZY" "Por Nossos Rapazes nas Fileiras", com as três letras hebraicas gravadas no anel. Neste conto estão presentes os Motivos H86.3, "Anel com nomes inscritos nêle", D1317.5, "Anel dá aviso", e D1500.1.8, "Amuleto mágico cura doença".

O Rei Salomão certa vez procurava algo que curasse a depressão. Mandou reunir seus sábios. Êles meditaram por muito tempo e lhe deram o seguinte conselho: — Faça um anel e grave nêle as seguintes palavras: "Isto também passará".
O Rei seguiu o conselho. Mandou fazer o anel e usava-o constantemente. Tôda vez que se sentia triste e deprimido, olhava para o anel, e assim mudava o seu humor e êle tornava a ficar alegre.

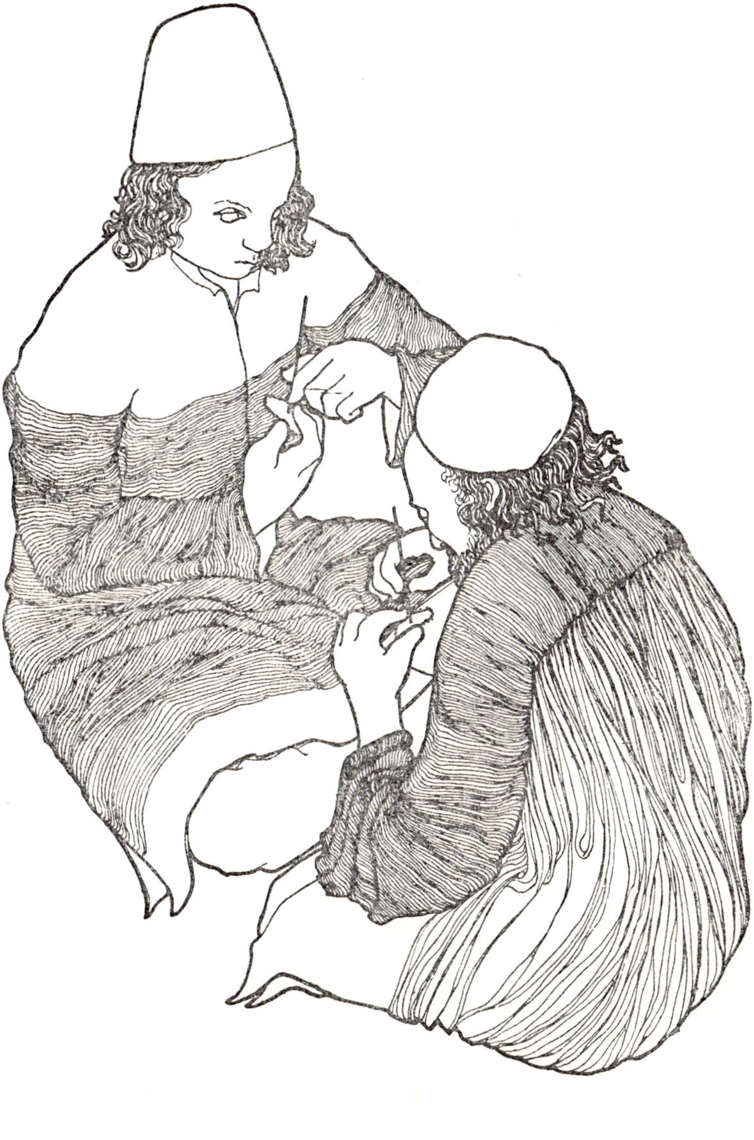

ourives iemenitas

64. O RAMBAM E A GARRAFA DE VENENO

ACI 666. Registrado por Saami Saati, jovem lavrador, como o ouviu de seus pais no Iraque.

Esta estória contém os Motivos N646, "Homem pensa pôr fim à vida bebendo água envenenada, mas ela o cura", D1500. 1.16, "Garrafa de remédio mágico", J1115.2, "Médico astuto", e F956, "Diagnóstico extraordinário". Maimônides (1135-1204) escreveu um tratado especial em 1199, "Dos Venenos e da Proteção contra Remédios Letais"; em *Essay on Maimonides,* ed. S. W. Baron (Nova Iorque, 1941), pp. 265-300, figura uma discussão de "As Obras Médicas de Maimônides", da autoria de M. Meyerhof. Comparar o presente conto com a estória bíblica de como Moisés curou o povo de Israel de mordidas de cobra com uma imagem de cobre de uma serpente (*Números,* 21, 6-9). Para referências à literatura pós-bíblica, veja-se L. Ginzberg, *The Legends of the Jews,* III, 336, e VI, 115-116.

Para Maimônides nas lendas e contos populares judaicos, ver Ieschaia Berger, "O Rambam na Lenda Folclórica", *Massad,* II (Tel Aviv, 1936), 216-238. "Rambam" é o acróstico de: *R*abenu *M*osche *B*en *M*aimon.

O Rambam era um médico famoso em seu tempo. Possuía também uma farmácia onde havia fileiras cheias de garrafas de remédios. Quando um homem doente vinha tratar-se, o Rambam olhava para as garrafas de remédio e então uma delas se punha a balançar. Essa garrafa continha o remédio necessário ao doente. Imediatamente o Rambam subia numa escada e pegava o remédio.

Certa vez, um paciente visitou todos os outros médicos da cidade, mas nenhum foi capaz de medicá-lo. Então êle foi ao Rambam e contou-lhe seus problemas. O Rambam olhou para suas garrafas e, vejam!, a garrafa de veneno começou a balançar-se. Então êle disse ao paciente: — Sinto muito. Não tenho nenhum remédio para você. — E pensou consigo: "Se algo acontecesse ao paciente por causa do veneno, não iria a culpa recair sôbre mim?"

O paciente partiu irado, caminhando e caminhando até chegar a uma floresta. Lá deitou-se para descansar à sombra de uma árvore. Sua garganta estava sêca e êle olhou em volta à procura de água. De repente, ouviu o som de uma goteira e viu gôtas de um líquido que caía numa jarra. Decidiu levantar-se e tomar a água. Engoliu-a e imediatamente se sentiu melhor. Sua doença havia passado.

Voltou ao Rambam e lhe contou em triunfo o que havia sucedido. O Rambam disse: — Vá, por favor, ao mesmo lugar e descubra de onde caía a água.

O homem voltou à floresta e viu num dos galhos da árvore uma enorme cobra que despejava o líquido de sua bôca dentro da jarra. O homem retornou ao Rambam e contou-lhe o que havia visto.

O Rambam riu e disse: — A garrafa de veneno que se balançara em minha farmácia era o único remédio para você. Eu bem o sabia, mas temi que me atribuíssem a culpa se alguma desgraça o assaltasse.

TOLICES

65. O MILAGRE DA PÁSCOA

ACI 1855. Registrado por Miriam Scheli, junto a seu pai, Nahorai Scheli, nascido na Tunísia.

Tipo 1529: *Ladrão Afirma Ter Sido Transformado em Cavalo*. Uma outra versão judaica dêste tipo pode ser encontrada em A. Druyanov, Vol. II, N.º 1346, e um texto judaico da Europa Oriental é registrado em Gross, pp. 408-409. Para referências adicionais, ver R. Köhler-J. Bolte, I, 507-509. Textos turcos vêm anotados em W. Eberhard-P. N. Boratav, N.º 341 (III), "Die Diebe und der Bauer". Essa estória é conhecida na antiga literatura arábica (V. Chauvin, VII, 136; e R. Basset, I, 492). Na tradição espanhola ela foi levada para o Chile e para as Filipinas. Embora não haja exemplos impressos ainda dos Estados Unidos, R. M. Dorson registrou um texto polonês de Hipolith Gluski, em Detroit, Michigan.

A festa da Páscoa já estava chegando e um pobre judeu da cidade não tinha nem uma coroa para o seu *seder*. Então, dirigiu-se a um judeu rico da mesma cidade com uma proposta:
— Em vez de me dar cem libras, por que não me empresta seu burro?

É lógico que o judeu rico concordou. Êle receberia seu burro de volta, sem perder dinheiro algum.

No mercado no dia anterior à Páscoa, o judeu levou o burro para vender. O preço era bastante baixo e o burro foi vendido a um beduíno. O judeu seguiu o beduíno e o burro que se dirigiam a casa. À noite, êle entrou no pátio do beduíno, roubou o burro e levou-o de volta ao judeu rico. Depois retornou ao pátio do beduíno, amarrou-se no lugar onde antes estava o burro, e esperou.

Na manhã seguinte, o beduíno encontrou um homem em vez de um burro. Seu coração se encheu de mêdo. Imediatamente o burro (o judeu pobre) começou a explicar que era na realidade um homem a quem os demônios haviam punido, transformando-o em burro.

O beduíno ficou aterrorizado. Soltou o homem e pediu-lhe que se fôsse e não mais retornasse. Exclamou: — Não quero ligações com demônios e com homens transformados.

Então, o judeu usou o dinheiro da venda do burro para a sua ceia de Páscoa.

Na feira seguinte, o judeu rico levou o burro para vender. O beduíno, que ainda não comprara um burro, foi outra vez ao mercado a fim de procurar um. Quando viu o burro que havia comprado algum tempo atrás, aproximou-se dêle e sussurrou em seus ouvidos: — Desta vez deixo que o compre alguém que não o conheça. Você já zombou de mim uma vez. E é o bastante.

66. O CÁDI ZAROLHO

ACI 1875. Registrado por Iossef Schaar, professor de escola primária, de Suliman Schamen, nascido em Saana, antiga capital do Iêmen.

Tipo 1675: *O Boi (Asno) como Prefeito,* e Motivo J1882.2: "O asno como prefeito". Originalmente, esta é uma anedota literária, que aparece nas coletâneas orientais como *As Mil e Uma Noites* e entre os gracejos de Hodscha Nasreddin (S. Tompson, *The Folktale,* p. 191). Para referências bibliográficas, ver V. Chauvin, VII, 170; A. Wesselski, *Der Hodscha Nasreddin,* Vol. I, p. 224, N.º 63; e J. Bolte-G. Polívka, I, 59, n. 1. O Tipo 1675 é registrado como de circulação oral principalmente na Europa Setentrional e Oriental, na Índia, e na tradição francesa no Canadá.

Um texto da Ásia Central, do Cazaquistã, aparece em W. Sidelnikov, N.º 26; um árabe vem registrado em C. G. Campbell (1952), N.º 30; e alguns judaicos da Europa Oriental podem ser encontrados em N. Gross, pp. 110, 209-210.

Os ministros maometanos no Iêmen eram da seita "altiva". Afirmavam que, quando um pai judeu morria, a "judaidade" de seus filhos se extinguia e que os maometanos deviam converter êsses órfãos, que então eram puros, ao Islã. O Imame Iodia, o rei do Iêmen, era um rei piedoso e não era muito estrito no cumprimento dêsse preceito religioso na cidade de Saana. Mas os ministros, chefiados pelos filhos da família Alusa, eram inflexíveis nesse assunto. Em cada distrito em que seu poder era sentido, costumavam caçar órfãos judeus, pegá-los e convertê-los à fôrça ao islamismo.

Um bairro judeu na cidade de Saana, Koa El Iehud, era o refúgio de todos os órfãos ali introduzidos por seus parentes de tôdas as cidades e aldeias do Iêmen. Pariòdicamente, os homens de Alusa costumavam passar por êsse bairro judeu, procurando tais órfãos contrabandeados. Os seguidores de Alusa, em geral, eram homens vazios e negligentes, de quem o Kohelet dissera: "Não existe superioridade do homem sôbre o animal".

— Certamente há órfãos entre êles — disse um dos homens de Alusa quando entrou no *heder* e viu o professor ensinando a Torá a seus alunos. O professor, vendo diante de si um *cabile,* disse: — O quê! Então você não vê que êles não são crianças? Antes eram asnos, e após muitos estudos foram transformados em crianças.

Uma das crianças, que entendeu as palavras do mestre, começou a zurrar e tôdas as outras imitaram-na.

— Veja — disse o professor ao *cabile.* — Quando param de estudar, êles se tornam burrinhos outra vez.

Houve uma algazarra imensa no *heder.* Os zurros dos alunos não paravam e o *cabile* convenceu-se de que o professor falara a verdade.

— Eu tenho em casa um burrinho zarolho — disse o *cabile.*
— Amanhã eu o trarei aqui, e espero que você não tenha dificuldade em ensiná-lo e convertê-lo num menino.

O mestre ficou surprêso com o pedido e disse: — Você terá que esperar muito tempo.

— Quanto tempo?
— Três anos.
— Estou disposto a esperar se você puder transformar o burro em menino. Há muitos anos que eu e minha espôsa desejamos um filho, mas o Altíssimo não atendeu ao nosso desejo.

Quando o *cabile* deixou o *heder* e retornou à sua aldeia, Beir El Asab, o professor disse aos alunos: — Nossos eruditos, benditos sejam, permitiram enganar os infiéis, delatores e coletores, se a questão fôsse de vida ou morte.

Na manhã seguinte, o *cabile* trouxe o asno caolho ao *heder* e disse ao professor: — Eu lhe trouxe o burrinho para estudar. Em três anos virei buscá-lo.

— Devo dizer-lhe — avisou-o o mestre — que ninguém deve saber disso, e você nunca poderá vir visitá-lo, até que se passem os três anos.

O professor passou o asno a um *cabile* de outra aldeia e esperou que o incidente fôsse esquecido e que a perseguição aos órfãos não mais perturbasse os judeus.

O *cabile* tornou a Beir El Asab feliz e contente da vida. Estava certo de que o burro faria progresso no bairro judeu e que em três anos estaria transformado em um ser inteligente.

Depois de três anos, o *cabile* voltou e perguntou ao professor sôbre o asno que deveria, nessa altura, estar um rapazinho.

— Onde está o meu menino? Onde está o meu menino? — indagou o *cabile*, procurando-o entre os alunos. Inicialmente, o mestre surpreendeu-se ante êste estranho pedido, mas depois lembrou-se da promessa. "Aquêle que tem intenção de mentir deve rejeitar a evidência", pensou o mestre consigo e disse ao *cabile*: — Seu burro distinguiu-se como aluno. Aprendeu ràpidamente nestes três anos e foi eleito cádi em Demar.

— Em Demar? — perguntou o *cabile*.

— Sim, em Demar — respondeu o professor com segurança, pois sabia que o cádi de Demar era caolho.

O *cabile* recebeu a informação do mestre com alegria e foi a Demar a fim de procurar o burro que se havia transformado em cádi. Ao chegar em Demar, viu que realmente o cádi era zarolho.

— Você não me reconhece? — perguntou o *cabile*. — Você é o meu asno caolho. — Quando o cádi de Demar, um homem respeitável e fàcilmente irritável, ouviu aquela blasfêmia do *cabile* tomou-o por um louco e mandou prendê-lo imediatamente.

— Esta é a minha recompensa? — gritou o *cabile*. — Dei-lhe o melhor feno e agora êle me trata como a um estranho.

Tôdas as explicações do *cabile* de nada valeram. Seus gritos e choros irritaram ainda mais o cádi, e êste deu ordens para que o açoitassem a fim de afugentar os maus espíritos.

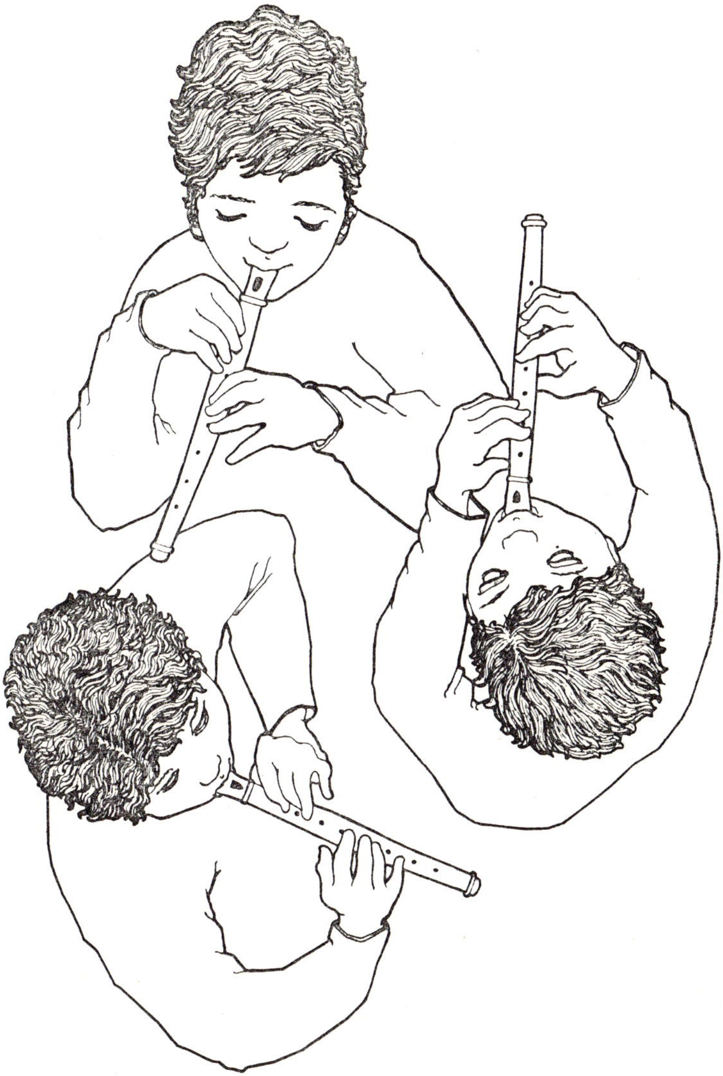

meninos com flautas

67. O ALFAIATE COM A SORTE TRANCADA

ACI 8. Registrado por Elischeva Schoenfeld, de Mordehai "Marko" Litsi, nascido em Adrianopla, Turquia.

O narrador, embora contando em hebraico, usa expressões turcas como *"tik-tik-tikandi"*, que quer dizer "a sorte está trancada". Esta estória pertence ao Tipo 947A, *Má Sorte Não Pode Ser Detida,* que foi registrado sòmente na área do Mediterrâneo Oriental. Ver W. Eberhard-P. N. Boratav, N.º 131, "Der Unglücksmann" (III), para exemplos turcos. Contudo, uma estória semelhante da Ásia Central aparece em M. I. Shewerdin, Vol. I, N.º 47, p. 348 (segundo conto). Para uma outra versão, ver N.º 34 (neste livro).

Certa vez vivia um alfaiate que trabalhava da manhã até a noite, costurando roupas. Era um homem diligente e trabalhador, mas não conseguia enriquecer.

— A minha sorte está trancada, a minha sorte está trancada — costumava repetir o dia todo.

Um dia, o sultão e seu vizir passaram pela oficina do alfaiate, disfarçados em trajes civis. Ao ouvirem as palavras do artesão, aproximaram-se a fim de encomendarem umas roupas. O alfaiate concordou e, após algum tempo, a encomenda estava pronta. O vizir veio buscá-la e trouxe para o alfaiate uma galinha assada numa bandeja. Entretanto, êle não revelou ao alfaiate que a galinha estava recheada com moedas de ouro. O alfaiate nem olhou para a galinha assada. Agradeceu simplesmente ao vizir e disse que a comeria quando sentisse fome. Depois continuou a costurar, murmurando sempre: — A minha sorte está trancada! A minha sorte está trancada!

O delicioso aroma da galinha assada atraiu a atenção de um vizinho, um rico comerciante.

— Por que você não come a galinha? — perguntou o comerciante.

— Não estou com fome. A minha sorte está trancada, a minha sorte está trancada — respondeu o alfaiate. — Leve a galinha, se quiser. Mas devolva-me a bandeja depois.

O comerciante levou a galinha para casa e, é lógico, achou as moedas dentro. Escondeu-as em seu armário e devolveu a bandeja ao alfaiate sem dizer palavra sôbre o achado.

No dia seguinte, o vizir veio buscar a bandeja. — A galinha estava saborosa? — perguntou.

— Não a comi, pois não tive fome — respondeu o alfaiate. E recomeçou a murmurar: — A minha sorte está trancada. A minha sorte está trancada.

O vizir foi embora, pensando numa maneira de ajudar o alfaiate. Preparou um peru assado, encheu-o com ouro e levou-o ao alfaiate.

Mais uma vez o alfaiate não ligou para a comida, e mais uma vez o mesmo vizinho levou o peru. Êste deliciou-se outra vez com a comida e escondeu as moedas que encontrou. E o alfaiate continuou a murmurar: — A minha sorte está trancada, a minha sorte está trancada.

O vizinho devolveu a bandeja ao alfaiate e no dia seguinte o vizir veio buscá-la. — Como vai? Deliciou-se com o peru? — perguntou êle.

— Não o comi, pois não tive fome — respondeu o alfaiate. E continuou a murmurar: — A minha sorte está trancada, a minha sorte está trancada.

— De fato, a sua sorte está trancada — disse o vizir para si mesmo. Êste voltou outra vez ao palácio, preparou um ganso assado, encheu-o de moedas de ouro, e levou-o ao alfaiate. Porém, ainda desta vez não foi o alfaiate, mas seu rico vizinho quem se deliciou com a comida e ficou com as moedas ocultas dentro do ganso.

Nessa mesma noite, o vizir veio em busca da bandeja. Ao vê-lo chegar, disse o alfaiate: — Vejo que mais uma vez você me trouxe boa comida. Até agora quem se deliciou com seus presentes foi o meu rico vizinho, mas hoje estou pronto a comer um ganso assado.

O vizir ficou louco de raiva. — Sua sorte estêve em suas mãos — disse êle. — Havia moedas de ouro dentro da galinha, dentro do peru e dentro do ganso. É inútil querer ajudá-lo. Sua sorte estará sempre trancada até o fim de sua vida.

O alfaiate continuou a costurar, murmurando: — A minha sorte está trancada. A minha sorte está trancada.

68. DOIS LOUCOS

ACI 309. Registrado por Zvi Mosche Haimovitch, de Menasche Maschlad, nascido no Iraque e agora residente na Casa Malben para Velhos em Neve Haim.

Uma combinação pouco usual de uma piada e um enigma. Para uma outra versão da anedota, ver A. Druyanov, Vol. II, N.º 1168. As mesmas três perguntas na velha literatura judaica podem ser encontradas em M. Gaster, *The Exempla of the Rabbis,* N.º 434. Para as perguntas, ver Motivos H633.3, "O que é mais doce: seio de mãe", H645, "Enigma: qual a coisa mais pesada?", e H659.14, "Enigma: qual a coisa mais fácil?" Os Motivos humorísticos são K1771, "Ameaça evitada por lôgro", e J1116.1, "Louco astuto".

Dois loucos estavam internados numa casa para doentes mentais em Bagdá. Um dêles, chamado Natan, fôra abastado, mas, após perder todo o seu dinheiro, teve um colapso. O outro, chamado Izhar, era um homem educado. Apaixonara-se, mas fôra rejeitado, com o quê sofreu profundamente, ficando doente também.

Certa vez, ao ser examinado pelo médico, Natan queixou-se de que homens maus ligados a êle por negócios, haviam atestado que êle estava louco e o haviam internado num hospital

para doentes mentais. Pediu ao médico que o ajudasse a fugir.
O médico, entretanto, respondeu-lhe evasivamente.
Na consulta seguinte, Natan tornou a pedir ao médico, que
prometeu tentar ajudá-lo. Mas o paciente percebeu que seus
pedidos eram em vão. Já havia aturado demais êsses tratamentos, e decidiu resolver o assunto por si mesmo. O que fêz
então?
Quando anoiteceu, trepou no muro que cercava a casa de
saúde e, com um bastão nas mãos, começou a bater no muro
gritando como alguém que, montado num burro, tem pressa de
chegar a casa.
Os auxiliares da casa de saúde temiam que o paciente caísse
e morresse, e que seriam acusados de cuidados insuficientes.
Pediram-lhe então para que descesse, fazendo-lhe milhões de
promessas; mas Natan não lhes dava ouvidos. Então a enfer-
meira veio, trazendo uma roupa nova e lhe disse: — Venha vestir
a roupa nova antes de ir embora.
Natan não lhe prestou atenção, e os espectadores já estavam
perdendo a paciência. Então, veio Izhar, seu amigo, que disse
ao médico: — Se você permitir soltar-me, farei êste homem
descer da parede.
O doutor concordou, após o quê Izhar pediu que lhe trouxessem uma tesoura; quando lha deram, começou a cortar o
muro. Enquanto cortava, gritou: — Você está caindo com as
pedras do muro.
Ao ouvir isso, Natan gritou: — Espere um minuto, eu vou
descer.
Foi imediatamente pêgo e pôsto numa solitária.
Depois disso, Izhar pediu ao médico que cumprisse a sua
palavra e o libertasse.
— Espere uns dias e farei o que disse — respondeu o médico.
— Não esperarei nem um minuto mais — replicou Izhar, e
foi ao diretor da casa de saúde, queixando-se de que o médico
não havia cumprido a sua palavra.
O diretor disse: — Vou propor-lhe três enigmas, e se você
fôr capaz de resolvê-los, eu o porei em liberdade.
Izhar concordou, após o quê o diretor lhe perguntou: — O que
é mais doce do que a própria doçura? O que é mais leve do que
a própria leveza? O que é mais pesado do que o próprio pêso?
Izhar respondeu na mesma ordem: — O leite que o bebê suga
do seio materno é mais doce que a própria doçura. O embrião
no útero materno é mais leve do que a própria leveza. Um
coração cruel é mais pesado do que o próprio pêso.
O diretor ficou satisfeito com a inteligência do paciente e concedeu-lhe liberdade.

69. OS DOIS MARIDOS

ACI 1749. Registrado por Abraham Ben-Iaacov, diretor de escola primária, de uma mulher de oitenta anos nascida no Iraque.

Êste texto combina os Tipos 1284, *Pessoa Não Se Conhece a Si Mesma*, e 1406, *A Aposta da Espôsa Alegre*. Estão presentes os Motivos J2301, "Maridos ingênuos" e J2012.4, "Louco com roupa nova não se conhece a si mesmo". Para uma outra versão judaica, que empregue o último motivo, ver A. Druyanov, Vol. II, N.º 1139. A. Wesselski inclui versões asiáticas de ambos os tipos em seu *Der Hodscha Nasreddin*, Vol. I, N.º 298. Para exemplos turcos do Tipo 1406, ver W. Eberhard-P. N. Boratav, N.º 271, "Wer kann seinen Mann am besten betrügen?". Cf. um texto árabe dado por E. Littmann em *Arabische Märchen*, pp. 370-376. O Tipo 1284 é registrado na Bélgica, na Hungria e na Índia, ao passo que o Tipo 1406 tem uma circulação mais ampla através da Europa. Registros recentes do Tipo 1406 no Curdistão aparecem em E. S. Druzhinina, N.º 21, 39.

O Tipo 1284 surge independentemente no próximo conto, N.º 70 (ACI 1181).

Numa cidade do Oriente vivia uma mulher muito inteligente, chamada Schafika. Era casada com um homem tolo, cujo nome era Hangal. Schafika era uma ótima dona de casa e dirigia seu lar com sabedoria e habilidade. Suportava seu destino em silêncio e com suas próprias ações, procurava encobrir a estupidez do marido, sem envergonhá-lo em público.

Um dia, uma vizinha, chamada Rahama, foi visitá-la e ambas começaram a discutir sôbre o papel do homem na vida familiar. Rahama falava sôbre a coragem, a esperteza e a riqueza dos homens. Nesse momento, Schafika lembrou-se de seu estúpido marido, e irrompeu em lágrimas ao pensar em seu triste destino. Chorando, falou amargamente dos casamenteiros que não lhe haviam arranjado um bom marido. Decidiu então contar à vizinha as suas mágoas. Como está escrito: "Um aborrecimento no coração de um homem deve ser discutido".

— Oh! minha querida vizinha — começou Schafika, com um suspiro de cortar o coração. — O que devo dizer e o que devo contar? O Altíssimo amaldiçoou-me cruelmente e deu-me por marido um homem que possui tôda a estupidez do mundo. Já me causou muitos transtornos, e não sabe nem como ganhar uma *pruta* sequer, tudo devido à sua ignorância exagerada e por não saber como lidar com as pessoas.

— Todo o encargo da família está sôbre meus ombros e eu sou obrigada a trabalhar e suar o dia inteiro a fim de ganhar alguma *pruta* para que possamos viver. E à noite, tenho de verificar tôdas as necessidades da casa. Ai de mim! Miserável é minha sorte! Se você não acredita em mim, chamá-lo-ei para lhe mostrar uns exemplos de sua estupidez.

No mesmo instante, Schafika chamou o marido e disse: — Hangal, meu marido, vá ao telhado e traga uma fatia de pão para que você tenha o que comer no almôço.

— Como quiser, minha espôsa — respondeu Hangal. — Vou imediatamente.

Hangal dirigiu-se à escada e subiu. Quando estava na metade, começou a gritar: — Schafika, Schafika! Estou na metade da escada, e não sei se devo subir ou descer.

— Ai de mim! Seu estúpido! — respondeu Schafika. — Se as suas mãos estão vazias, é porque você ainda não pegou a fatia de pão e deve subir. Se você já tem a fatia de pão nas mãos, é porque estêve lá em cima e deve descer.

Hangal olhou para as mãos, encontrando-as vazias. Seguindo o conselho da espôsa, subiu ao telhado, pegou o pão e desceu. Quando estava na metade da escada, parou e gritou: — Schafika, Schafika! Estou outra vez no meio da escada e não sei se devo subir ou descer.

Outra vez Schafika repetiu o mesmo conselho. Hangal olhou para suas mãos e, vendo o pão, desceu.

Tolices

— Viu só, querida vizinha, a estupidez do meu marido? — perguntou Schafika e acrescentou: — Esta é minha sina. Lamento-a dia e noite, mas não há remédio.

Sua vizinha, procurando consolá-la, disse: — Minha querida Schafika, não fique triste e não deixe que os atos de seu marido pareçam piores do que são. Aquêles que fazem provérbios disseram: "O homem é negro como carvão, mas é piedoso". É melhor ter um marido como êsse do que não ter nenhum. Você sabe que uma mulher sem marido não é capaz de se arrumar direito e não lhe é permitido falar a outras pessoas. E agora aproxime-se e eu lhe revelarei um grande segrêdo. Se você soubesse como é estúpido e bôbo o meu marido, Schimon, você ficaria satisfeita com o seu. Ergueria os olhos aos céus, agradecendo ao Altíssimo o marido que tem. Meu marido é pior do que o seu. Se você não acredita em mim, vamos à minha casa e eu lhe mostrarei um exemplo da sua estupidez.

E assim foram ambas para a casa de Rahama. Esta pegou um cântaro, encheu-o de água e chamou o marido, dizendo-lhe: — Aqui está um jarro cheio de grãos. Leve-o ao moleiro e peça-lhe para que moa os grãos imediatamente, pois a vizinha não irá embora até que você volte.

Schimon pegou o jarro de água e levou-o ao moleiro, dizendo: — Minha espôsa o saúda que temos visita em casa, por isso, por favor, moa imediatamente êstes grãos na jarra para que eu não chegue atrasado em casa.

O moleiro, ao ver a água no jarro e ao ouvir as palavras de Schimon, percebeu que estava diante de um homem tolo. Decidiu, portanto, divertir-se um pouco.

No canto da casa do moleiro havia um hindu adormecido e o moleiro disse a Schimon: — Vá deitar-se perto do hindu e durma um pouco. Quando eu terminar de moer os grãos, eu o acordarei e o mandarei em paz para casa.

Assim fêz Schimon. Deitou-se perto do hindu. Quando estava profundamente adormecido, o moleiro aproximou-se e cortou sua barba. Em seguida, tirou seu chapéu, substituindo-o pelo do hindu. Depois o moleiro acordou Schimon, estendeu-lhe o cântaro e disse: — Já moí todos os grãos. Vá em paz.

Schimon voltou para casa com uma aparência tão estranha que Schafika e Rahama ficaram espantadas ao vê-lo. Sua mulher, Rahama, disse-lhe: — Quem é você? De onde vem?

Schimon respondeu: — Sou o marido de uma de vocês, mas não me lembro de qual das duas.

— Nós não o conhecemos — disse Rahama, estendendo-lhe um espelho. Ao mirar-se, Schimon compreendeu imediatamente que aquêle rosto não era o seu. Nunca usara um chapéu de hindu como aquêle, e sempre tivera barba. Schimon balançou a cabeça e começou a amaldiçoar amargamente o moleiro, dizendo: — Êsse cachorro de moleiro! Em vez de me acordar e entregar-me a farinha, acordou o hindu e mandou a farinha com êle e me deixou dormindo lá. Vou voltar correndo e pedir-lhe que me acorde, pois se eu dormir muito tempo naquele calor ficarei com insolação, Deus me livre.

Schafika voltou-se para Rahama e disse: — Você estava com a razão, minha amiga. Sou feliz em comparação a você. Possa o Altíssimo ajudá-la.

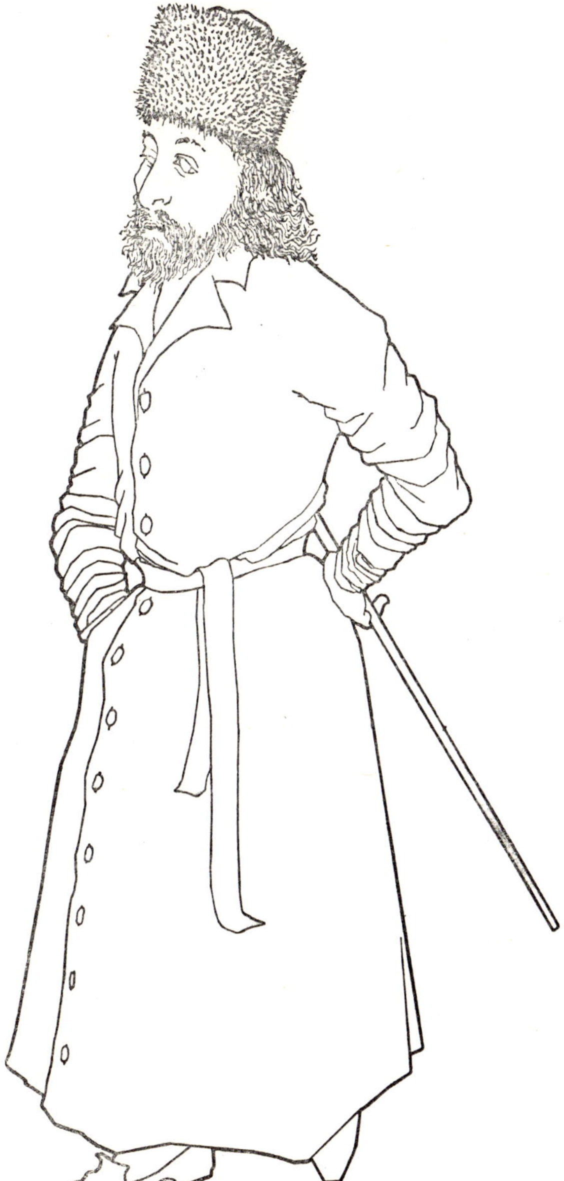

judeu rico da polônia

70. ONDE ESTÁ O JARRO?

ACI 1181. Registrado por Zvulun Kort, como o ouviu em sua juventude no Afeganistão.

Tipo 1284: *Pessoa Não Se Conhece a Si Mesma* (Motivo J2012), que também aparece como um episódio do N.º 69 (desta obra), "Os Dois Maridos" (ACI 1749). Uma outra versão judaica desta anedota, que aparece em A. Druyanov, Vol. II, N.º 1061, é contada sôbre os tolos de Helem; Druyanov inclui uma referência a uma variante árabe. A estória é popular na Hungria e é conhecida na Índia.

Mullah Nasser-E-Din foi aos banhos públicos. Lavou-se e viu que todos os banhistas estavam deitados no chão, pondo o teto abaixo com seus roncos. Disse a si mesmo: "Como seria bom dormir docemente". Mas como faria para não ser confundido com um vizinho? Pegou um jarro, prendeu-o à cintura e adormeceu.

Enquanto isso, um dos banhistas que estivera dormindo acordou e viu o jarro amarrado à cintura de Nasser-E-Din. Soltou o vaso e amarrou-o à sua própria cintura. Depois de algum tempo, Nasser-E-Din acordou e viu que o jarro já não estava com êle. Olhou em volta e, oh!, ei-lo, prêso à cintura de outra pessoa. Acordou o homem e disse: — Meu amigo, se eu sou eu, onde está o jarro? Mas se você é eu, quem sou eu?

71. EM QUE PENSAVA O SERVO?

ACI 1187. Narrado por Zvulun Kort, do Afeganistão, agora residindo em Tel Aviv.

O Motivo principal é J2377, "O vigia filosófico"; o Motivo W111.2, "O servo preguiçoso", é também presente, é sempre um tema popular no folclore judaico. Textos pertencentes a essa forma de estória estão classificados em J. Balys, N.º 2445, "O Servo e o Camareiro". Versões dêste conto foram também registradas em ACI, provenientes da Europa Oriental e do Iraque. A origem dos cardos é Motivo A2688.1.

Um senhor de terras da Pérsia partiu de viagem. Montava seu cavalo enquanto um de seus criados corria à frente. À tarde chegaram a um local onde resolveram pernoitar. Depois de terem comido a refeição, o senhor disse ao servo: — Você está cansado, pois correu o dia todo; vá dormir que eu guardarei o cavalo até meia-noite. Depois da meia-noite, eu o acordarei, e você ficará de guarda enquanto eu dormir.

O servo concordou e logo começou a dormir. O amo permaneceu de guarda até meia-noite; então, acordou o servo, dizendo-lhe que tomasse conta do cavalo e da sela. O amo adormeceu e o servo sentou-se, mas logo também estava cochilando.

Passou-se uma hora. O amo acordou e perguntou: — O que está fazendo, meu servo?
— Estou pensando — respondeu o servo.
— Em que pensa?
— Quem afiou os cardos do deserto?
— Bravo! Você é um ótimo guarda — disse o amo e adormeceu.
Passou-se mais uma hora. O amo acordou novamente e perguntou: — O que está fazendo, meu servo?
— Estou pensando.
— Em que está pensando?
— Para onde vai a terra desalojada quando se estaqueia uma tenda.
— Bravo! Você é um bom guarda — disse o amo e adormeceu.
Mais uma hora se passou. O amo tornou a acordar e perguntou: — O que está fazendo, meu servo?
— Estou pensando.
— Em que está pensando?
O escravo respondeu: — Estou pensando que ontem o senhor montou o cavalo e eu corri, à frente. Mas, amanhã, quem irá carregar a sela, se o cavalo não mais está aqui?

GLOSSÁRIO

AGADÁ (pl. *agadot*): lit. história, legenda. O conjunto de folclore, parábolas, e lendas contidas no Talmud. V. Hagadá.

ASCHKENAZI: de Aschkenaz, Alemanha. Judeu de origem alemã e, por extensão, dos países eslavos.

CABALA: tradição. Denominação dada ao conjunto das doutrinas místicas judaicas. Na sua forma restrita, designa o sistema místico-filosófico que teve origem na Espanha, no século XIII, e cuja influência na vida judaica foi das mais acentuadas. A Cabala divide-se em teórica (*innit*) e prática (*maassit*); a primeira, calcada em bases neoplatônicas, dedica-se ao estudo de Deus, suas emanações e a criação; a segunda procura aplicar as fôrças ocultas na vida terrena.

CABILE: oficial no Iêmen (árabe).

CÁDI: juiz religioso (árabe). De acôrdo com a teoria da lei muçulmana, o cádi deveria decidir em todos os casos que envolvessem questões de lei civil e religiosa. Na prática, entretanto, são levados a seu julgamento apenas problemas religiosos.

ERETZ ISRAEL: lit. Terra de Israel. O têrmo hebraico para designar a Palestina, que aparece em passagens bíblicas como *I Samuel*, 13, 19, *II Reis*, 5, 2 e por todo o livro de Ezequiel. Apareceu na forma abreviada em moedas, notas de banco e selos do govêrno do Mandato Britânico antes do estabelecimento do Estado de Israel. Não agrada muito aos judeus a preferência pelo têrmo "Palestina" em uso oficial.

GALUT: a situação dos judeus que vivem em terras estrangeiras, sem uma terra própria e, portanto, sujeitos a perseguições e opressão. *Galut* implica banimento compulsório dos judeus da Terra de Israel, em contraste com o têrmo *Diáspora,* que designa simplesmente a irradiação dos judeus por todo o mundo, numa migração mais ou menos voluntária. Em hebraico e em ídiche, a palavra é usada num dito para indicar um período muito longo: *Arokh keorekh he-galuth* (Tão longo quanto o *galut*).

GAMZU YA'AVOR: "Isto também passará". Frase de consôlo usada em época de infortúnio.

GINGY: ruivo. Gíria hebraica.

HAGADÁ: Nome dado ao livro que contém a narrativa do Êxodo do Egito e as demais partes do *seder,* o rito doméstico das duas primeiras noites do Pessach.

HAHAM: lit. sábio. Originàriamente aplicava-se ao professor fariseu e mais tarde ao rabino oficiante nas comunidades *sfaradim.* O título *Haham,* usado na Inglaterra, refere-se ao rabino da Congregação Espanhola e Portuguêsa em Londres.

HASSID (pl. *hassidim*): na literatura bíblica primitiva, uma pessoa amável e benévola; na literatura mais recente, um indivíduo santa ou estritamente religioso. No período helenístico, *hassid* era usado para designar um membro de uma seita judaica que se opunha à helenização da vida judaica. No uso moderno, designa tanto uma pessoa extremamente piedosa como um membro de Hassidismo, movimento fundado na Europa Oriental por Baal Schem Tov (1700-1760).

HANUCÁ: lit. dedicação. Festa da comemoração dos feitos dos Macabeus, também chamada Festa das Luminárias. É celebrada durante oito dias a partir de 24 de Kislev, nono mês do calendário hebraico.

HEDER: lit. quarto, câmara. Denomina a escola tradicional de primeiras letras no sistema educacional religioso que vigorou entre os judeus. Era freqüentada por meninos de sete a treze anos, onde se lhes ensinava a ler o Pentateuco e o Livro de Oração em hebraico.

IESCHIVÁ (pl. *ieschivot*): sessão. Escola tradicional judaica dedicada primàriamente ao estudo da literatura rabínica e talmúdica. É uma continuação direta das academias que floresceram na Palestina e na Babilônia nos períodos talmúdico e gaônico e que mais tarde se estabeleceram em várias regiões da Europa e em outros continentes.

KOHELET: O Livro do Eclesiastes.

MASCHAL: parábola, fábula. Na Bíblia, o têrmo se refere igualmente aos provérbios. Ver I *Samuel,* 24, 13, e *Provérbios,* 1, 1.

MIDRASCH: glosa, interpretação. Corpo de literatura exegética, que esclarece o texto literal da Bíblia.

MINIAN: quórum. Conjunto de dez homens indispensáveis para a realização de serviços congregacionais. Êsses participantes do *minian* devem ter pelo menos treze anos de idade. Nas congregações urbanas, onde é difícil reunir dez pessoas para serviços públicos, especialmente nos dias úteis, aluga-se um homem para ficar à disposição dêste serviço.

MITZVÁ (pl. *mitzvot*): mandamento, preceito. Segundo o Talmud (Makkot 23b), existem 613 preceitos no Pentateuco. As *mitzvot* são classificadas de várias maneiras, como mandamentos que regulam a conduta entre o homem e seu Senhor e entre o homem e seus companheiros, mandamentos aplicáveis sòmente à Palestina, e aquêles que não dependem da Terra Santa. Coloquialmente, o têrmo designa qualquer boa ação ou caridade.

MOHEL: o que executa a circuncisão.

NIMSCHAL: a moral da parábola.

OVED: lavrador. Um nome comum na Bíblia, como aparece em *Ruth*, 4, 17. Aqui é dado como nome ao herói da Bulgária, que aparece no conto N.º 43, "O Reiro dos Preguiçosos" (ACI 423).

PESSACH: Páscoa. Nome da festividade judaica que se celebra no décimo quinto dia do mês de Nisan, sétimo mês do calendário judaico e primeiro do ano hebraico. Durante oito dias (sete em Israel), os judeus comem o pão ázimo. No primeiro e no segundo dias realizam o *seder*. A festa comemora a saída de Israel do Egito.

PRUTA: moeda de valor monetário muito pequeno.

RAMBAM: abreviação de Rabi Mosche Ben Maimon, conhecido como Maimônides, um filósofo medieval judeu e famoso médico. Nasceu em 1135 em Córdova, Espanha, e deixou a cidade em sua infância para fugir à perseguição dos Almóadas. Depois de um período de viagens pelo Norte da África e uma curta estada na Palestina, fixou-se no Egito, onde morreu em 1204 e, de acôrdo com a tradição, foi enterrado no Tiberíades. Seu túmulo, embora de local desconhecido, atrai peregrinos diàriamente.

SCHABAT: sábado, dia do repouso.

SCHALOM: lit. paz. Cumprimento usual em Israel. Abreviatura da saudação tradicional: *schalom aleihem*, a paz seja convosco.

SCHED (pl. m. *schedim*, pl. fem. *schedot*): diabo. Têrmo bíblico (*Deuteronômio*, 32, 17, e *Salmos*, 106, 37) que significa diabo, espírito mau, ou gênio. Embora o significado bíblico seja algum tanto ambíguo, no Talmud a palavra refere-se exclusivamente a demônios.

SCHEVAT: undécimo mês do calendário hebraico e quinto do calendário judaico. Cai em janeiro-fevereiro. No dia 15 dêsse mês, o Tu Bischevat, celebra-se o Ano Nôvo das Árvores.
SCHMÁ: nome da primeira e mais importante oração judaica, a qual começa com as palavras: *Schmá Israel*, "Ouve, ó Israel...".
SCHOFAR: côrno, chifre. Designa trombeta de chifre de carneiro, usada pelos antigos hebreus como sinal de batalha (*Josué*, 6, 4-20) e para altas observâncias religiosas (*Êxodo*, 19, 19). Atualmente, é tocada na sinagoga antes e no decorrer da solenidade de Rosch ha-Schaná, o Ano Nôvo judeu, e no encerramento do Iom Kipur, Dia da Expiação.
SCHOHET: magarefe. Nome dado à pessoa licenciada pela autoridade rabínica para abater animais para alimentação de acôrdo com as leis religiosas judaicas.
SEDER: ordem. Lar religioso ou serviço de comunidade; especificamente, um jantar cerimonial realizado na primeira noite do Pessach (em abril), para comemorar o êxodo dos judeus do Egito. Fora de Israel, o *seder* é repetido na segunda noite da Páscoa.
SFARADI (pl. *sfaradim*): de Sfarad, Espanha. Judeus de origem espanhola ou portuguêsa ou que praticam o rito peculiar aos judeus hispano-portuguêses.
SOTTE: vovó (árabe).
TALMUD: o mais famoso livro dos judeus depois da Bíblia. É uma compilação de leis e interpretações da Lei e como que uma enciclopédia de legislação, folclore, lendas, controvérsias religiosas, crenças, doutrinas morais, tradições históricas, normas civis etc. que hermeneutas e glosadores (sob o nome de *Tanaítas, Amoraítas* e *Sevaraítas*) acumularam desde o encerramento da Bíblia até o século V de nossa era. Divide-se em Talmud de Jerusalém e Talmud da Babilônia, conforme o lugar em que foi redigido. Subdivide-se em Mischná e Guemara, cada qual com diversos tratados e ordens.
TIKANDI: trancado (turco).
TOMAN: moeda persa.
TORÁ: lei. Designa ora o Pentateuco, ora a Bíblia, ora todo o código cívico-religioso dos judeus, constituído pela Bíblia e pelo Talmud.
TZADIK (pl. *tzadikim*): devoto, justo, pio. Nome dado aos rabis hassídicos e aos intérpretes dos ensinamentos do Baal Schem Tov, que são considerados intermediários entre Deus e o homem.
WADI: rio temporário (árabe).

BIBLIOGRAFIA

AARNE, ANTTI. *Ver* THOMPSON, STITH.
ABU NAAMAN (pseud.). *Ver* SETAVI, MOSHE.
ANDREJEV, N. P., *Índice dos Tipos dos Contos Folclóricos da Rússia* (russo). Leningrado, 1929.
AUSUBEL, NATHAN. *A Treasury of Jewish Folklore*. Nova Iorque, 1948.
BALYS, JONAS. *Motif-Index of Lithuanian Narrative Folklore*. Kaunas, 1936.
BASSET, RENÉ. *Mille et un contes, récits et légendes Arabes*. 3 vols. Paris, 1925-1927.
BEN-ISRAEL AVI-ODED, ASHER. *Lendas da Terra de Israel* (hebraico). 2 vols. 2.ª ed. Tel Aviv, 1953.
BEN-IEHEZKEL, MORDECHAI. *O Livro de Contos* (hebraico). 6 vols. 2.ª ed. Tel Aviv, 1957.
BENFEY, THEODOR. *Pantschatantra: Fünf Bücher indischer Fabeln, Märchen und Erzählungen*. 2 vols. Leipzig, 1859.
BGAZHBA, H. S. *Filho do Cervo: Contos Folclóricos de Abkhazia* (russo). Moscou, 1859.
BIN GORION, MICA IOSSEF. *Der Born Judas: Legender, Märchen und Erzählungen*. Traduzido do hebraico por RAHEL RAMBERG. 6 vols. Leipzig, 1916-1923.
BJAZIROV, A. H. *Contos Folclóricos de Ossétia* (russo). Stalinir, 1960.

BOLTE, JOHANNES, e POLÍVKA, GEORG. *Anmerkungen zu den Kinder und Hausmärchen der Brüder Grimm.* 5 vols. Leipzig, 1913-1921.
BRITAJEV, S., e KASBEKOV, K. *Contos Folclóricos de Ossétia* (russo). Moscou, 1951.
BUBER, MARTIN. *Tales of the Hasidim. The Early Masters.* Traduzido por OLGA MARX. Nova Iorque, 1947.
CAHAN, I. L. [IEHUDÁ LEIB] (ed.). *Idische Folksmaises.* Vilna, 1931.
—. *Idische Folksmaises.* Edição revista e ampliada. Vilna, 1940.
—. *Idischer Folklor.* Vilna, 1938.
CAMPBELL, CHARLES G. *Tales from the Arab Tribes: A Collection of the Stories Told by the Arab Tribes of the Lower Euphrates.* Londres, 1949.
—. *Told in the Market Place.* Londres, 1954.
—. *From Town and Tribe.* Londres, 1952.
CHAUVIN, VICTOR. *Bibliographie des ouvrages arabes ou relatifs aux Arabs.* 12 vols. Liège e Leipzig, 1892-1922.
CLOUSTON, WILLIAM A. *Popular Tales and Fictions.* 2 vols. Edimburgo e Londres, 1887.
DAWKINS, RICHARD M. *Modern Greek Folktales.* Oxford, 1953.
DORSON, RICHARD M. "Jewish-American Dialect Stories on Tape", em *Studies in Biblical and Jewish Folklore,* ed. R. PATAI, F. L. UTLEY e DOV NOY (Bloomington, Ind., 1960), pp. 111-174.
DRUYANOV, ALTER. *O Livro de Anedotas e Habilidades* (hebraico). 3 vols. 5.ª ed. Tel Aviv, 1956.
DRUZHININA, E. S. *Contos Curdos* (russo). Moscou, 1959.
EBERHARD, WOLFRAM, e BORATAV, PERTEV N. *Typen turkischer Volksmärchen.* Wiesbaden, 1953.
ESPINOSA, A. M. *Cuentos populares españoles.* 3 vols. Madri, 1946-1947.
GASTER, MOSES. *The Exempla of the Rabbis: Being a Collection of Exempla, Apologues and Tales Culled from Hebrew Manuscripts and Rare Hebrew Books.* Londres, 1924.
—. *Studies and Texts.* 3 vols. Londres, 1925-1928.
—. (ed.). *Ma'aseh Book: Book of Jewish Tales and Legends.* Traduzido do ídiche. 2 vols. Filadélfia, 1934.
GINZBERG, LOUIS. *The Legends of the Jews.* 7 vols. (Vols. I, II e IV traduzidos do manuscrito alemão por HENRIETTA SZOLD; Vol. III traduzido por PAUL RADIN; Vol. VII (índice) preparado por BOAZ COHEN.) Filadélfia, 1909--1938.
GROSS, NAFTULI. *Contos Folclóricos e Parábolas* (ídiche). Nova Iorque, 1955.

GRUNWALD, M. "Contos Espanhóis e seus Motivos" (hebraico), *Edoth,* II (1947), 3-4, 225-244.

HANAUER, JAMES E. *The Folk-Lore of the Holy Land: Moslem, Christian and Jewish.* Editado por MARMADUKE PICKTHALL. Londres, 1907.

Ieda-'Am: Jornal da Sociedade de Folclore de Israel. Jerusalém, 1948 —.

KABIROV, M. N. e SHAHMATOV, V. F., *Contos Populares Uigures* (russo). Moscou, 1951.

KAPIEVA, N. *Contos Populares do Daguestão* (russo). Moscou-Leningrado, 1951.

KÖHLER, REINHOLD, e BOLTE, JOHANNES. *Kleinere Schriften.* 3 vols. Weimar, 1898-1900.

LITTMANN, ENNO. *Arabische Märchen aus mundlicher Uberlieferung.* Leipzig, 1957.

MARGALIOTH, ELIEZER. *O Profeta Elias na Literatura Judaica* (hebraico). Jerusalém, 1960.

MEYUHAS, JOSEF. *Contos Populares Orientais* (hebraico). Tel Aviv, 1938.

NEWMAN, LOUIS I., em colaboração com SPITZ, SAMUEL. *The Hasidic Anthology: Tales and Teachings of the Hasidim.* Nova Iorque e Londres, 1938.

NOY, DOV. "Archiving and Presenting Folk Literature in an Ethnological Museum", *Journal of American Folklore,* LXXV (1962), 23-28.

—. "A Lenda do Baal Schem Tov nos Carpatos" (hebraico), *Machnayim,* N.º 46 (junho, 1960).

—. *A Diáspora e a Terra de Israel* (hebraico). Jerusalém, 1959.

—. "O Profeta Elias na Noite do *Seder*" (hebraico), *Machnayim,* N.º 43 (março, 1960).

—. "The First Thousand Folktales in the Israeli Folktale Archives", *Fabula,* IV, N.º 1-2 (1961), 99-110.

—. *Contos Populares em Ídiche* (ídiche). Jerusalém, 1958--1959.

—. "A Prece do Simplório Traz Chuva" (hebraico), *Machnayim,* N.º 51 (novembro, 1960).

OLSVANGER, IMMANUEL. *Le'Haim! Habilidade e Humor Judaico* (ídiche). Coligido e ditado por I. O. Nova Iorque, 1949.

OLSVANGER, IMMANUEL. *Uvas com Amêndoas (Rosinkes mit Mandeln)* (ídiche). Basiléia, 1921.

PALACIN, A. D. L. *Cuentos Populares de los Judíos del norte de Marruecos.* 2 vols. Tetuã, 1952.

PATAI, RAPHAEL; UTLEY, FRANCES LEE; e NOY, DOV (eds.). *Studies in Biblical and Jewish Folklore.* ("Indiana University Folklore Series", N.º 13.) Bloomington, Ind., 1960.
PENZER, NORMAN M. (ed.). *The Ocean of Story: Being C. H. Tawney's Translation of Somadeva's Katha Sarit Sagara.* 10 vols. Londres, 1923.
RAPPOPORT, ANGELO S. *The Folklore of the Jews.* Londres, 1937.
SCHMIDT, HANS, e KAHLE, PAUL. *Volkserzählungen aus Palästina.* 2 vols. Göttingen, 1918-1930.
SCHWARZBAUM, HAIM. "The Jewish and Moslem Versions of Theodicy Legends", *Fabula,* III (1960) 119-169.
SETAVI, MOSHE (pseud. ABU NAAMAN). *A Caminho da Terra de Felicidade: Contos e Lendas para Crianças, Jovens e Velhos* (hebraico). Tel Aviv, 1954.
SHEWERDIN, M. I. (ed.). *Contos Populares do Usbequistão* (russo). 2 vols. Tachkent, 1955.
SIDELNIKOV, W. *Contos Populares do Cazaquistã* (russo). Moscou, 1952.
STEVENS, E. S. *Folktales of Iraq.* Londres, 1931.
THOMPSON, STITH. *The Folktale.* Nova Iorque, 1946.
—. *Motif-Index of Folk-Literature.* 6 vols. Edição revista. Copenhagen e Bloomington, Ind., 1955-1958.
THOMPSON, STITH, e AARNE, ANTTI. *The Types of the Folktale: A Classification and Bibliography.* ("Folklore Fellows Communications", N.º 184.) Helsinque, 1961.
THOMPSON, STITH, e ROBERTS, WARREN E. *Types of Indic Oral Tales.* ("Folklore Fellows Communications", N.º 180.) Helsinque, 1960.
WESSELSKI, ALBERT. *Der Hodscha Nasreddin.* 2 vols. Weimar, 1911.
—. *Märchen des Mittelalters.* Berlim, 1925.

ÍNDICE DE MOTIVOS

(Os números indicativos dos Motivos foram extraídos de STITH THOMPSON, *Motif-Index of Folk-Literature* [6 vols.; Copenhague e Bloomington, Ind., 1955-1958]).

Motivo		Conto
A541	Herói cultural ensina artes e ofícios	43
A661.0.1	Portão do céu	39
A661.0.1.2	São Pedro como porteiro do céu	39
A1321	Homens e animais reajustam duração da vida	26
A1371.3	Mulheres más transformadas de porcas e gansas	52
A1441	Aquisição da agricultura	43
A1441.4	Origem da semeadura e do plantio	43
A2435.3.2	Comida de gato	27
A2688.1	Origem dos cardos	71

B. ANIMAIS

B103	Animais que produzem tesouro	20
B103.0.5	Cabra que produz tesouro	2

B103.1.1	Asno que produz ouro	20
B123.1	Serpente sábia	57
B161.2	Fortuna aprendida de serpente	57
B217	Linguagem animal aprendida	25
B562.1	Animal mostra tesouro a homem	23
B562.1.3	Pássaros mostram tesouro a homem	23
B563.4	Animal conduz clérigo a lugar santo	2
B592	Animais transmitem características a homem	26
B651.4	Casamento com cachorro em forma humana	52

C. TABU

C242	Tabu: comer alimento de bruxa (demônio)	12
C423.1	Tabu: revelar fonte de poder mágico	4
C611	Quarto proibido	55
C785	Tabu: tentar guardar provisão para dia seguinte	8
C897.3	Tabu: calcular tempo de advento do Messias	3
C930	Perda de fortuna por quebrar tabu	19

D. MÁGICA

D132	Transformação: homem em asno	51
D141	Transformação: homem em cachorro	51
D154.1	Transformação: homem em pomba	51
D332.1	Transformação: asno (jumento) em pessoa	52
D341.1	Transformação: cadelas em mulheres	52
D615.2	Luta de transformação	55
D766.1	Desencantamento por banho (imersão) em água	51
D786.1	Desencantamento por meio de canção	56
D1317.5	Anel mágico dá aviso	63
D1451	Bôlsa inesgotável fornece dinheiro	19
D1472.1.22	Bôlsa (saco) mágica provê alimento	4
D1500.1.8	Amuleto mágico cura doença	63
D1500.1.16	Garrafa de remédio mágico	64
D1555	Passagem subterrânea aberta màgicamente	2
D1624	Imagem sangrando	47
D1652.5.11	Saco de alimento inesgotável	4

Índice de Motivos

D1960.2	Kyffhäuser. Rei dorme na montanha	3
D2131	Viagem mágica subterrânea	2
D2143.1.3	Chuva produzida por oração	7

F. MARAVILHAS

F92	Entrada feita para o mundo inferior	2
F111	Viagem ao paraíso terrestre	2
F333	Fada agradecida a parteira humana	12
F348.5.1.1	Mortal não pode revelar segrêdo de dádiva de alimento inesgotável	4
F372.1	Fadas levam parteira humana para atender mulher fada	12
F721.1	Passagens subterrâneas	2
F752.1	Montanha de ouro	23
F956	Diagnóstico extraordinário	64
F1041.1.4	Morte por saudade	47

G. OGROS

G303.3.1.12	O diabo como um cavalheiro elegante	8
G303.9.8.5	Ouro faz homem tornar-se avarento	19

H. TESTES

H12	Reconhecimento por canção	56
H13.22	Reconhecimento por ouvir conversa com pedra	48
H86.3	Anel com nomes inscritos nêle	63
H171.2	Pássaro indica eleição de imperador	60
H215.1	Espada mudada màgicamente em madeira quando carrasco vai decapitar pessoa inocente	30
H346	Princesa dada a homem que pode curá-la	53
H359.2	Teste de pretendente: roçar terra	52
H500	Teste de inteligência ou de habilidade	42
H509.5	Teste: contar mentira inteligente	44
H561.6	Rei e camponês competem em perguntas e respostas enigmáticas	37
H580	Uma declaração enigmática	59
H633.3	O que é mais doce: seio de mãe	68
H635	Enigma: Qual é o som mais suave?	61
H645	Enigma: Qual é a coisa mais pesada?	68

H659.14	Enigma: Qual é a coisa mais fácil?	68
H960	Tarefas realizadas com inteligência	42
H1020	Tarefas contrárias às leis naturais	42
H1558.7	Teste de amizade: o poder do dinheiro	14
H1558.7.2	Amigos desertam quando homem relata perda de seu dinheiro	14

J. O SÁBIO E O LOUCO

J21	Conselho de sabedoria comprovada por experiência	46
J154	Palavras sábias de pai moribundo	46
J913	Rei tem baixela de barro colocada à mesa entre a de ouro	60
J1085.1	O frade feliz torna-se mais infeliz quando recebe cada vez mais dinheiro	15
J1115.2	Médico astuto	64
J1115.4	Alfaiate astuto	62
J1116.1	Louco astuto	68
J1149.5	Prisão de culpado por sorriso	15
J1173	Séries de astutas decisões injustas: querelante se retrata voluntàriamente	16
J1661.1	Dedução a partir de observação	36
J1661.1.2	Dedução: rei é bastardo	36
J1882.2	O asno como prefeito	66
J2012	Pessoa não se conhece a si mesma	70
J2012.4	Louco com roupa nova não se conhece a si mesmo	69
J2301	Maridos ingênuos	69
J2377	O vigia filosófico	71
J2415	Imitação insensata de homem feliz	23
J2461.1	Observação literal de instruções sôbre ação	35
J2496.2	Divergência por causa de falta de conhecimento de outra língua diferente da sua própria	30

K. LOGROS

K33	Roubo de pessoa cega	15
K41	Competição de aradura	23
K306.4	Homem cego rouba de vizinho que, em troca, rouba dêle	18
K333	Roubo de pessoa cega	18

K444	Sonho com pão: o sonho mais maravilhoso	45
K500	Fuga da morte ou de perigo por embuste	41
K511	Carta de Urias mudada, ordem de execução falsificada	49
K890	Simplório induzido por lôgro a matar-se	39
K1612	Mensagem de morte fatal ao remetente	49
K1771	Ameaça evitada por lôgro	68
K1812.1	Rei incógnito ajudado por homem humilde	30
K1812.2	Rei incógnito junta-se a ladrões	32
K1812.4	Rei incógnito recebe hospitalidade de pescador	31
K1911	A falsa noiva (noiva substituída)	48
K2096.2	Ladrão rouba cego avarento de suas economias e oferece um dízimo em caridade na forma de um banquete aos pobres	15
K2110	Calúnias	10
K2110.1	Espôsa caluniada	59
K2251.1	Môça escrava traiçoeira	48
K2371.1	Entrada no céu por embuste	39

L. INVERSÃO DE FORTUNA

L113	Herói de trabalho pouco prometedor	31
L113.1.7	Escravo como herói	60
L114.2	Herói estróina	14
L162	Heroína modesta casa-se com príncipe (rei)	47
L165	Rapaz modesto torna-se rei	60

M. DETERMINANDO O FUTURO

M341.2.5	Profecia: morte por cabeça de cavalo	13
M370.1	Profecia de morte cumprida	13

N. OPORTUNIDADE E DESTINO

N452	Remédio secreto ouvido em conversa de animais (bruxas)	57
N455.6	Marido é informado da fidelidade da espôsa	59
N471	Tentativa insensata de segundo homem para ouvir segredos	23

N646	Homem pensa pôr fim à vida bebendo água envenenada, mas ela o cura	64
N773	Aventura de seguir animal a caverna (mundo inferior)	2

P. SOCIEDADE

P14.19	Rei sai disfarçado à noite para observar seus súditos	31, 32, 35

Q. RECOMPENSAS E CASTIGOS

Q4	Humilde recompensado, altivo punido	6
Q22	Recompensa por fé	6
Q42	Generosidade recompensada	22
Q44.2	Homem perdoado de pequenas faltas quando se sabe que dava dinheiro aos pobres como esmola	5
Q45	Hospitalidade recompensada	30, 35
Q111.2	Riquezas como recompensa (por hospitalidade)	31
Q140	Recompensa milagrosa ou mágica	4
Q221.6	Falta de confiança em Deus punida	6, 8
Q276	Mesquinhez punida	22
Q281	Ingratidão punida	20

T. SEXO

T320.4	Espôsa salva-se de lascívia de rei envergonhando-o	59
T323	Salva de amante indesejado por estragema	59

V. RELIGIÃO

V51.1	Homem que não sabe rezar tão santamente que possa andar na água	7
V229.1	Santo ordena volta da morte com informação sobrenatural	11
V360	Tradições cristãs e judaicas sôbre um povo e outro	11
V431	Caridade de usurário sem efeito	15,18
V433	Caridade de santos	5

W. TRAÇOS DE CARÁTER

W111	Preguiça	43
W111.2	O servo preguiçoso	71
W152	Mesquinhez	22

X. HUMOR

X905.1	Amo induz a dizer "Você mente"	44

ÍNDICE DE TIPOS

(Os números que designam os tipos foram extraídos de ANTTI AARNE e STITH THOMPSON, *The Types of the Folktales* [Helsinque, 1961]).

I. CONTOS DE ANIMAL (1-299)

Tipo		Conto
160	Animais Gratos: Homem Ingrato	29

II. CONTOS POPULARES COMUNS

A. Contos de Mágica (300-749)

325	O Mágico e Seu Aluno	55
332	Morte de Padrinho	8
425	A Procura do Marido Perdido	58
425A	O Monstro (Animal) como Recém-casado	58
449	O Cachorro do Tzar (Sidi Numan)	51
476*	Na Casa do Sapo	12
506	A Princesa Resgatada	50
507C	A Donzela Serpente	50
513C	O Filho do Caçador	54
550	Procura de Pássaro de Ouro	56

563	A Mesa, o Asno e o Bastão	20, 21
580*	A Bôlsa Inesgotável	19
613	Os Dois Viajantes (Verdade e Falsidade)	22, 23
653	Os Quatro Irmãos Espertos	53
653A	A Coisa Mais Rara do Mundo	53
655	Os Irmãos Sábios	36

B. *Contos Religiosos (750-849)*

751C*	Riqueza Leva a Orgulho	20
754	O Frade Feliz	15
828	Um Pastor Nada Sabe de Deus	7
827	Homens e Animais Reajustam Duração da Vida	26
836F*	O Avarento e o Ungüento dos Olhos	15
837	Como o Senhor Mau Foi Punido	17
841	Um Mendigo Confia em Deus, o Outro no Rei	34, 67

C. *Contos Curtos (Românticos, 850-999)*

852	O Herói Força a Princesa a Dizer "É Mentira"	44
875	A Jovem Camponesa Astuta	61
891B*	A Luva do Rei	59
894	O Mestre-escola Ghoulish e a Pedra da Piedade	48
910	Preceitos Adquiridos ou Dados de Comprovada Sabedoria	46
910D	O Tesouro do Enforcado	14
921	O Rei e o Filho do Camponês	37
922	O Pastor Substituindo o Sacerdote Responde a Perguntas do Rei	38, 61
923	Amor como Sal	57
923B	A Princesa Que Foi Responsável por Sua Própria Fortuna	57
924A	Discussão entre Sacerdote e Judeu Feita por Símbolos	38
930	A Profecia	25, 49
930*	Destino Predito como Castigo	25
934	O Príncipe e a Tempestade	13
947A	Má Sorte Não Pode Ser Detida	10, 67
950	Rhampsinitus	33
951A*	Três Ladrões Roubam o Tesouro	31

Índice de Tipos

D. Contos do Ogro Estúpido (1000-1199)

1199	A Oração do Senhor	8

III. BRINCADEIRAS E ANEDOTAS (1200-1999)

1284	Pessoa não se Conhece a Si Mesma	69, 70
1406	A Aposta da Espôsa Alegre	69
1529	Ladrão Afirma Ter Sido Transformado em Cavalo	65
1534	Séries de Astutas Decisões Injustas	16
1577*	Ladrão Cego Restitui Coisa Roubada	15, 18
1588**	Trapaceiro Pêgo por Cair em Suas Próprias Palavras	46
1626	Sonho com Pão	45
1675	O Boi (Asno) como Prefeito	66
1692	O Ladrão Estúpido	35
1693	O Louco Literal	35
1699	Divergência por Causa de Ignorância de Língua Estrangeira	39
1736A	Espada Vira Madeira	30
1842	O Testamento do Cachorro	1
1920	Competição de Mentira	24, 44
1920C	O Amo e o Camponês: o Grande Boi	44
1920F	Quem Diz "É Mentira" Deve Pagar uma Multa	44
1960G	A Grande Árvore	24

ÍNDICE DOS NÚMEROS DO ACI

ACI		Conto
6	A Rainha Que Era Feiticeira	51
7	A Estória Incrível do Filho do Mercador	24
8	O Alfaiate com a Sorte Trancada	67
13	A Estória do Bakalawa	45
14	O Camponês que Aprendeu a Gostar de Café	31
22	Os Três Irmãos	56
25	O Libelo de Sangue	11
37	O Leão que Andava no Jardim	59
44	O Carregador que Perdeu o Apetite	15
56	O Caçador e a Bela Filha do Rei	54
126	Isto Também Passará	63
142	A Estória de um Judeu que Controlou o Vento	42
144	Anos são como Dias	46
155	A Môça Enganada e a Pedra do Sofrimento	48
186	A Cidade que Tinha Fé em Deus	8
196	O Quinhão do Gato	27
209	O Mendigo e Seu Asno	20
249	A Astúcia dos Filhos de Israel	41
250	A Caridade Salvará da Morte	39
252	A Resposta Certa à Pergunta Certa	37

256	A Duração da Vida do Homem	26
271	O Rico Avarento e o Sapateiro	5
279	A Recompensa de uma Parteira	12
280	Um Servo Quando Reina	60
299	Não Se Foge do Destino	13
309	Dois Loucos	68
322	O Aluno que Superou o Mestre	55
327	Um Juiz de Cavalos, Diamantes e Homens	36
332	Acertando Contas com um Gracejador	40
335	Com a Vontade de Deus Tudo é Possível	49
342	A Grande Mentira	44
346	Quem é Abençoado com o Poder, Riquezas e Honra?	57
352	O Moinho de Café, a Bandeja e o Bastão	21
386	As Dez Serpentes	58
411	O Filho Estróina	14
412	Bendito Seja Deus Dia a Dia	30
422	A Caixa de Ossos	50
423	O Reino dos Preguiçosos	43
437	José, o Justo de Peki'in	4
458	Aquêle Que Dá Graças ao Rei e Aquêle Que Dá Graças ao Todo-Poderoso	34
464	Quem Curou a Princesa?	53
505	Uma Competição na Linguagem dos Sinais	38
506	A Espôsa Inteligente	47
532	As Duas Cabras de Schebreschin	2
541	Quando a Roda da Fortuna Gira	10
581	Até Que Eu Prove Quem Sou	28
609	O Mendigo Rico e Sua Bôlsa Maravilhosa	19
639	A Obra do Alfaiate e a de Deus	62
654	Um Avarento e um Homem Generoso	22
660	A Única Filha de Noé, o Justo	52
666	O Rambam e a Garrafa de Remédio	64
719	A Sêca em Mossul	7
966	A Tumba do Rei Davi em Jerusalém	3
1181	Onde Está o Jarro?	70
1182	Qual é a Melodia Mais Suave?	61
1183	O Viandante e Seu Burro	1
1185	Quando Ergo o Bigode do Lado Esquerdo	32
1187	Em Que Pensava o Servo	71

1230	Nosso Pai Abraão e os Cachorros	25
1627	Quem Tem Fé em Deus É Recompensado	6
1637	A Montanha do Sol	23
1749	Os Dois Maridos	69
1795	Um Homem com Muitos Casos Judiciais	16
1828	As Bênçãos do Santo Desconhecido	9
1845	Como uma Pomba e uma Cobra Encontraram Piedade em um Homem	29
1855	O Milagre da Páscoa	65
1856	O Lojista e os Quatro Mendigos Cegos	18
1875	O Cádi Zarolho	66
1913	O Senhor de Terras e Seu Filho	17
1919	Uma Carta ao Todo-poderoso	35
1963	Amor Fraterno	33

ÍNDICE DE CONTOS POR REGIÃO DE ORIGEM

Afeganistão N.º 1, 14, 18, 30, 32, 34, 61, 70, 71.
Bessarábia N.º 9.
Bucara N.º 16, 58.
Bulgária N.º 19, 43.
Curdistão N.º 12, 33.
Hungria N.º 36, 62.
Iêmen N.º 11, 48, 54, 57, 59, 66.
Iraque N.º 7, 10, 20, 23, 28, 29, 38, 42, 44, 47, 49, 60, 64, 68, 69.
Líbia N.º 13, 27, 39, 41, 55.
Lituânia N.º 17, 25.
Marrocos N.º 8.
Palestina N.º 4, 52.
Pérsia N.º 6, 37.
Polônia N.º 2, 3, 26, 46, 50, 53.
Rússia N.º 5.
Tunísia N.º 21, 22, 35, 65.
Turquia N.º 15, 24, 31, 40, 45, 51, 56, 63, 67.

ÍNDICE DOS DESENHOS

5	mosaico
29	velho rabino
41	tipo oriental
55	judeu marroquino
67	meninos com peies
80	judeu lituano
91	confidências
105	hassidim dançando
119	judia síria
135	aguadeiro
149	judia da ásia menor
163	meditação
177	escriba
191	bufarinheiro
203	velha carpideira
215	noiva iemenita
225	trovador da idade média
237	músicos
251	sábio da hungria
263	dança bíblica
277	estudo
287	ourives iemenitas
299	meninos com flautas
311	judeu rico da polônia

ÍNDICE REMISSIVO

(As referências às notas introdutórias vêm em itálico.)

Aarne, Antti (folclorista finês), *93, 209.*
Aba Hoschaia, 34.
Abas, Xá, 131-133, 141-143, 281, 282.
Abkhazia, *93, 210, 247.*
Abraão, Nosso Pai, 113, 114, *165,* 166.
Abu Naaman (escritor israelense), 77, 94, *151,* 227.
Achikar, Livro de, *187.*
ACI. *Ver* Arquivos de Contos Populares de Israel.
Adão, 115-117, *227.*
Adivinho, 65, 66, 89, 90, 209-214, 240.
Adrianopla, Turquia, 221, 301.
Advertência: de ancião, 34, 146, 147; de pai moribundo, 70, 107, 125, 197, 198.
Afeganistão, *23,* 69, 77, 83, *131, 141, 151, 193, 281, 313, 315.*

África, *93, 97, 125, 159, 209, 233,* 234, *253.*
Afula, Israel, 57, 73, 107, *137, 187, 221, 239, 273.*
Agádica, literatura, 273. *Ver também* Midrasch.
Agnon, Sch. I. (escritor israelense), 25.
Agricultura, 184.
Aguadeiro, *49,* 50.
Águias, 66, 249.
Aharonian, Elija (informante), *165.*
Alá, 172.
Al-Bahri, Isaac (informante), 193.
Alemanha, *131, 265.*
Alfaiates, 283, 301-303.
Alkaiam, Davi (colecionador), 45.
Alkalai, Azarid (colecionador), 87, *183.*
Alto. *Ver* Deus.
América, *93,* 193; Central,

145; do Norte, *145, 210,* 247; do Sul, *145.*
Americana, tradição índia, *93.*
Americana, tradição negra, *210, 233, 247, 253, 265.*
Amrusi, Meir (colecionador), *153.*
Anciãos. *Ver* Velhos.
Anéis, 249.
Anglo-americana, tradição, *93, 107, 193.*
Animais: gratos, 127, 128; linguagem de, 113, 114, 142, 261; mágicos, 26, 90, 254-256; homens transformados em, 222, 223, 248, 249; ser sobrenatural em forma de, 60, 61, 204-213; falantes, 113-128, 254-256, 260, 261, 266, 267; transformados em homens, 229, 267, 268; ingratos, 256.
Anjo da Morte, 45-47, 66, 82.
Ano Nôvo das Árvores (quinze de Schevat), 44.
Apuleu, *265.*
Argentina, *167.*
Argúcia, 159-194, 198-200; em dedução, 160, 161; no tribunal, 78; em mentiras, 108, 109, 188, 189; em questões, 166; teste de, 132, 133, 168, 169, 281, 282.
Árabes, *33, 43.*
Árabes, contos populares, *137, 239, 247, 253, 273, 295, 307, 313;* do Baixo Eufrates, *217;* da Palestina, *77, 98, 151, 217, 227, 266.*
Árabes, regiões, *159.*
Armênios, *173,* 173, 174.
Arquivo de Contos Populares de Israel, *69, 77, 93, 151, 193, 209, 227, 247, 253, 315.*
Ásia, *93,* 234; Central, *25, 65, 89, 97, 141, 193, 197, 239, 243, 253, 266, 295, 301.*

Asnos. *Ver* Burros.
Assassino, 58.
Aves. *Ver* Pássaros.
Aves domésticas, vendedores de, 168, 169.
Avida, I. L. (Zlotnik), Rabi, *285.*
Avitsuk, Iaacov (colecionador), *145.*
Baal Schem Tov, *25.*
Babilônia, 43, 123.
Bagdá, Iraque, *209,* 305.
Balys, Jonas (folclorista lituano-americano), *227, 315.*
Baranes, Uri (colecionador), *65.*
Baron, Salo W. (historiador judeu-americano), *289.*
Baschri, Sara (colecionadora), *205, 259.*
Baschri, Zakaria (informante), *259.*
Basra, Iraque, *179, 279.*
Basset, René (folclorista francês), *273, 293.*
Beduíno, 294.
Beir El Asab, Iêmen, 297, 298.
Bélgica, *307.*
Ben-Guerschon, Lea (colecionadora), *89.*
Ben-Iaacov, Abraham (colecionador), *307.*
Ben-Iehezkel, Mordechai, *33,* 59.
Ben-Israel Avi-Oded, A., *31.*
Benfey, Th. (folclorista alemão), *39.*
Benvenisti, Schlomo (informante), *173.*
Berbéria, *145.*
Berger, Ieschaia, *289.*
Bernstein, Rabi (informante), *37.*
Bessarábia, *49.*

Índice Remissivo

Bgazhda, H. S. (folclorista russo), *93, 210, 247.*
Bíblia, *33, 51, 183, 273, 279, 289.*
Bin Gorion, Mica Iossef (escritor e folclorista judeu), *39, 59, 97, 125, 197, 199, 210, 273.*
Bjazirov, A. H. (folclorista russo), *89, 93, 193, 221, 233, 253, 266.*
Blackman, Philip (erudito judeu), *279.*
Bloomfield, Maurice, *141.*
Boccaccio, *39.*
Bois, 184, 244, 245.
Bolte, Johannes (folclorista alemão), *93, 97, 167, 217, 293, 295.*
Bondade: para com animais, 126, 254, 260; para com pássaros, 103, 126.
Boratav, Pertev Naili (folclorista turco), *69, 77, 83, 93, 98, 107, 125, 131, 187, 205, 209, 221, 233, 247, 259, 265, 293, 301, 307.*
Brasil, 217.
Britajev, S. (folclorista russo), *98, 159, 247, 253.*
Bruxa, 81, 222, 223.
Bucara, *77, 151, 265.*
Bufarinheiros, 175.
Bulgária, *87, 183.*
Burros, 23, 24, 90, 108, 116, 117, 168, 173-176, 293, 294, 296, 297, 306.

Cabo Verde, Ilhas, *145.*
cabile, 296, 297.
Cabras, *25,* 26, 27.
Caçador, 147, 239, 244.
Cachorros, 70, 114, 116, 117, 142, 222, 223, 254, 255, 267.
Cádi, 78, 297.
Cães. *Ver* cachorros.

Café, *137-139.*
Cahan, I. L. (folclorista judeu), *25, 145, 247, 259, 265.*
Camelos, 123, 154, 242.
Campbell, C. G. (colecionador de contos árabes), *77, 217, 239, 247, 266, 295.*
Camponeses, 87, 88, 108, 121, *137,* 137-139, 160, 161.
Cântico dos Cânticos, *273.*
Caridade, 52, 53, *57,* 57, 58, 171.
Carregadores, 73, 74.
Casa de estudo, 52, 274.
Casa de oração, 53. *Ver também* Sinagogas.
Casamento, 198, *199,* 199-201, 207, 213, 220, 227-229, 236, 249, 260, 266, 267.
Cassib, *wadi,* 34.
Castigo, formas de: apedrejamento, 128; briga com espôsa, 35; morte de filho, 82.
Castigo, razões para: falsa acusação, 155; ingratidão, 90, 128; quebrar tabu, 34; má intenção, 82; roubo, 96.
Cáucaso, *89, 98, 145, 159, 193, 221, 253, 266.*
Cavalos, *65,* 66, 147, 159, 160, 184, 213, 214, 218, 219, 223, 229, 248, 255, 256, 316.
Cazaquistã, *23, 97, 159, 210, 295.*
Cego, 75, 76, 83-86, 240--245.
Cemitério, 37, 38, 40, 44, 218.
Céu. *Ver* Deus.
Chauvin, Victor (folclorista francês), *69, 125, 145, 167, 209, 273, 293, 295.*
Chayefsky, Paddy (escritor americano), *33.*

Chile, *293.*
China, *73, 97.*
Christiansen, Reidar Th. (folclorista norueguês), *97.*
Chuva, fazedores de, 43, 44.
Ciúme, 58, 179, 255.
Clouston, W. A. (foclorista inglês), *69.*
Cobiça, 74, 75, 88, 101-104.
Cobras, 126-128, 220, 260, 261, 289. Ver também Serpentes.
Coelhos, 123.
Colecionadores, profissões de: diretor de casa para velhos: 179; donas de casa, 37, 115, 159; estudantes de escola superior, 65, 183, 205; estudantes de universidade, 171, 285; fazendeiro, 145; lavradores, 57, 187, 289; membros de colônia coletiva, 217; professôres de escola primária, 33, 97, 209, 295, 307; professor de jardim de infância, 227.
Comerciantes. Ver Mercadores.
Confiança em Deus, 26, 27, 39, 40, 45-47, 132, 133; falta de, 39, 40, 45-47.
Cordeiros, 154.
Corvos, 102-104.
Cristãos, 168, 169, 179-181, 193, 194.
Cupido, *265.*
Cura, milagrosa, 212, 290. Ver também Mágica.
Curdistão, *217, 233, 247, 259, 307.*
Curdistão Iraquiano, *59,* 60.
Curdistão Persa, *145.*

Daguestão, *125.*
Daniel, Naim (colecionador), *187.*

Davi, 31, 45; tumba de, 31, 32.
David, Elija (informante), *179.*
Dawkins, Richard M. (folclorista inglês), *265.*
Demar, Iêmen, 297.
Demônios, 61, *239,* 240-245, 293, 294.
Desforra, 71, 96, 174, 223.
Dervisch, Schalom (informante), *123.*
Dervixe, 132, 210-213.
Desencantamento, 223, 268.
De Vries, Jan (folclorista dimarquês), *187.*
Deus, 26, 27, 32, 39, 40, 44, 45, 46, 49, 50, 53, 58, 60, 66, 87, 95, 115, 116, 121, 131-133, 151-155, 168, 198, 209, 211, 212, 214, 229, 241, 260, 262, 283, 296, 308.
Diabos, 27, 248, 249.
Diamantes, 32, 103, 142, 160, 162, 266, 269.
Diáspora, 159.
Dinamarca, *113.*
Dorson, Richard M. (folclorista americano), *33, 107, 175, 293.*
Druyanov, Alter (folclorista judeu), *123, 153, 167, 179, 283, 293, 305, 307, 313.*
Druzhinina, E. S. (folclorista russo), *217, 233, 247, 259, 266, 307.*
Dundes, Alan (folclorista americano), *101.*

Eberhard, Wolfram (folclorista americano), *69, 77, 83, 93, 98, 107, 125, 131, 187, 199, 205, 209, 221, 233, 247, 259, 265, 293, 301, 307.*
Egito, *51,* 205.

Índice Remissivo

Ein Tiria, 34.
Elefantes, 66.
Elias, o Profeta, *31, 32, 33,
57, 58.*
Encantamento, 222, 223, 268.
Enigmas, 166, 168, 274, 275, *289,* 306.
Eretz Israel, 31. *Ver também* Terra Santa; Israel.
Escape, 77, 78; de caçadores, 123; do destino, 211, 212; de um diabo, 248, 249; da morte, 46, 66.
Eslovênia, *83.*
Espanha, 25, *51.*
Espanhola, linguagem, *183.*
Espôsas, 26, 27, 34, 35, 45--47, 49, 50, 66, 74, 78, 94--96, 102, 103, 114, 146, 154, 155, 168, 198, 199, 201, 207, 218, 229, 274, 275, 308, 309.
Estados Unidos, *65, 167, 175, 285, 293.*
Estalajadeiro, 219.
Esterilidade, 46, 49.
Estônia, *83.*
Estórias incríveis, 108, 109, 188, 189.
Estupidez, 296, 297, 308, 310.
Etiológicos, finais, 121.
Europa, *73, 93, 97, 107, 125, 159, 193, 209, 217, 253;* Meridional, *65, 69, 205;* Oriental, *65, 69, 77, 81, 98, 113, 145, 159, 205;* Setentrional, *247, 259, 265, 293, 295, 315.*
Ezra, Meir (informante), *145.*

Faquires, 234.
Fazendeiro judeu, 218.
Fé em Deus. *Ver* Confiança em Deus.
Feitiçaria, 248.
Ferreiro, 248.
Filipinas, *293.*
Finlândia, *131.*
Fino-suecos, textos (de tipo de conto), 87.
Fischbein, David (informante), *217.*
Fischbein, Sara (colecionadora), 115.
Folclórica, etimologia, 25.
Fortuna, inversão de, 39, 40, 70, 71, 74, 76, 90, 98-100, 108, 109, 152, 214, 261, 262, 266, 279, 280.
França, *51, 265.*
Franco-americana, tradição *93, 107, 145, 193, 210, 247, 253, 265.*
Franco-canadense, tradição, *295.*
Franko, D. (informante), *285.*

Gabai, Simá (colecionador), *51, 167, 199, 209.*
Gabil, Zvi (informante), *77.*
Galícia, 115.
Galiléia, Israel, 34.
Galinhas, 168, 169, 249.
Galut, 32.
Gaster, Moses (folclorista judeu), *39, 65, 89, 97, 159, 167, 197, 217, 233, 259, 305.*
Gat, Israel, *217.*
Gatos, 60, 61, 121.
Generosidade, 98, 99, 100, 155.
Gênese, livro de, *173.*
Gerould, Gordon H. (folclorista americano), *217.*
Gescher Haziv, Israel, 34.
Ginzberg, Louis (erudito judeu), *45, 57, 165, 173, 183, 289.*
Glass, M. (colecionador), *81.*
Gluski, Hipolith (informante), *293.*
Goldenberg, Schoschana (informante), *113.*
Governadores, *247, 249.*

Gracejo, 173, 309, 310.
Gratidão, 127, 128, 219, 220.
Ver também Ingratidão; Recompensas.
Grécia, *113, 131, 221, 265.*
Gribi, Isaac (informante), *101.*
Grimm, Irmãos, Jacob e Wilhelm (folcloristas alemães), *93, 97, 115, 209, 247, 259.*
Gross, Naftuli (poeta e colecionador de folclore judeu), *73, 77, 81, 98, 125, 153, 159, 293, 295.*
Grunwald, M. (folclorista judeu), *59, 83, 141, 217, 253, 265.*
Gula, negros, *233.*
Gurgji, Rabi Joseph, *151.*

Haddad, Min'am (colecionador), *33.*
Hadjadj, Avigdor (informante), *65.*
Hagoli, Simá (informante), *199.*
haham, 273-275.
Haim, Schlomo (informante), *167.*
Haimovitch, Zvi Mosche (colecionador), *165, 179, 197, 279, 305.*
Hanauer, James Edward (coligidor do folclore do Oriente Próximo), *23, 31, 33, 151, 227.*
Hand, Wayland D. (folclorista americano), *197.*
Hanucá, festa de, 44.
Harie, Iêmen, *57.*
hassid, 26, 27.
Hebraica, Universidade, *171, 285.*
Hebraico, *25, 27, 97, 154, 183, 218, 285, 295.*
Heim, Walter (folclorista suíço), *153.*

Helem, *313.*
Herat, Afeganistão, *69.*
Heródoto, *145.*
Herzlia, Israel, *43.*
Hilel, Schimon (informante), *97.*
Hilel, Varda (colecionador), *97.*
Hispano-americana, tradição, *77, 93, 107, 145, 167, 193, 210, 233, 247, 253, 266, 293.*
Hodscha, Nasreddin, *295, 313.*
Homilética, literatura, *97.*
Hospitalidade, 46, 47, 132, 133, 138, 142, 155, 210.
Hungria, *59, 115, 159, 283, 307, 313.*

Ianques, *175.*
Ibn-Ezra, Abraham (poeta e erudito judeu na Idade Média), *51, 52,* 53.
Iêmen, *57, 77, 151, 205, 239, 259, 273, 295, 296, 297.*
ieschivá, 31, 198, 234.
Ilani, Sara (colecionadora), *227.*
Imitação sem sucesso, 100, 104.
Índia, *69, 77, 81, 93, 115, 125, 145, 159, 193, 205, 210, 234, 253, 259, 265, 295, 307, 309.*
Indiana University Folklore Archives, *65.*
Indonésia, *159, 253.*
Infelicidade, 52, 53, 77, 151, 152, 302, 303.
Informantes, profissões de: advogado, *123;* comerciantes, *221, 239;* lavadeira, *265;* lavradores, *57, 97, 125;* operários, *59, 125;* rabi, *151, 233;* sapateiro, *77.*

Índice Remissivo

Ingratidão, 127, 128. *Ver também* Animais, gratos e ingratos; Gratidão.
Irã, 39. *Ver também* Pérsia.
Iraque, *43, 51, 89, 93, 98, 101, 123, 125, 151, 167, 179, 187, 193, 199, 209, 266, 279, 289, 305, 307, 315*.
Irlanda, *65, 145, 265*.
Irmãos, 101-104, 146-148, 153, 155, 234-236, 254-257.
Islã, 295.
Islândia, *145*.
Israel, *93, 171, 217, 289*.
Issahar, tribo de, *173*.
Istambul, 1, 173, 193, 194.
Itália, *51, 18, 131, 265*.

Jacó, o Patriarca, 35.
Jamaica, 97.
Japão, *69, 107, 193*.
Jardim do Éden, 172, 194, 261.
Jason, Heda (folclorista israelense), *77, 125, 285*.
Jerusalém, 27, 31, 32, *151, 283*.
Jesus, 194.
Jóias, 142. *Ver também* Diamantes; Pedras preciosas.
José, 35.
Judéia, Colinas da, 27.
Judeu, povo: da Europa Oriental, *77, 81, 98, 125, 145, 159, 247, 259, 265, 293, 295;* folclore de, *31, 33, 37, 49, 57, 145, 153, 179, 233, 307, 312;* sfaradim, *94, 131, 187, 197, 210, 218, 254, 265;* tradições de, *31, 45, 133*.
Judeus, 25, 26, 27, 34, 37, 38, *43*, 43, 44, 57, 58, *93*, 113, 114, 123, *151, 159-194*, 218-220, 236, 240-245, 274, 275, 293-297; americanos, 167; sfaradim, *33, 59, 81, 83, 141. 227*.
Juízes, 159, 174, 181, 297. *Ver também* Cádi.
Justiça, 21-61, 143.
Justo, disfarçado, *37*, 38, *49*, 50.

Kabirov, M. N. (folclorista russo), *65, 217, 253*.
Kahle, Paul (erudito alemão), *98, 171, 217*.
Kamus, Menahem (informante), *171, 175*.
Kapieva, N. (folclorista russo), *125, 253*.
Kaplan, Mosche (colecionador), *233*.
Kariu, Iehudá (colecionador), *173*.
Kasbekov, K. (folclorista russo), *98, 159, 247, 253*.
Kfar Saba, Israel, *205*.
Koa el Iehud, Iêmen, *296*.
Kohelet, 296.
Köhler, Reivhold (folclorista alemão), *167, 293*.
Kort, Zvulun (informante), *23, 69, 83, 131, 141, 151, 281, 313, 315*.
Kriss, Rudolf (erudito alemão), *23*.
Kriss-Heinrich, Hubert (erudito alemão), *23*.
Krohn, Kaarle (folclorista finlandês), *93, 209*.

Labão, 198.
Ladrões, 75, 142, 143, 146, 147, 175, 176, 219, 254-256.
Lenhador, 240.
Lewinski, Iom-Tov (folclorista israelense), *285*.
Líbia, *65, 121, 171, 175, 247*.
Liljeblad, Sven (folclorista suíço), *217*.

Literários, tratamentos: americano, *33;* arábico, *69, 125, 145, 167, 209, 293, 295;* hebraico, *218;* italiano, *39;* judaico, *59, 65, 97, 159, 197, 210, 259, 305;* medieval europeu, *125.*

Litsi, Mordehai "Marko" (informante), *73, 107, 137, 221, 253, 301.*

Littmann, Enno (erudito alemão), *137, 253, 307.*

Lituânia, *81, 89, 113, 115.*

Lôgro, 45-47, 102, 198, 274, 296, 297; por disfarce, 38, 45, 46, 132, 138, 142; por falsa acusação, 57, 58, 127, 155, 188, 189; por malandragem, 133, 172, 174, 176, 234, 235, 293, 294; por trapacear numa competição, 102; por trapacear em negócio, 108.

Lojistas, 83-86, 121.

Londres, *51.*

Loucos, 50, 51, 305, 306.

Luso-americana, tradição, *193.*

Macacos, 116, 117.

Maçãs de ouro, 254, 256.

Mágicas, artes, 248 - 249; curas, 26, 50, 99, 235, 256, 261; fórmulas, 90, 94-96, 285; maçãs, 234-236; prisão, 58, 76, 85, 86. *Ver também* Animais, mágicos e sobrenaturais.

Mágicos, objetos: bôlsa, 87--88; cabelo, 241-244, 254--256; chave, 142; espelho, 234-236; moinho de café, bandeja e bastão, 94-96; seixos, 34.

Mágicos, remédios: leite, 26; sangue de pássaro, 256.

Magos, 234. *Ver também* Feitiçaria.

Maimônides (Rambam), *51,* 52, 53, *289,* 290.

Malben, Casa para Velhos, Israel, *165, 179, 279, 305.*

Maomé, 194, *227.*

Margolioth, Eliezer (erudito judeu), *31.*

Maridos, 26, 34, 35, 45, 46, 47, 49, 50, 66, 211, 218--220, 269, 308, 309.

Marrocos, *45, 81, 193.*

Mascates, 121, 173.

maschal, 279.

Maschlad, Menasche (informante), *305.*

Massachusetts, *145.*

Mazuz, Iehudá (colecionador), *93.*

Mazuz, Masuda (informante), *93.*

Meca, 194.

Médicos, 49, 76, 98, 126, 127, 212, 213, 235, 274, 289, 290, 305, 306.

Mediterrâneo, 34.

Mediterrânicos, contos populares judeus, *193, 221.*

Mediterrânicas, regiões, *77, 137, 239, 301.*

Mendigos, 37-40, 75, 76, 83-86, 87-90, 151, 152, 260, 261.

Mentira, competição em, 108, 109, 188, 189.

Meron, Montanhas, 34.

Mercadores, 69, 74, 75, 107, 139, 207, 218-220, 222, 223, 256, 266, 267, 302.

Mesquinhez, 98-104.

Mesquita, 44.

Messias, *31,* 169.

Mevorakh, Menahem (informante), *247.*

Meyerhof, Max, *289.*

Meyuhas, Josef (coletor de folclore do Oriente Próximo), *265*.
Michigan, 65, *293*.
Midrasch, *173*. *Ver também* Agádica, literatura.
Milagre, fazedor de, 49.
Milgram, A. E., *52*.
Minian, *33*, *34*.
Ministros, 57, 58, 142, 143, 188, 189, 210-214, 288, 290. *Ver também* Vizires.
Miseráveis, 37, 38, 88, 98--104.
Mitzvá, 32, 50.
Mizrahi, Hanina (informante), *39*.
Moisés, 194, *289*.
Moleiros, 107-109, 211, 309, 310.
Mohel, 59.
Morad, Mosche (informante), *43*.
Morte, 23, 37, 38, 66, 70, 88, 95, 114, 171, 172, 200, 218, 223. *Ver também* Anjo da Morte.
Mossul, Iraque, *43*, 44.
Muçulmana, área cultural, *23*, *239*.
Muçulmanos, 23, 43, 44, *171*, 171, 172, 179-181, 193, 194, 295.
Mulos, 223, 229.

Nacht, Jacob (folclorista israelense), *273*.
Nakschon, Leah (informante), *205*.
Nazaré, 194.
Negro, 94, 95, *221*, *222*, *223*.
Negros das Índias Ocidentais, *81*, *265*.
Neve Haim, Israel, *165*, *179*, *305*.
nimschal, *279*.
Noé, *183*, *227*, *228*, 229.

Noruega, *265*.
Nova Escócia, *97*.
Noy, Dov (folclorista israelense), *25*, *33*, *43*, *49*, *57*, *59*, *183*, *209*.
Números (Livro dos), *289*.

Ogro, 184.
Ohel, Mila (colecionador), *171*, *175*, *247*.
Oriental, folclore, 77, *89*, *141*, *205*, *259*, *295*. *Ver também* Árabes, contos populares.
Orientais, países, *43*, *249*.
Oriente Médio, 97, 113.
Ossétia (área do Cáucaso), *89*, *221*, *233*, *247*.
Oslvanger, Immanuel (folclorista judeu), *113*.
Ouro, 32, 74, 90, 102, 103, 126-128, 146, 154, 183-185, 188, 189, 194, 219, 220, 241, 301, 30²; maçãs de, 253-256; pássaros de, 241, 242.

Padeiro, 152.
Palacin, A. D. L., *81*, *94*, *131*, *187*, *197*, *210*, *233*.
Palácios, 128, 132, 133, 138, 141, 151, 154, 160, 180, 184, 206, 223, 248, 254, 256, 260, 262, 268, 274; subterrâneo, 268.
Palestina, *23*, *77*, *94*.
Parábola, 274, *275*, 281.
Paraíso, 172. *Ver também* Jardim do Éden.
Pardes Haná, Israel, *279*.
Parsons, Elsie Clews (folclorista americano), *233*.
Parteira, *59*, 60, 61.
Páscoa, 154, *293*, *294*. *Ver também* Seder.
Pássaros: como ajudantes: 256; de ouro, 240, 241; fa-

lantes, 102-104; gratos, 102--104; maravilhosos, 146, 240, 241, 254, 280.
Patai, Raphael (etnólogo israelense-americano), *33*.
Pedinte. *Ver* Mendigo.
Pedras preciosas, 152, 219. *Ver também* Diamantes, Pérolas, Jóias.
Pedro, São, *171*.
Peixe, 249.
Peki'in, Israel, *33*, 34, 35.
Penzer, N. M. (folclorista inglês), *89, 141*.
Percepções: inusuais, 159-161, 210, 290; sobrenaturais, 142, 143.
Pérolas, 142, 143.
Pérsia, *165, 205,* 281, 315.
Pervi, Obadia (informante), *57, 273*.
Pipe, Ozer (colecionador), *217*.
Pobre, gente, 37-40, 52, 53, 73, 76, 87-90, 93-96, 142, 153-155, 180, 210, 211, 266, 293, 294.
Polívka, Georg (folclorista alemão), *93, 97, 217, 295*.
Polônia, *25, 31,* 49, 81, *115, 197, 217, 233*.
Pombas, 125-128, 223.
Prata, 26, 32, 154, 219, 220.
Pretendentes, 227-229, 235, 243, 256.
Princesas, 213, 214, 235, 236, 243, 245, 260-262.
Príncipes, 58, 98, 260, 261, 268.
Profecia: por adivinhos, 66, 239; por animais, 114; por dervixes, 210-214; realização de, 66, 114, 206, 207, 213; em sonho, 205, 206; tema de, 66 (dia da morte), 114 (desastres), 210 (futuro marido de princesa).

Provérbios (Livro de) 171, 279.
Psiquê, *265*.
Rabin, Tsipora (coligidora), *37*.
Rabis, 27, *31,* 34, 38, 44, 49, 50, 52, 53, 58, 114, 167-169, 197, 198, *233,* 283.
Radna, Iêmen, *239*.
Raglan, Lorde (folclorista britânico), *141*.
Rainhas, 159-161, 200, 221--223.
Rambam. *Ver* Maimônides.
Ranke, Kurt (folclorista alemão), *57*.
Raphael, Nahum (informante), *121*.
Rapôsas, *123,* 123, 267.
Rappoport, A. S. (folclorista judeu), *125, 217*.
Ratos, 70.
Rava (sábio talmudista), *43*.
Razi, Menasche (colecionador), *101*.
Recompensas, natureza de: auxílio, 244, 245, 256; casamento, 235, 236; inversão de má sorte, 39, 40; objetos mágicos, 34, 243, 254; ouro, 61, 102, 103, 241; pedras preciosas, 152; presentes, 99, 168, 169.
Recompensas, razões para: ajuda no parto, 61; alimentar sêres sobrenaturais, 242, 254; completar um *minian,* 34; cura mágica, 99, 235, 236; elogio, 152; favor, 102, 254; fé em Deus, 40; hospitalidade, 138; pássaro de ouro, 240; respostas corretas, 166, 168.
Rei Davi, tumba do. *Ver* Davi.

Índice Remissivo

Reis, 40, 57, 58, 99, 100, 127, 128, 131, 132, 133, 138, 139, 141-143, 146-148, 151, 152, 154, 155, 159-161, 165, 166, 179-181, 183-185, 187-189, 199-201, 210, 214, 221, 223, 235, 236, 243, 244, 260, 261, 273-275, 279, 280, 285; dos árabes, 43; dos demônios, 243. *Ver também* Sultãos.

Remendão, 34, 132, 133, 248.

Rica, gente, 37-40, *45,* 46, 66, 69, 74, 75, 88, 107, 125--128, 153-155, 198, 205, 218, 266, 293, 294, 302.

Roberts, Warren E. (folclorista americano), 265.

Rochfeld, Serl informante), *197.*

Roda da Fortuna, 52, 53.

Rothschild, *153.*

Roubo: de cego, 75, 84, 85; de homem pobre, 94-96; de homem rico, 127, 128; do jardim real, 254; de maçã de ouro, 254; de objetos mágicos, 94-96; de ouro, 127, 142; de pérolas, 146, 147; do tesouro real, 142, 143, 146.

Rússia, *37, 89, 123, 151.*

Saana, Iêmen, *295.*
Saati, Sami (informante), *289.*
Sabá, 194, 219, 242.
Sada, Iêmen, *57, 205, 259.*
Sacerdotes, 168, 169.
Safed, Israel, 27.
Salmos (Livro de), 82, *115, 131.*
Salomão, Rei, 285.
Salonica, Grécia, *221.*
Santos, 23, 24, 44, 49, 50, 210-214.
São Paulo, Brasil, *217.*
Sapateiros, 37, 38, 77. *Ver também* Remendão.

Schaar, Iossef (colecionador), *295.*

Schamen, Suliman (informante), *295.*

Schani, Abraham (colecionador), *265.*

Schapur, Rei, *43.*

Schaul, Djudja (informante), *51.*

Schebreschin, Polônia, *25, 26, 27.*

sched (pl. *schedim, schedot*), 60, 61, 98-100, *239,* 241--244.

Scheli, Miriam (colecionadora), *293.*

Scheli, Nakorai (informante), *293.*

Schirmann, Jefim Haim (erudito israelense), *52.*

Schmá, 46, 47.

Schmidt, Hans (erudito alemão), *98, 171, 217.*

Schmuli, Joseph (informante), *279.*

Schoenfeld, Elischeva (folclorista israelense), *57, 73, 107, 137, 193, 221, 239, 253, 273, 301.*

schohet, 27.

Schvili, Iefet (informante), *125.*

Schwarz, Kathriel (informante), *115.*

Schwarzbaum, Haim (folclorista israelense), *113.*

Schwarzstein, N. (colecionador), *283.*

seder, 57, 154, 294. *Ver também* Páscoa.

Senhor. *Ver* Deus.

Senhores de terra, 81, 82.

Sepulturas, veneração de, *23,* 23, 24.

Sêres sobrenaturais, 60, 61, 98, 99, 241-244, 254-257; como auxiliadores, 219, 220, 241-

-244, 256; conhecimento de, 98, 99, 113, 114, 261; como pássaros, 102-104, 146, 240, 241, 254, 279.

Serpentes, 266-269, 289. *Ver também* Cobras.

Shahmatov, V. F. (folclorista russo), 65, 217, 253.

Shakespeare, William, 141.

Shewerdin, M. I. (folclorista russo), 65, 89, 93, 97, 131, 141, 159, 193, 197, 205, 233, 239, 247, 253, 259, 266, 301.

Sidelnikov, W. (folclorista russo), 23, 97, 159, 193, 210, 295.

Simplórios, 49, 218, 219.

Sinagogas, 26, 27, 44, 58, 168.

Sion, Montes, 32.

Sokolov, Polônia, 217.

Solis-Cohen, S., 52.

Sonhos, 31, 58, 193, 194, 206, 218-220, 247, 266.

Stevens, Ethel Stefana (colecionadora de folclore do Oriente Próximo), 98, 167, 266.

Stil, I. (informante), 283.

Subterrâneas, passagens, 26, 268.

Suécia, 81, 265.

Sultãos, 137-139, 240-245, 260, 261, 301.

Swahn, Jan Ojvind (folclorista sueco), 265.

Tabu, quebra de, 34, 240, 248, 267.

Tabu: entrar em sétimo quarto, 248; olhar para trás, 255; revelar profissão de pai, 239; revelar segrêdo, 34, 267; visitar pais depois do casamento, 199.

Talmud da Babilônia, 43.

Tarefas: construir casa, 228; plantar vinha, 228; produzir ouro, 184.

Tarefas sobrenaturais, 241--244.

Taylor, Archer (folclorista americano), 65.

Tcheco-Eslováquia, 131.

Tel Aviv, Israel, 37, 273, 281, 315.

Terra de Israel, 27. *Ver também* Israel; Palestina; Terra Santa.

Terra Santa, 25, 59, 61. *Ver também* Eretz Israel; Israel; Palestina; Terra de Israel.

Testes: de amizade, 70, 71; de argúcia, 132, 133, 168, 169, 180, 181, 281, 282; de caráter, 32, 74; de mêdo, 26.

Tille, Vdelav (folclorista tcheco), 209, 210.

Thompson, Stith (folclorista americano), 59, 89, 97, 145, 209, 265, 295.

Tobit (Livro de), 217.

Todo-poderoso. *Ver* Deus.

Toledo, Espanha, 51.

Tolices, 291-316.

toman, 39, 40.

Torá, 50, 52, 173, 176, 193, 198, 274, 275, 296.

Traição, 207, 256.

Transformação, 87, 205, 293, 294, 296, 297.

Transformação, animal em ser humano: cadela em mulher, 229; mula em mulher, 229; serpentes em homens, 268.

Transformação, competição de, 222, 223.

Transformação, objeto em animal: pedra em fera, 207.

Transformação, ser humano em animal: homem em cachorro, 222; homem em bur-

ro, 294; homem em mulo, 248; homem em pomba, 223; mulher em mula, 223.
Transformação, ser humano em objeto: homem em anel, 223; homem em casa, 223; homem em pedra, 255; homem em semente, 223.
Tribunais, 78, 174.
Trípoli, Líbia, *247*.
Tsadok, Aaron (informante), *239*.
Tsalá, Esra (informante), *187*.
Tschernobilski, Miriam (informante), *31*.
Tunísia, *93, 97, 153, 293*.
Turcos, 139, 173, 174.
Turquestão, *145*.
Turquia, *69, 73, 83, 93, 98, 107, 125, 131, 173, 187, 193, 199, 205, 209, 221, 233, 247, 253, 265, 285, 293, 301.*
tzadikim, 49, 50.

Uhna, Rafael (informante), 45.
Uigures, textos, *65, 217, 253*.
Usbequistão, *65, 93, 97, 131, 159, 205, 233, 253, 259.*

Utley, Francis L. (folclorista americano), *33*.

Vacas, 114.
Varsóvia, 49.
Velhos, 34, 35, 58, 78, 146, 147, 205, 266, 269.
Vendedores de gaita, 218.
Vizires, 127, 128, 137, 179--181, 240-242, 245, 301, 303. *Ver também* Ministros.

Weinreich, Beatrice S. (folclorista americana), *145*.
Wesselski, Albert (folclorista tcheco), *295, 307*.
Wigiser, Mosche (colecionador), *43*.

Xeque, 23, 24.

Zahavi, Mordehai (colecionador), *59*.
Zakho, Afeganistão, *59*, 60.
Zebulão, tribo de, *173*.
Zinati, A. (informante), *33*.
Zion, Nehama (colecionadora), *31, 49, 159*.
Zische, Rabi (rabi hassídico), 197, 198.

ÍNDICE

7 Prefácio
17 Introdução

OS JUSTOS

23 O viandante e seu burro
25 As duas cabras de Schebreschin
31 A tumba do Rei Davi em Jerusalém
33 José, o justo de Peki'in
37 O rico avarento e o sapateiro
39 Quem tem fé em Deus é recompensado
43 A sêca em Mossul
45 A cidade que tinha fé em Deus
49 As bênçãos do santo desconhecido
51 Quando a roda da fortuna gira
57 O libelo de sangue
59 A recompensa de uma parteira

OS COBIÇOSOS

65 Não se foge do destino
69 O filho estróina
73 O carregador que perdeu o apetite
77 O homem com muitos casos judiciais
81 O senhor de terras e seu filho

83	*O lojista e os quatro mendigos cegos*
87	*O mendigo rico e sua bôlsa maravilhosa*
89	*O mendigo e seu asno*
93	*O moinho de café, a bandeja e o bastão*
97	*Um avarento e um homem generoso*
101	*A montanha do sol*
107	*A estória incrível do filho do mercador*

ANIMAIS FALANTES

113	*Nosso pai Abraão e os cachorros*
115	*A duração da vida do homem*
121	*O quinhão do gato*
123	*Até que eu prove quem sou*
125	*Como uma pomba e uma cobra encontraram piedade num homem*

REIS E PLEBEUS

131	*Bendito seja Deus dia a dia*
137	*O camponês que aprendeu a gostar de café*
141	*Quando ergo o bigode do lado esquerdo*
145	*Amor fraterno*
151	*Aquêle que dá graças ao rei e aquêle que dá graças ao Todo-poderoso*
153	*Uma carta ao Todo-Poderoso*

JUDEUS ARGUTOS

159	*Um juiz de cavalos, diamantes e homens*
165	*A resposta certa à pergunta certa*
167	*Uma competição na linguagem dos sinais*
171	*A caridade salvará da morte*
173	*Acertando contas com um gracejador*
175	*A astúcia dos filhos de Israel*
179	*A estória de um judeu que controlou o vento*
183	*O reino dos preguiçosos*
187	*A grande mentira*
193	*A estória do bakalawa*

MARIDOS E ESPÔSAS

197	*Anos são como dias*
199	*A espôsa inteligente*
205	*A môça enganada e a pedra do sofrimento*
209	*Com a vontade de Deus tudo é possível!*
217	*A caixa de ossos*
221	*A rainha que era feiticeira*
227	*A única filha de Noé, o Justo*

HERÓIS E HEROÍNAS

233 *Quem curou a princesa?*
239 *O caçador e a bela filha do rei*
247 *O aluno que superou o mestre*
253 *Os três irmãos*
259 *Quem é abençoado com o poder, riquezas e honra?*
265 *As dez serpentes*

HOMENS SÁBIOS

273 *O leão que andava no jardim*
279 *Um servo quando reina*
281 *Qual é a melodia mais doce?*
283 *A obra do alfaiate e a de Deus*
285 *Isto também passará*
289 *O Rambam e a garrafa de veneno*

TOLICES

293 *O milagre da Páscoa*
295 *O cádi zarolho*
301 *O alfaiate com a sorte trancada*
305 *Dois loucos*
307 *Os dois maridos*
313 *Onde está o jarro?*
315 *Em que pensava o servo?*

317 *Glossário*
321 *Bibliografia*
325 *Índice de motivos*
333 *Índice de tipos*
337 *Índice dos números do ACI*
341 *Índice de contos por região de origem*
343 *Índice dos desenhos*
345 *Índice remissivo*

IMPRES
compôs e imprimiu
São Paulo - Brasil

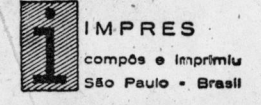